A PEQUENA LOJA DE VENENOS

SARAH PENNER

A PEQUENA LOJA DE VENENOS

Tradução
Isabella Pacheco

Rio de Janeiro, 2024

Copyright © 2020 by TLS Books. Todos os direitos reservados.
Copyright da tradução © 2022 por Casa dos Livros Editora LTDA.
Título original: *The Lost Apothecary*

Todos os direitos desta publicação são reservados à Casa dos Livros Editora LTDA.

Nenhuma parte desta obra pode ser apropriada e estocada em sistema de banco de dados ou processo similar, em qualquer forma ou meio, seja eletrônico, de fotocópia, gravação etc., sem a permissão do detentor do copyright.

Diretora editorial: *Raquel Cozer*
Gerente editorial: *Alice Mello*
Editora: *Lara Berruezo*
Editoras assistentes: *Anna Clara Gonçalves e Camila Carneiro*
Assistência editorial: *Yasmin Montebello*
Copidesque: *Thais Carvas*
Revisão: *Rodrigo Austregésilo e João Rodrigues*
Imagem de capa: *Shutterstock*
Design de capa: *Elita Sidiropoulou*
Adaptação de capa: *Douglas Watanabe*
Diagramação: *Abreu's System*

Dados Internacionais de Catalogação na Publicação (CIP)
(Câmara Brasileira do Livro, SP, Brasil)

Penner, Sarah
    A pequena loja de venenos / Sarah Penner ; tradução Isabella Pacheco. – 1. ed. – Rio de Janeiro : HarperCollins Brasil, 2022.

    Título original: The Lost Apothecary
    ISBN 978-65-5511-374-7

    1. Ficção norte-americana I. Título.

22-112426   CDD-813

Índices para catálogo sistemático:
1. Ficção : Literatura norte-americana   813
Aline Graziele Benitez – Bibliotecária – CRB-1/3129

Os pontos de vista desta obra são de responsabilidade de seu autor, não refletindo necessariamente a posição da HarperCollins Brasil, da HarperCollins Publishers ou de sua equipe editorial.

HarperCollins Brasil é uma marca licenciada à Casa dos Livros Editora LTDA.
Todos os direitos reservados à Casa dos Livros Editora LTDA.
Rua da Quitanda, 86, sala **601A** – Centro
Rio de Janeiro, RJ – CEP 20091-005
Tel.: (21) 3175-1030
www.harpercollins.com.br

Para os meus pais

"EU PROMETO E JURO DIANTE DE DEUS, AUTOR E CRIADOR
DE TODAS AS COISAS...

NUNCA ENSINAR A INGRATOS OU ESTÚPIDOS OS SEGREDOS E
MISTÉRIOS DO NEGÓCIO...

NUNCA DIVULGAR OS SEGREDOS CONFIADOS A MIM...

NUNCA MANUSEAR VENENOS...

REPUDIAR E BANIR COMO UMA PESTE
AS PRÁTICAS ESCANDALOSAS E PERNICIOSAS
DE CHARLATÕES, EMPIRISTAS E ALQUIMISTAS...

E MANTER LONGE DA MINHA LOJA DROGAS RUINS
OU ENVELHECIDAS.

QUE DEUS CONTINUE A ME ABENÇOAR

PARA QUE EU CONTINUE A OBEDECER A ESSAS REGRAS!"

— ANTIGO JURAMENTO DOS BOTICÁRIOS

I

NELLA

3 de fevereiro de 1791

Ela viria ao alvorecer — a mulher cujas cartas eu segurava nas mãos, a mulher cujo nome eu ainda não sabia.

Eu não sabia nem a idade dela nem onde morava. Não sabia seu status na sociedade nem as coisas obscuras com as quais sonhava com o cair da noite. Ela poderia ser uma vítima ou uma transgressora. Uma esposa recém-casada ou uma viúva vingativa. Uma babá ou uma cortesã.

Mas, apesar de tudo que eu não sabia, de uma coisa eu tinha certeza: a mulher sabia exatamente quem ela queria que morresse.

Levantei o papel rosado, iluminado pela chama moribunda de uma única vela de pavio de barbante. Corri meus dedos sobre a tinta das suas palavras, imaginando que tipo de aflição teria levado a mulher a procurar alguém como eu. Não apenas uma boticária, mas uma assassina. Uma mestre do disfarce.

O pedido dela era simples e direto. *Para o marido da minha senhora, no café da manhã. Alvorada, 4 de fevereiro.* De repente, imaginei uma empregada de meia-idade, com ordens para realizar o pedido da dona da casa. E, com um instinto aperfeiçoado ao longo das últimas duas décadas, eu soube imediatamente o remédio mais adequado para essa situação: um ovo de galinha recheado com *nux vomica*.

A preparação levaria poucos minutos; o veneno era bem fácil de arranjar. Mas, por alguma razão ainda desconhecida por mim, algo naquela carta me deixou inquieta. Não era o odor sutil e amadeirado do pergaminho, nem a maneira como a ponta esquerda do papel estava levemente dobrada para a frente, como se lágrimas tivessem caído ali. Pelo contrário, a inquietude vinha de dentro de *mim*. Uma compreensão intuitiva de que algo precisava ser evitado.

Mas que aviso subentendido poderia residir em um simples pedaço de pergaminho, coberto de rabiscos? Nenhum, assegurei a mim mesma; a carta não era presságio algum. Aqueles pensamentos perturbadores eram meramente resultado do meu cansaço — já estava tarde — e do desconforto persistente nas minhas articulações.

Voltei a atenção para o meu livro de registros encadernado com couro de vaca na mesa à minha frente. Esses preciosos registros eram um histórico de vida e morte; um inventário das muitas mulheres que vinham procurar poções aqui, na loja mais macabra da cidade.

Nas primeiras páginas do livro, a tinta estava fraca, as palavras escritas com a mão leve, isentas de luto e resistência. Esses relatos desgastados e desbotados eram da minha mãe. A botica para curar enfermidades de mulheres, localizada no Beco dos Fundos, nº 3, pertenceu a ela muito antes de ser minha.

Na época em que li suas anotações — *23 de maio de 1767, sra. R. Ranford, Milefólio, 15 dracs. 3x* —, as palavras evocaram lembranças dela: o jeito que seu cabelo caía sobre a nuca enquanto ela moía galhos de milefólio no pilão, ou a pele esticada das suas mãos, lisa como papel, conforme retirava as sementes do bulbo de uma flor. Mas minha mãe não escondia sua loja atrás de uma parede falsa, e não colocava os remédios em garrafas escuras de vinho tinto. Ela não tinha motivos para se esconder. Os remédios que fazia tinham somente boas intenções: amenizar as partes machucadas e delicadas de uma mãe que havia parido recentemente ou fazer descer as regras de uma esposa estéril. Sendo assim, ela preenchia as páginas do livro de registros apenas com ervas medicinais benéficas. Elas não levantariam suspeita alguma.

Nos meus registros, eu escrevia sobre urtiga, hissopo e amaranto, sim, mas também sobre remédios mais sinistros: solanáceas, heléboro e arsênico. Minhas anotações escondiam traição, angústia... e segredos obscuros.

Segredos a respeito de um jovem vigoroso que sofreu um ataque cardíaco na noite do seu casamento, ou de um homem saudável que havia acabado de ser pai e fora vítima de uma febre repentina. Meus registros revelavam a verdade: não se tratava de corações fracos, e tampouco de febres repentinas, mas sim de chá de trombeta e solanáceas misturados ao vinho e às tortas por mulheres ardilosas cujos nomes agora manchavam meu livro.

Ah, mas se ao menos os registros contassem o meu próprio segredo, a verdade sobre como tudo isso começou. Eu documentei cada vítima nessas páginas, menos uma: *Frederick*. As linhas negras e firmes do seu nome deformavam somente meu coração sombrio, meu útero lacerado.

Delicadamente, fechei o livro, já que ele não teria utilidade naquela noite, e voltei minha atenção à carta. O que me preocupava tanto? A ponta do pergaminho continuava atraindo meus olhos, como se ela estivesse ocultando algo. E, quanto mais tempo eu passava na minha mesa, mais minha barriga doía e meus dedos tremiam. Ao longe, por trás das paredes da loja, os sinos de uma carruagem soaram assustadoramente semelhantes ao barulho das correntes do cinto de um policial. Mas garanti a mim mesma que nenhum policial apareceria hoje, assim como nas últimas duas décadas. Minha loja, assim como meus venenos, era habilmente disfarçada. Nenhum homem encontraria o local; ele ficava escondido atrás de uma parede de prateleiras, no fim de um beco tortuoso nas profundezas mais obscuras de Londres.

Olhei para a parede manchada de fuligem que eu não tinha nem coragem nem força para limpar. Uma garrafa vazia em uma prateleira refletiu meu semblante. Meus olhos, um dia verdes e brilhantes como os da minha mãe, agora quase não tinham vida. Minhas bochechas também, um dia coradas, com vitalidade, hoje eram pálidas e magras. Eu tinha a aparência de um fantasma, muito mais velha do que meus quarenta e um anos.

Com cuidado, comecei a esfregar o osso arredondado do meu punho esquerdo, inchado pelo calor, como uma pedra largada e esquecida em uma fogueira. O desconforto nas minhas juntas havia se espalhado pelo meu corpo fazia anos; tinha se tornado tão intenso que eu não conseguia passar uma hora sequer sem dor. Todos os venenos que eu ministrava traziam uma nova onda de dor sobre mim; algumas noites, meus dedos ficavam tão inchados e rígidos que eu tinha certeza de que minha pele ia estourar e expor o que quer que houvesse embaixo dela.

Matar e guardar segredos havia feito isso comigo. Tinha começado a me apodrecer de dentro para fora, e algo em meu interior queria me rasgar inteira.

De repente, o ar ficou estagnado e uma fumaça começou a se acumular no teto baixo de pedra do meu quarto escondido. A vela já estava quase completamente queimada, e logo as gotas de láudano me envolveriam em seu calor denso. A noite já tinha caído fazia tempo, e ela chegaria dentro de algumas horas: a mulher cujo nome eu adicionaria ao meu livro de registros e cujo mistério começaria a desvendar, não importando a inquietude que gerasse dentro de mim.

2

CAROLINE
Dias atuais, segunda-feira

Não era para eu estar em Londres sozinha.

Viagens comemorativas de aniversário de casamento foram feitas para dois, não para um só, porém, enquanto eu saía do hotel em uma tarde ensolarada de verão na cidade, o espaço vazio ao meu lado me dizia o oposto. Hoje — no nosso décimo aniversário de casamento —, James e eu deveríamos estar juntos, a caminho da London Eye, a roda-gigante com cabines transparentes que paira sobre o rio Tâmisa. Tínhamos reservado um passeio noturno em uma cápsula VIP, com uma garrafa de vinho espumante e anfitrião particular. Durante semanas, eu havia sonhado com a cápsula rodando sob o céu estrelado, nossa risada interrompida somente pelo tilintar das taças de champagne e pelo toque dos nossos lábios.

Mas James estava a um oceano de distância. E eu estava em Londres sozinha, triste, furiosa e cansada pela diferença de fuso horário, com uma decisão de vida ou morte para tomar.

Ao invés de virar para o sul rumo à London Eye e ao rio, segui na direção oposta, a caminho da Catedral de St. Paul e de Ludgate Hill. Ao observar com atenção o bar mais próximo, me senti uma turista completa em meu tênis cinza e minha bolsa de alça transpassada. Meu caderno estava lá dentro, as páginas cobertas de tinta de caneta azul e corações desenhados com um esboço do nosso itinerário de dez dias. Eu tinha acabado de chegar e já não suportava mais ler nossos planos feitos a dois e as anotações divertidas que havíamos deixado um para o outro. *Southwark, tour no jardim dos casais*, escrevi em uma das páginas.

Praticar fazer neném atrás de uma árvore, James tinha rabiscado ao lado. Planejei usar um vestido, só por precaução.

Agora eu não precisava mais do caderno e tinha descartado todos os planos que estavam dentro dele. Minha garganta começou a queimar, lágrimas surgiram, enquanto eu imaginava o que mais seria descartado em breve. Nosso casamento? James tinha sido meu namorado desde o colégio; eu não conhecia a vida sem ele. Eu não me conhecia sem ele. Será que eu também perderia minhas esperanças de ter um bebê? Essa ideia fazia meu estômago doer, clamando por algo além de uma boa refeição. Eu desejava ser mãe — beijar os pezinhos pequeninos e perfeitos e fazer cócegas na barriga redondinha do meu bebê.

Eu havia caminhado somente uma quadra quando avistei a fachada de um bar, The Old Fleet Tavern. Mas, antes que eu entrasse, um sujeito robusto segurando uma prancheta e vestindo uma calça cáqui manchada acenou para mim quando eu passava por ele na calçada. Com um sorriso largo no rosto, o homem de uns cinquenta e poucos anos disse:

— Gostaria de se juntar a nós numa caça a relíquias?

Caça a relíquias?, pensei. *É algum tipo de excursão Indiana Jones?* Forcei um sorriso e sacudi a cabeça.

— Não, obrigada.

O homem não desistiu tão facilmente.

— Já leu algum autor vitoriano? — perguntou ele, sua voz quase inaudível junto ao barulho dos freios de um ônibus vermelho de turismo.

Naquele instante, parei de caminhar. Uma década antes, na faculdade, eu havia me formado em História Britânica. Tirei boas notas no decorrer do curso, mas sempre demonstrei mais interesse pelo que acontecia *fora* dos livros acadêmicos. Os capítulos enxutos e previsíveis simplesmente não me interessavam tanto quanto os álbuns cheios de poeira e antiquados guardados nos arquivos de prédios antigos, ou as imagens raras e efêmeras digitalizadas — cartazes, relatórios do censo, listas de manifestos de passageiros —, que eu encontrava on-line. Eu poderia me perder durante horas naqueles documentos aparentemente sem sentido, enquanto meus colegas de turma se encontravam em cafés para estudar. Não podia atribuir meus interesses não convencionais a algo específico, só sabia que os debates em sala de aula sobre revoluções civis e líderes mundiais em uma busca doentia por poder me deixavam com sono. Para mim, o encanto de uma história estava nas minúcias da vida de antigamente, nos segredos escondidos de pessoas comuns.

— Já li um pouco, sim — respondi.

É claro, eu adorava vários romances britânicos clássicos e tinha sido uma leitora voraz nos meus tempos de faculdade. Algumas vezes cheguei a pensar em cursar Literatura, pois parecia ir mais ao encontro dos meus interesses. O que não contei a ele foi que eu não lia nada de literatura vitoriana — nem nenhum dos meus antigos autores britânicos favoritos, diga-se de passagem — havia anos. Se essa conversa terminasse em um questionário, eu fracassaria terrivelmente.

— Eles escreveram tudo sobre os caçadores de relíquias, incontáveis almas que vasculham o rio em busca de algo antigo, algo de valor. Talvez molhe um pouco o seu sapato, mas não há maneira melhor de mergulhar no passado. A maré sobe, a maré desce, trazendo algo novo toda vez. Você é bem-vinda se quiser se juntar a nós no passeio, se estiver a fim de uma aventura. A primeira vez é sempre de graça. Estaremos ali do outro lado daqueles prédios de tijolo, está vendo? — Ele apontou. — Procure pela escada que desce para o rio. O grupo vai se encontrar às 14h30, quando a maré fica baixa.

Eu sorri para ele. Apesar da aparência desgrenhada, seus olhos cor de mel irradiavam afeto. Atrás dele, a placa de madeira que dizia THE OLD FLEET TAVERN balançava em uma dobradiça barulhenta, como se estivesse me chamando.

— Obrigada — respondi —, mas estou a caminho de... um outro compromisso.

A verdade é que eu precisava de uma bebida.

Ele assentiu lentamente.

— Tudo bem, mas se mudar de ideia vamos ficar explorando o rio até umas 17h30, mais ou menos.

— Divirtam-se — murmurei, trocando minha bolsa para o outro ombro, na esperança de nunca mais ver aquele homem.

Entrei na taverna escura e úmida e me aconcheguei em uma cadeira alta de couro no balcão do bar. Ao me inclinar para a frente para ver as opções de chopes disponíveis, recuei ao perceber que tinha apoiado os braços em algo molhado — seja lá que tipo de fluido corporal ou de bebida tivesse sido deixado ali. Pedi um Boddingtons e esperei com impaciência que a espuma cor de creme da superfície assentasse. Finalmente, dei um longo gole na minha bebida, cansada demais para me importar com a dor de cabeça que se iniciava. O chope estava morno e uma certa cólica começou a incomodar o lado esquerdo da minha barriga.

Os vitorianos. Pensei de novo em Charles Dickens, o nome do autor ecoando no meu ouvido como se fosse um ex-namorado carinhosamente esquecido; um homem interessante, mas não promissor o suficiente a longo prazo. Eu já tinha lido bastante do seu trabalho — *Oliver Twist* era o meu preferido, e *Grandes esperanças* vinha logo depois —, mas senti uma leve pontada de constrangimento.

De acordo com o homem que eu tinha conhecido do lado de fora do pub, os vitorianos escreveram "tudo sobre" essa coisa chamada *caça a relíquias,* e mesmo assim eu sequer sabia o que aquilo significava. Se James estivesse ao meu lado, ele certamente teria zombado de mim por essa gafe. Ele sempre brincava que eu tinha traçado meu caminho pela faculdade em "clubes de livros" lendo contos de fada góticos durante a noite, quando deveria, segundo ele, ter passado mais tempo analisando revistas acadêmicas e desenvolvendo minha própria tese sobre inquietudes históricas e políticas. Ele dizia que esse tipo de pesquisa era a única maneira pela qual um diploma em História poderia beneficiar alguém, pois assim eu teria a chance de tentar permanecer na vida acadêmica, obter um diploma de doutorado, uma cadeira universitária.

De certa forma, James estava certo. Dez anos atrás, após a formatura, eu logo percebi que meu diploma em História não oferecia as mesmas oportunidades de carreira que o diploma em Economia dele. Enquanto minha busca infrutífera por trabalho me consumia, ele facilmente garantiu um emprego com um salário alto na empresa de contabilidade Big Four, em Cincinnati. Eu me inscrevi em diversas vagas de emprego para professoras em escolas de ensino médio e faculdades comunitárias, mas como James havia previsto, todos os locais preferiam alguém com um diploma mais especializado.

Incansável, considerei tudo isso uma oportunidade para mergulhar mais a fundo nos meus estudos. Com uma sensação de ansiedade e empolgação, comecei o processo de inscrição para frequentar a Universidade de Cambridge, que ficava a somente uma hora ao norte de Londres. James foi categoricamente contra a ideia, e logo entendi por quê: alguns meses após a formatura, ele me levou até a ponta do píer sobre o rio Ohio, ajoelhou-se e, aos prantos, me pediu em casamento.

Por mim, Cambridge poderia ter saído do mapa — Cambridge e seus diplomas especializados e todos os romances já escritos por Charles Dickens. A partir do momento em que passei meus braços ao redor do pescoço de James, na ponta daquele píer, e sussurrei *sim*, minha identidade de aspirante a historiadora foi embora, substituída pela identidade de noiva dele. Joguei minha inscrição da universidade no lixo e me atirei com entusiasmo no redemoinho dos planos de casamento, preocupada com tipografias de convite e tons de rosa para as peônias dos nossos centros de mesa. E, quando o casamento se tornou apenas uma memória feliz na beira do rio, depositei minha energia em fazer compras para a nossa primeira casa. Em certo momento, acabamos encontrando o Lugar Perfeito: um imóvel de três quartos e dois banheiros no final de uma rua sem saída, em um bairro de famílias jovens.

A rotina da vida de casada ajustou-se aos nossos dias, tão careta e previsível quanto as fileiras de árvores que se alinhavam nas ruas do nosso novo bairro. E conforme James começou a se estabelecer no primeiro patamar do mundo corporativo, meus pais — que tinham uma fazenda ao leste de Cincinatti — me agraciaram com uma proposta sedutora: um trabalho remunerado na fazenda da família, fazendo a contabilidade básica e funções administrativas. Seria algo estável, seguro. Nada de *incertezas*.

Eu refleti sobre essa decisão durante alguns dias, pensando rapidamente nas caixas que ainda estavam no porão, separadas com dezenas de livros que eu adorava na faculdade. *A abadia de Northanger*. *Rebecca*. *Mrs. Dalloway*. O que eles tinham feito por mim? James estava certo: ficar enterrada em documentos antigos e contos de mansões assombradas não resultara em uma única oferta de emprego. Pelo contrário, havia me custado dezenas de milhares de dólares em empréstimos estudantis. Eu comecei a nutrir rancor pelos livros dentro daquelas caixas e tive certeza de que meu objetivo de estudar em Cambridge havia sido a ideia radical de uma desempregada inquieta sem formação especializada.

Além disso, com o emprego estável de James, a coisa certa a fazer — a atitude *madura* — era ficar quieta em Cincinnati com meu novo marido e nossa nova casa.

Aceitei o trabalho na fazenda da minha família, para a alegria de James. E Brontë e Dickens e todos os autores que eu havia adorado durante tantos anos permaneceram em caixas escondidas no fundo do nosso porão, fechadas e finalmente esquecidas.

No bar escuro, dei um gole longo e grande no meu chope. Já havia sido uma surpresa James ter aceitado vir a Londres. Enquanto decidíamos os destinos da nossa comemoração de aniversário de casamento, ele deixou suas preferências bem claras: um resort na beira da praia nas Ilhas Virgens, onde ele poderia desperdiçar os dias dormindo ao lado de copos de drinque vazios. Mas havíamos vivido uma versão dessas férias regadas a daiquiri no último Natal, então implorei a ele que considerasse algo diferente, como a Inglaterra ou a Irlanda. Com a promessa de que não perderíamos tempo com nenhuma atividade muito acadêmica, como visitar a loja de restauração de livros raros que eu havia mencionado brevemente, ele finalmente concordou em virmos para Londres. Disse que cedeu porque sabia que conhecer Londres era um antigo sonho meu.

Um sonho que, alguns dias atrás, ele tinha erguido no ar como uma taça de champagne de cristal e esmagado entre os dedos.

O barman fez um gesto para o meu copo pela metade, mas sacudi a cabeça; um era suficiente. Inquieta, peguei o celular e abri o chat do Facebook. Rose — minha melhor amiga da vida inteira — tinha me mandado uma mensagem. Você está bem? Te amo.

E depois: Aqui vai uma foto da pequena Ainsley. Ela te ama também. <3

E lá estava ela, a recém-nascida Ainsley, embalada em um lençol cinza. Uma bebê perfeita de 3,175kg, minha afilhada, dormindo em paz nos braços da minha querida amiga. Eu me senti agradecida por ela ter nascido antes que eu soubesse do segredo de James; pude passar muitos momentos doces e felizes com aquela bebê. Apesar da minha dor, sorri. Se eu perdesse tudo, pelo menos tinha essas duas.

Se as redes sociais eram indicadores de algo, James e eu parecíamos ser os únicos do nosso círculo de amigos que ainda não estavam empurrando carrinhos e beijando bochechas sujas de macarrão. E, apesar de a espera ter sido cruel, foi o melhor para nós: a empresa de contabilidade em que James trabalhava esperava que seus associados bebessem vinho e jantassem com clientes, muitas vezes dedicando-se por mais de oitenta horas semanais. Embora eu quisesse filhos no início do nosso casamento, James não queria lidar com o estresse das longas horas de trabalho somados a uma jovem família. E, por uma década, enquanto ele subia os degraus do mundo corporativo, eu colocava aquele pequeno comprimido rosa na ponta da língua e pensava: *um dia.*

Vi a data de hoje no meu telefone: 2 de junho. Quase quatro meses tinham se passado desde que a empresa de James o havia promovido, cimentando seu caminho para virar sócio — o que significava que seus dias longos em reunião com clientes tinham ficado para trás.

Quatro meses desde que havíamos decidido tentar ter um bebê.

Quatro meses desde que meu *um dia* havia chegado.

Mas nada de bebê ainda.

Roí a unha do meu polegar e fechei os olhos. Pela primeira vez em quatro meses eu me senti aliviada por não ter engravidado. Dias atrás, nosso casamento começou a desmoronar sob o peso esmagador da minha descoberta: nossa relação não mais consistia em somente duas pessoas. Outra mulher tinha se metido entre nós. Que bebê merecia uma crise dessas? Nenhum — nem o meu, nem o de ninguém.

Só havia um problema: minha menstruação deveria ter descido ontem, mas ainda não havia qualquer sinal de sangue. Eu esperava com todas as minhas forças que aquilo fosse culpa do cansaço e do estresse.

Dei uma última olhada na filhinha da minha melhor amiga e não senti inveja, mas sim ansiedade em relação ao futuro. Eu adoraria que meu filho fosse o melhor amigo da vida inteira de Ainsley, que eles tivessem uma conexão como a que eu tinha com Rose. Mas, depois de descobrir o segredo de James, eu não tinha certeza se o casamento ainda era uma opção para mim, tampouco a maternidade.

Pela primeira vez em dez anos, pensei que talvez tivesse cometido um erro na ponta daquele píer, quando disse *sim* para James. E se eu tivesse dito *não*, ou *ainda não*? Duvido muito que eu ainda estivesse em Ohio, passando meus dias em um trabalho que não amava e com meu casamento pendurado à beira do precipício. Será que, em vez disso, eu moraria em algum lugar de Londres, dando aula ou pesquisando? Talvez eu tivesse a cabeça enterrada em contos de fada, como James gostava de zombar, mas não seria melhor do que o pesadelo no qual me encontro agora?

Sempre valorizei o pragmatismo e a natureza calculista do meu marido. Durante a maior parte do nosso casamento, vi isso como a forma encontrada por James de me manter com os pés no chão, segura. Quando eu vislumbrava uma ideia espontânea — qualquer coisa que saísse dos seus objetivos e desejos predeterminados —, ele logo me trazia de volta à Terra, com a sua visão dos riscos, me mostrando o lado negativo. Afinal, racionalmente, era isso que tinha feito com que ele prosperasse na empresa. Mas agora, a um mundo de distância de James, eu me perguntava, pela primeira vez, se os sonhos que eu tinha buscado um dia não haviam passado de um problema de contabilidade para ele. Ele estava mais preocupado com *retorno de investimento* e *gestão de riscos* do que com a minha felicidade. E o que eu sempre considerei a sensibilidade de James começou a parecer outra coisa: repressão e uma sutil manipulação.

Eu me mexi na cadeira, descolei minhas coxas grudadas no couro e desliguei meu celular. Ficar pensando na minha vida e no que poderia ter sido não me faria bem algum em Londres.

Para a minha alegria, os poucos rapazes dentro da The Old Fleet Tavern não acharam nada de mais em uma mulher de trinta e quatro anos sozinha no bar. Gostei da falta de atenção, e o Boddington começou a se espalhar com leveza pelo meu corpo dolorido e cansado da viagem de avião. Segurei a caneca com as duas mãos firmes, o anel na minha mão esquerda pressionando de um jeito desconfortável contra o copo, e terminei minha bebida.

Quando saí do bar, ainda pensando para onde seguiria — uma soneca no hotel parecia bastante atrativa —, eu me deparei com o lugar onde o homem de calça cáqui tinha me abordado mais cedo, me convidando para… como era mesmo, caça ao tesouro? Não, caça a *relíquias*. Ele tinha dito que o grupo havia combinado de se encontrar logo à frente, nos primeiros degraus do rio, às 14h30. Peguei meu telefone e conferi a hora: o relógio marcava 14h35. Apressei o passo, rejuvenescendo de repente. Dez anos antes, esse era exatamente o tipo de aventura que eu teria amado, seguir um homem britânico velho e gentil pelo rio Tâmisa para aprender sobre os vitorianos e os *caçadores de relíquias*. Tenho certeza de que James teria resistido a essa aventura espontânea, mas ele não estava aqui para me impedir.

Sozinha, eu podia fazer o que bem entendesse.

No caminho, passei pelo La Grande — nossa estadia em um hotel refinado havia sido um presente de aniversário dos meus pais —, mas mal dei atenção ao prédio. Cheguei ao rio e facilmente avistei os degraus de concreto que seguiam até a água. A corrente lamacenta e opaca na parte mais profunda do canal estava agitada, como se algo estivesse acontecendo ali embaixo. Segui em frente, os pedestres ao meu redor seguiam para locais mais previsíveis.

Os degraus eram mais íngremes e em condições de conservação muito piores do que eu teria imaginado para o centro de uma cidade modernizada. Eles tinham, no mínimo, 45cm de altura e eram feitos de pedra rústica, como um concreto antigo. Desci devagar, agradecendo por estar de tênis e com a minha bolsa fácil de carregar.

No fim da escada, fiz uma pausa e percebi o silêncio ao meu redor. Do outro lado do rio, na porção sul da cidade, carros e pedestres passavam às pressas — mas eu não conseguia escutar nada a essa distância. Ouvia somente a batida leve das ondas na lateral do rio, o tilintar das pedrinhas se revirando embaixo d'água, e, acima de mim, o canto solitário de uma gaivota.

O grupo de caça a relíquias estava a uma pequena distância, ouvindo o guia com atenção — o homem que havia me encontrado na rua mais cedo. Eu me aproximei, pisando com cuidado em meio a pedras soltas e poças de lama. Quando cheguei perto do grupo, pedi a mim mesma que deixasse todos os problemas de casa para trás: James, o segredo que eu havia descoberto, nossa tentativa fracassada de ter um bebê. Eu precisava de uma trégua da dor que me sufocava. Os espinhos da fúria eram tão afiados e inesperados que tiravam meu fôlego. Não importa como eu decidisse passar os próximos dez dias, de nada adiantava lembrar e reviver a descoberta sobre James feita 48 horas antes.

Ali em Londres, naquela viagem "comemorativa" de aniversário de casamento, precisava descobrir o que *eu* realmente queria, e se a vida que eu desejava ainda incluía James e o filho que pensávamos em criar juntos.

Mas, para fazer isso, eu tinha que desenterrar algumas verdades sobre mim mesma.

3

NELLA
4 de fevereiro de 1791

Quando o endereço Beco dos Fundos, nº 3 pertencia ao respeitável boticário da minha mãe, o local consistia em um cômodo único. Iluminado pela chama de incontáveis velas e geralmente lotado de clientes e seus bebês, a pequena loja dava uma sensação de calor e segurança. Naqueles dias, parecia que todo mundo em Londres conhecia a loja para enfermidades femininas, e a pesada porta de carvalho na frente do local raramente ficava fechada por muito tempo.

Mas muitos anos atrás — após a morte da minha mãe, após a traição de Frederick e após eu começar a fabricar veneno para mulheres de todos os cantos de Londres —, tornou-se necessário separar o espaço em dois compartimentos distintos. Isso foi facilmente realizado com a instalação de uma parede de prateleiras, que dividiu o cômodo.

A primeira sala, que ficava na frente, permaneceu acessível diretamente pelo Beco dos Fundos. Qualquer um podia abrir a porta principal — que estava quase sempre destrancada —, mas a maioria achava que tinha chegado no lugar errado. Agora, eu deixava a sala praticamente vazia, exceto por um barril antigo de cereais, e quem se interessava por uma quantidade enorme de grão de cevada meio podre? Às vezes, se eu tivesse sorte, um ninho de rato se formava no canto da sala, e isso dava uma impressão ainda maior de falta de uso e negligência. Aquele lugar era o meu primeiro disfarce.

De fato, muitos clientes deixaram de frequentar a botica. Ouviram falar da morte da minha mãe e, depois de encontrarem uma sala vazia, concluíram que a loja tinha fechado de vez.

Os mais curiosos e nefastos — como garotos com dedos ágeis — não eram detidos pelo vazio. Em busca de algo para roubar, eles vasculhavam a sala, inspecionando as prateleiras à procura de louças ou livros. Mas não encontravam nada, pois eu não deixava nada que pudesse ser roubado, nada minimamente interessante. E assim eles iam embora. Sempre iam embora.

Como eram tolos — todos eles, exceto as mulheres, a quem era dito onde encontrar suas amigas, suas irmãs, suas mães. Só elas sabiam que o barril de cevada tinha uma função muito importante: era um meio de comunicação, um esconderijo para cartas cujo conteúdo ninguém ousava dizer em voz alta. Somente elas sabiam que, por trás da parede invisível de prateleiras havia uma porta que levava à minha loja para enfermidades de mulheres. Somente elas sabiam que eu estava ali, esperando, em silêncio, atrás da parede, os dedos manchados por resíduos de veneno.

Era onde, naquele instante, eu esperava pela mulher, minha nova cliente, ao amanhecer.

Quando ouvi o rangido baixo da porta da frente, sabia que ela tinha chegado. Espiei pela quase imperceptível fenda na coluna de prateleiras, com o intuito de dar uma primeira olhada nela.

Dei um passo para trás e cobri minha boca com dedos trêmulos. Seria um equívoco? Não era uma mulher; era praticamente uma *menina*, com não mais de doze ou treze anos, usando um vestido cinza de lã e uma capa azul velha sobre os ombros. Será que ela tinha entrado no lugar errado? Talvez fosse uma dessas larápias que não fora enganada pelo meu depósito e estava em busca de algo para roubar. Se fosse esse o caso, era recomendado que ela roubasse uma padaria, pegando alguns doces para engordar um pouquinho.

Mas a menina, pela idade, chegou exatamente no amanhecer. Ficou parada confiante na sala, o olhar direcionado para a parede falsa de prateleiras, logo diante de onde eu me encontrava.

Não, aquela não era uma visitante acidental.

A princípio, eu me preparei para mandá-la embora por causa da sua idade, mas repensei. No bilhete que havia deixado para mim, ela dizia que precisava de algo para o marido da sua senhora. O que seria do meu legado se essa mulher fosse conhecida na cidade e a fofoca de que eu tinha mandado uma criança embora se espalhasse? Além disso, enquanto eu continuava a observar a garota pela fenda, ela mantinha a cabeça erguida, com seu cabelo preto grosso. Seus olhos eram redondos e reluzentes, mas ela não olhava para baixo, para os pés, nem para a porta de entrada no beco. Ela tremia um pouco, mas tive certeza de que era por causa do ar gelado e não porque estava nervosa. A menina postou-se altiva demais e orgulhosa demais para que eu achasse que ela estava com medo.

De onde vinha toda aquela coragem? Do comando severo da sua senhora, ou de algo mais sinistro?

Retirei a tranca e recolhi a coluna de prateleiras, fazendo sinal para que ela entrasse. Seus olhos observaram o pequeno espaço por um instante, sem nem piscar; o local era tão apertado que se a menina e eu ficássemos juntas e abríssemos os braços poderíamos tocar as duas paredes mais distantes.

Segui o olhar da garota por trás das prateleiras até a parede dos fundos, repleta de frascos de vidro e funis de latão, potes de metal e pilões de pedra. Em uma segunda parede, o mais longe possível do fogo, o armário de carvalho da minha mãe guardava inúmeros jarros de barro e porcelana, designados para tinturas e ervas que se desfaziam e se deterioravam com o menor raio de luz. Na parede mais perto da porta ficava um balcão comprido e estreito, que batia na altura do ombro da menina; nele, havia uma coleção de balanças de metal, pesos de vidro e de pedra e alguns guias encadernados de referência sobre enfermidades de mulheres. E se a menina se intrometesse dentro das gavetas debaixo do balcão, ela encontraria colheres, rolhas de cortiça, castiçais, pratos de estanho e dezenas de folhas de pergaminho, muitas delas cheias de anotações e cálculos corriqueiros.

Caminhei cuidadosamente ao redor dela e tranquei a porta, pois minha preocupação imediata era proporcionar uma sensação de segurança e discrição à minha nova cliente. Mas meus medos eram injustificados, uma vez que ela lançou-se em uma das minhas duas cadeiras como se já tivesse estado em minha loja uma centena de vezes. Eu podia vê-la melhor agora que estava sentada perto da luz. Sua silhueta era magra; os olhos, claros e castanhos, quase grandes demais para seu rosto oval. Ela entrelaçou os dedos, pôs as mãos em cima da mesa, olhou para mim e sorriu.

— Olá.

— Olá — respondi, surpresa com suas boas maneiras. Em um instante, eu me senti uma tola por ter sentido um mau pressentimento com a carta rosada escrita por uma criança. Também pensei sobre sua linda caligrafia em uma idade tão tenra. Conforme minha preocupação ia diminuindo, era substituída por uma curiosidade tranquila; desejei saber mais sobre a menina.

Eu me virei para a lareira, que ficava em um canto da sala. A chaleira que tinha sido colocada sobre o fogo pouco antes soltava vapor.

— Eu fervi algumas folhas — falei para a menina. Enchi duas canecas de chá e coloquei uma delas à sua frente.

Ela me agradeceu e pegou a caneca. Seu olhar parou sobre a mesa, onde estavam nossas canecas, uma única vela acesa, meu livro de registros e a carta que ela havia deixado dentro do barril de cevada: *Para o marido da minha senhora, no café da manhã. Alvorada, 4 de fevereiro.* As bochechas da menina, rosadas quando chegara, permaneciam cheias de jovialidade, de vida.

— Que tipo de folhas?

— Valeriana — eu disse a ela — com pau de canela. Alguns goles para aquecer o corpo, e mais alguns para acordar e relaxar a mente.

Ficamos quietas por cerca de um minuto, mas não de um modo desconfortável, como pode acontecer entre dois adultos. Imaginei que a menina estivesse agradecida, principalmente por estar protegida do frio. Dei a ela alguns instantes para se aquecer, enquanto fui até o balcão e ocupei-me com algumas pequenas pedras pretas. Elas precisavam de lapidação na tábua de moagem, para em seguida servirem como tampas de frascos. Ciente de que a garota estava me observando, ergui a primeira pedra e, pressionando-a com a palma da mão, eu a rolei, virei-a ao contrário, rolei-a de novo. Dez ou quinze segundos era tudo o que eu conseguia antes de precisar parar e recuperar o fôlego.

Um ano atrás, eu era mais forte, e minha força era tanta que eu conseguia rolar e moldar essas pedras em questão de minutos sem sequer tirar um fio de cabelo do rosto. Mas hoje, com a menina ali, eu não conseguia — meus ombros doíam demais. Eu não entendia aquela dor! Meses atrás, ela começou no meu cotovelo, depois se mudou para o punho oposto e, só recentemente, o calor começou a se espalhar entre as juntas dos meus dedos.

A menina permanecia imóvel, seus dedos firmes ao redor da caneca.

— O que é aquele pote com uma coisa cremosa em cima da lareira?

Tirei os olhos das pedras e olhei para o fogo.

— Uma pomada — respondi — de banha de porco e dedaleira roxa.

— Você está aquecendo porque está dura demais?

Fiz uma pausa diante do seu pensamento rápido.

— Sim, isso mesmo.

— E serve para quê?

Senti um calor no rosto. Eu não podia dizer que as folhas de dedaleira roxa, quando secas e trituradas, sugavam o calor e o sangue da pele, e, portanto, eram de grande utilidade nos dias depois que uma mulher dava à luz uma criança — uma experiência desconhecida para meninas da idade dela.

— É para cortes na pele — falei, enquanto me sentava.

— Ah, uma pomada venenosa para um corte na pele?

Sacudi a cabeça e retruquei:

— Não há veneno algum ali, menina.

Seus ombros ficaram tensos.

— Mas a sra. Amwell, minha senhora, falou que você vende venenos.

— Eu vendo, mas não vendo *só* veneno. As mulheres que vêm aqui em busca de remédios mortais já viram a extensão das minhas prateleiras, e algumas contaram às suas amigas mais fiéis. Eu faço todo tipo de óleos, tinturas e poções, qualquer coisa que uma boticária respeitável possa querer em sua botica.

De fato, quando comecei a fazer venenos muitos anos atrás, não apenas limpei tudo das minhas prateleiras, com exceção de arsênio e ópio. Mantive também os ingredientes necessários para fazer remédios contra inúmeras enfermidades, ingredientes tão benignos quanto sálvia ou tamari. Só porque uma mulher havia conseguido se curar de um mal — um marido infiel, por exemplo — não significava que ela estivesse imune a todos os outros males. Meu livro de registros era prova disso; em meio aos tônicos mortais, também havia muitos remédios de cura.

— E só mulheres vêm aqui? — perguntou a garota.
— Sua patroa lhe contou isso também?
— Sim, senhora.
— Bem, ela não estava errada. Somente mulheres vêm aqui.
— Com uma exceção, muito tempo atrás, nenhum homem havia colocado os pés na minha loja de venenos. Eu cuidava *somente* de mulheres.

Minha mãe se atinha a esse princípio, incutindo na minha mente desde cedo a importância de proporcionar um porto seguro — um local de cura — para as mulheres. Londres dedica muito pouco às mulheres com necessidades de cuidados especiais; em vez disso, a cidade é repleta de médicos para homens, cada um mais desonesto e corrupto que o outro. Minha mãe comprometeu-se a dar um refúgio às mulheres, um lugar onde elas pudessem ficar vulneráveis e sentir-se à vontade com suas enfermidades, sem o julgamento lascivo de um homem.

Além disso, os ideais da medicina praticada por homens não se alinhavam aos da minha mãe. Ela acreditava nos remédios comprovados pela doce e fértil Mãe Terra, e não nos esquemas desenhados em livros e estudados por homens de óculos, com cheiro de conhaque na boca.

A jovem na minha loja olhou ao redor, a luz da chama refletida em seus olhos.

— Que interessante. Eu gosto deste lugar, embora seja um pouco escuro. Como você sabe que já é de manhã? Não há nenhuma janela.

Eu apontei para o relógio na parede.

— Há mais de uma maneira de saber a hora — falei —, e uma janela não me serviria de nada.

— Mas você deve ficar cansada no escuro.

Eu frequentemente não conseguia distinguir o dia da noite, pois já tinha perdido o senso intuitivo de vigília fazia tempo. Meu corpo parecia estar sempre em um estado de fadiga.

— Estou acostumada.

Como era estranho estar de frente para aquela criança. A última criança que havia se sentado naquele cômodo havia sido *eu*, décadas atrás, observando minha própria mãe trabalhar. Mas eu não era mãe da menina, e sua presença começava a me deixar desconfortável. Embora sua ingenuidade fosse encantadora, ela era muito jovem. Não importava o que pensasse da minha loja, ela não poderia precisar de mais nada que eu oferecia — os remédios de fertilidade, as cascas de árvore para cólicas. Ela estava ali somente pelo veneno, então me esforcei para nos trazer de volta para o assunto em questão.

— Você nem encostou no seu chá.

Ela olhou para a bebida com desconfiança.

— Eu não quero parecer grosseira, mas a sra. Amwell me disse para ter muito cuidado...

Ergui minha mão no ar para interrompê-la. Ela era esperta. Peguei a caneca da menina, dei um gole generoso e a coloquei em cima da mesa de volta na frente dela.

Finalmente, ela segurou a caneca e levou-a à boca, esvaziando-a inteira.

— Eu estava *seca* — disse ela. — Ah, obrigada, que delícia! Posso tomar mais?

Levantei da cadeira e dei dois pequenos passos até o fogão. Tentei não tremer ao levantar a chaleira pesada para encher a caneca.

— O que há de errado com a sua mão? — perguntou a menina atrás de mim.

— O que quer dizer?

— Você está segurando a mão de um jeito esquisito o tempo todo, como se estivesse com dor. Se machucou?

— Não — respondi —, e é falta de educação se intrometer. — Mas no mesmo instante me arrependi do tom que usei. Ela era apenas uma menina curiosa, assim como eu fora um dia. — Quantos anos você tem? — perguntei com uma voz mais doce.

— Doze.

Assenti. Estava, de fato, esperando algo parecido.

— Muito jovem.

Ela hesitou e, pelo movimento rítmico da sua saia, supus que estivesse batendo os pés no chão.

— Eu nunca... — Ela fez uma pausa. — Eu nunca matei ninguém.

Eu quase ri.

— Você é só uma criança. Eu não esperaria que tivesse matado muitas pessoas na sua curta vida. — Meus olhos focaram uma prateleira atrás dela, onde havia um pequeno pote de porcelana cor de leite. Dentro dele, havia quatro ovos marrons de galinha, com veneno escondido dentro. — E qual é o seu nome?

— Eliza. Eliza Fanning.

— Eliza Fanning — repeti —, doze anos.

— Sim, senhora.

— E sua senhora lhe enviou aqui hoje, certo? — Essa combinação me dizia que a patroa de Eliza devia confiar muito nela.

Mas a menina fez uma pausa e franziu a sobrancelha, e o que disse em seguida me surpreendeu.

— Inicialmente foi ideia dela, sim, mas fui eu que sugeri a mesa de café da manhã. Meu patrão gosta de frequentar tavernas na hora do jantar com seus amigos, e às vezes some durante uma ou duas noites. Achei que o café da manhã seria a melhor opção.

Olhei para a carta de Eliza em cima da mesa e passei o polegar nas bordas. Pela sua idade tenra, achei necessário lembrá-la de uma coisa.

— E você entende que isso não irá apenas machucá-lo, não é? Isso não irá simplesmente deixá-lo *doente*, mas... — Diminuí o ritmo da minha fala. — Isso irá *matá-lo*, com a mesma certeza de que mataria um animal. É isso o que você e sua patroa pretendem fazer?

A pequena Eliza olhou para mim com os olhos firmes. Entrelaçou as mãos delicadamente na sua frente.

— Sim, senhora.

Ao dizer isso, ela sequer hesitou.

4

CAROLINE
Dias atuais, segunda-feira

—Não conseguiu resistir ao velho chamado do rio, não foi? — disse uma voz familiar. Logo à frente, o guia separou-se do grupo e caminhou na minha direção, vestindo uma galocha grande demais, na altura do joelho, e luvas azuis de limpeza.

— Acho que não. — Verdade seja dita, eu nem sequer sabia o que estávamos fazendo no leito do rio, mas isso era parte da atração. Simplesmente sorri para ele. — Vou precisar de uma dessas? — Indiquei com a cabeça as galochas dele.

Ele fez que sim.

— Seu tênis vai servir, mas pegue um par dessas aqui. — De uma mochila, ele puxou um par de luvas de borracha usadas e manchadas de lama, não muito diferente das dele. — Para não se cortar. Vamos lá, estamos logo ali embaixo. — Ele saiu andando, e então virou-se de volta para mim. — Ah, sim, a propósito, eu sou Alfred. Mas todos me chamam de Alf Solteiro. É engraçado, já que sou casado há quarenta anos. Mas o apelido antigo se deve ao fato de eu ter encontrado tantos anéis dobrados ao meio.

Ao ver o olhar confuso no meu rosto enquanto eu vestia as luvas, ele continuou:

— Centenas de anos atrás, os homens dobravam os anéis de metal para demonstrar sua força antes de pedirem a mão de uma mulher em casamento. Mas se a mulher não quisesse se casar, veja só, ela lançava o anel na ponte e dispensava o pretendente. Eu já encontrei centenas de anéis aqui. Parece que muitos rapazes saíram deste rio solteiros, se entende o que quero dizer. De toda forma, é uma tradição esquisita.

Olhei para as minhas mãos. Meu próprio anel agora estava escondido por debaixo de uma luva suja de borracha. A tradição também não me fizera muito bem. Algumas semanas atrás, antes da minha vida entrar em uma espécie de suspensão incerta, comprei uma caixa vintage para os novos cartões de visita de James. A caixa era feita de estanho, o presente tradicional em um aniversário de casamento de dez anos, com a ideia de significar durabilidade no casamento. Eu tinha mandado gravar as iniciais dele, e a caixa chegou pelo correio na noite anterior à nossa viagem planejada para Londres — bem a tempo.

Mas pouca coisa deu certo desde então.

Assim que a caixa chegou, eu a levei para o andar de cima, para escondê-la na minha mala. Enquanto vasculhava o nosso closet, peguei alguns itens adicionais que eu ainda não havia guardado: algumas lingeries, uma sandália de salto alto, óleos essenciais. Olhei para eles e separei os de lavanda, rosa absoluta e laranja doce, dentre outros. James gostava particularmente do laranja doce.

Sentada de pernas cruzadas no chão do nosso closet, levantei uma lingerie que ainda não tinha decidido se levaria, uma confusão de fios vermelhos que, de alguma maneira, se entrelaçavam entre as nádegas e a perna. Na dúvida, joguei o item dentro da minha mala ao lado de um teste de gravidez de farmácia que, naquela época, eu esperava desesperadamente usar em Londres, se minha menstruação atrasasse. O que me fez lembrar das vitaminas pré-natais. Seguindo as recomendações do meu médico, eu tinha começado a tomá-las assim que resolvemos tentar conceber um filho.

Ao entrar no banheiro para pegar as vitaminas, o som de algo vibrando — o celular de James na cômoda — chamou minha atenção. Passei o olho, de um jeito desinteressado e rápido, mas ele vibrou de novo e duas letras saltaram aos meus olhos: BJ.

Tremendo, eu me inclinei para ler as mensagens. Elas tinham sido enviadas por alguém da lista de contato de James chamado B.

Vou sentir muito a sua falta, dizia a primeira delas.

E então:

Não beba champagne demais a ponto de esquecer a sexta passada. BJ.

A segunda mensagem, para o meu horror, incluía a foto de uma calcinha preta dentro de uma gaveta. Debaixo da calcinha, reconheci o panfleto colorido com a logo da empresa de James. A foto devia ter sido tirada no trabalho dele.

Olhei fixamente para o telefone, em choque. Sexta passada, eu tinha passado a noite no hospital com Rose e o marido dela, enquanto ela estava em trabalho de parto. James estava no escritório, trabalhando. Ou *não* trabalhando, suspeitei.

Não, não, deve ser algum mal-entendido. Minhas mãos ficaram úmidas de suor. No andar de baixo, ouvi James andando pela cozinha. Respirei fundo algumas vezes e peguei o celular, meus dedos apertando as teclas como uma arma.

Corri escada abaixo.

— Quem é B? — questionei, segurando o telefone no alto para mostrá-lo a James.

O olhar dele disse tudo.

— Caroline — respondeu ele, firme, como se eu fosse uma cliente e ele fosse me apresentar uma análise de caso. — Não é o que você está pensando.

Com as mãos trêmulas, olhei a primeira mensagem.

— Vou sentir muito a sua falta? — Li em voz alta.

James colocou as mãos na bancada e apoiou-se nela.

— É só uma colega de trabalho. Ela estava flertando comigo uns meses atrás. Nós brincamos sobre isso no escritório. Sério, Caroline, não é nada.

Uma mentira deslavada. Eu não havia revelado — ainda — o conteúdo da segunda mensagem.

— Aconteceu algo entre vocês dois? — Perguntei, tentando manter a minha voz calma.

Ele respirou lentamente e passou a mão no cabelo.

— Nós nos conhecemos em um evento promocional há alguns meses — disse ele finalmente. A empresa dele tinha feito um jantar em um cruzeiro em Chicago para alguns vendedores novos; esposas eram bem-vindas pagando sua parte, mas estávamos decididos a economizar para a viagem a Londres e achei que seria melhor não ir. — Nós nos beijamos naquela noite, só um beijo, depois de bebermos além da conta. Eu mal conseguia enxergar direito. — Ele veio na minha direção, com o olhar doce, suplicando. — Foi um lapso terrível. Mais nada aconteceu, e eu não a vi desde então.

Outra mentira. Virei o telefone para ele de novo, apontando para a calcinha preta dentro da gaveta.

— Tem certeza? Porque ela acabou de mandar essa foto, dizendo para você não se esquecer da sexta passada. Parece que ela guarda a calcinha na sua mesa agora, não?

Um brilho de suor formou-se na testa dele conforme tentava inventar uma explicação.

— É só uma brincadeira, Car...

— Porra nenhuma — interrompi, com lágrimas rolando pelo meu rosto. Uma imagem sem nome ganhou forma na minha mente, a mulher dona daquela calcinha preta minúscula, e entendi, pela primeira vez na vida, a fúria incalculável que leva algumas pessoas a assassinarem alguém. — Você não foi muito produtivo no escritório na sexta-feira, não é?

James não respondeu; seu silêncio era tão condenatório quanto uma confissão.

Eu soube, ali, que não podia confiar em mais nada que ele dissesse. Imaginei que ele não só tinha visto a calcinha preta com os próprios olhos, mas que provavelmente também a tinha tirado do corpo dela. James raramente ficava sem palavras; se nada sério tivesse acontecido entre os dois, ele estaria se defendendo ferozmente agora. Mas ele permaneceu mudo, com a culpa estampada em seu rosto cabisbaixo.

O segredo — a infidelidade dele — já era ruim o suficiente. Mas naquele exato momento, as perguntas básicas e terríveis sobre *ela*, e a extensão do relacionamento dos dois, pareceram menos graves do que o segredo escondido por ele durante meses. E se eu não tivesse encontrado o telefone? Por quanto tempo ele ia esconder aquilo de mim? Na noite anterior, havíamos feito amor. Como ele ousava trazer o fantasma daquela mulher para a nossa cama? O local sagrado onde estávamos tentando conceber um bebê!

Meus ombros sacudiam, minhas mãos tremiam.

— Todas essas noites tentando fazer um filho. Você estava pensando nela em vez de... — Mas engasguei com minhas próprias palavras, incapaz de dizer a palavra *mim*. Eu não suportaria ligar essa farsa a *nós*, ao *nosso* casamento.

Antes que ele pudesse responder, o enjoo começou a subir na garganta, implacável, e corri para o banheiro, batendo a porta atrás de mim e trancando-a. Vomitei cinco, sete, dez vezes, até que mais nada sobrou dentro de mim.

O barulho do motor de um barco próximo ali no rio me resgatou da minha lembrança. Olhei para cima e vi o Alf Solteiro me observando, as mãos abertas.

— Está pronta? — perguntou ele.

Constrangida, assenti e o segui até um grupo de cinco ou seis pessoas. Algumas delas estavam ajoelhadas no meio das rochas, vasculhando entre as pedrinhas. Cheguei mais perto do meu guia e falei em voz baixa:

— Desculpe, mas eu não entendi exatamente o que é *caça a relíquias*. Nós estamos procurando alguma coisa?

Ele olhou para mim e deu uma risada, sua barriga chacoalhando.

— Eu nunca te falei, não é mesmo? Bem, aqui vai tudo o que você precisa saber: o rio Tâmisa atravessa a cidade de Londres, e durante muito tempo sempre foi assim. Pequenos vestígios de história, desde a era romana, podem ser encontrados aqui na lama, se você procurar bastante. Muito tempo atrás, os *caçadores de relíquias* encontravam moedas, anéis, cerâmica, e depois vendiam tudo. Foi sobre isso que os vitorianos escreveram, sobre as pobres crianças tentando comprar pão. Mas, hoje em dia, estamos aqui somente por amor mesmo. Você pode ficar com o que encontrar também, é a nossa regra. Veja, bem aqui — disse ele, apontando para o meu pé. — Você está pisando em um cachimbo de barro. — Ele se agachou e o pegou. Para mim, parecia uma pedra estreita, mas Alf Solteiro estava sorrindo de orelha a orelha. — É possível encontrar milhares como esse em um dia. Não é nada de mais, a não ser que seja sua primeira vez. Isso estaria cheio de folhas de tabaco. Consegue ver as cristas subindo pelo fornilho? Eu diria que data de um período entre 1780 e 1820. — Ele fez uma pausa, esperando a minha reação.

Ergui a sobrancelha e olhei mais de perto para o cachimbo de barro, e de repente fui tomada pela emoção de segurar em minhas mãos um objeto que havia sido tocado pela última vez séculos antes. Mais cedo, Alf Solteiro tinha dito que o nível do rio revelava novos mistérios cada vez que avançava e retrocedia. Quais outros artefatos antigos poderiam estar ao alcance das mãos? Conferi minhas luvas para garantir que estavam firmes onde deveriam estar, e então me ajoelhei; será que eu encontraria mais alguns cachimbos de barro, ou uma moeda, ou um anel dobrado, como o Alf Solteiro havia dito? Ou talvez eu pudesse retirar meu próprio anel, dobrá-lo ao meio e lançá-lo na água para se juntar aos outros símbolos de amor fracassado.

Lentamente, passei meus olhos sobre as rochas e corri a ponta dos dedos pelas pedrinhas brilhantes e rústicas. Mas após um minuto fazendo isso, franzi o cenho; tudo parecia meio igual. Mesmo se um anel de diamante estivesse enterrado no meio do lodo, duvido que eu o reconhecesse.

— Você tem alguma dica — gritei para o Alf Solteiro —, ou uma pá, talvez? — Ele estava parado a alguns metros de distância, inspecionando algo no formato de um ovo que outra pessoa havia encontrado.

Ele riu.

— Infelizmente, as autoridades do Porto de Londres proíbem pás ou qualquer tipo de escavação. Nós só podemos procurar na superfície. Então, é um plano do destino se você encontrar algo, ou pelo menos eu gosto de pensar assim.

Destino, ou uma perda de tempo colossal. Mas era o leito do rio ou uma cama king-size gelada e vazia no hotel, então dei alguns passos adiante, mais perto da água, e me ajoelhei de novo, afastando com as mãos um aglomerado de mosquitinhos que circundavam meus pés. Passei os olhos bem devagar pelas pedrinhas e vi algo brilhante refletindo. Respirei, pronta para chamar o Alf Solteiro para inspecionar meu achado. Mas quando me aproximei para pegar o objeto fino e brilhoso, percebi que eu tinha simplesmente capturado o rabo iridescente e podre de um peixe morto.

— Eca — resmunguei. — Que nojo.

De repente, ouvi um grito animado atrás de mim. Virei-me e vi um dos integrantes do grupo — uma mulher de meia-idade, bem agachada, com a ponta dos cabelos quase encostando em um banco de areia debaixo dela — segurando uma pedra esbranquiçada de pontas afiadas. Ela esfregou furiosamente a parte da frente com sua luva e depois a expôs, orgulhosa.

— Ah, um pedaço de porcelana holandesa! — exclamou Alf Solteiro. — Be-*lís*-si-mo também, devo dizer. Não se acha mais um azul desses. Azul-cerúleo, descoberto no final do século XVIII. Hoje em dia, é uma tinta barata. Veja só. — Ele apontou, traçando o padrão para a mulher animada. — Parece a ponta de uma canoa, talvez um barco dragão.

A mulher, feliz da vida, guardou o fragmento dentro de uma bolsa e todo mundo continuou suas buscas.

— Ouçam, amigos — explicou o Alf Solteiro. — A dica é deixar seu subconsciente encontrar a anomalia. Nosso cérebro foi feito para identificar falhas de padrão. Nós evoluímos dessa forma, muitos milhões de anos atrás. Vocês não estão procurando por *algo* tanto quanto estão procurando pela inconsistência das coisas, ou pela ausência.

Havia uma série de coisas ausentes no momento, dentre elas a segurança e a certeza do que o resto da minha vida reservava para mim. Depois da novidade de James, depois que me tranquei no banheiro, ele tentou entrar enquanto eu estava em posição fetal no tapete. Eu implorei para que me deixasse sozinha; cada vez que eu pedia, James respondia com alguma súplica, alguma variação de *Me deixe compensá-la de algum jeito* ou *Vou passar o resto da minha vida tentando consertar esse erro*. Tudo o que eu queria era que ele fosse embora.

Eu também liguei para Rose e contei toda a história terrível para ela. Chocada e com um neném chorando ao fundo, ela ouviu pacientemente enquanto eu lhe dizia que não conseguia imaginar ir para Londres com ele no dia seguinte para celebrar nosso aniversário de casamento.

— Então não vá *com* ele — respondeu ela. — Vá sozinha. — Nossas vidas podiam parecer assustadoramente diferentes naquele instante, mas no meu momento de desespero, Rose podia enxergar com clareza o que eu não conseguia: que eu precisava ficar o mais distante possível de James. Eu não podia suportar ficar perto das mãos dele, da boca dele; elas instigavam minha imaginação, faziam o meu estômago revirar de novo. Então, meu voo iminente para Londres fora um colete salva-vidas jogado à deriva. Eu o segurei com força, desesperada.

Algumas horas antes do voo, quando James me viu guardando minha última roupa na mala, ele olhou para mim e sacudiu a cabeça em silêncio, visivelmente arrasado, enquanto a raiva corria por dentro do meu corpo exausto de chorar e privado de sono.

Mas ao mesmo tempo que eu precisava me afastar dele, eu era lembrada da sua ausência a cada esquina. A atendente do check-in no aeroporto olhou para mim com estranheza, tamborilando as unhas pintadas de laranja no balcão enquanto me perguntava sobre o paradeiro do sr. Parcewell, o segundo indivíduo da reserva. A mulher do hotel franziu a testa quando eu disse que só seria necessária uma chave do quarto. E agora, é claro, eu me encontrava em um lugar que nunca havia imaginado: no leito de um rio lamacento, procurando objetos, ou como Alf havia dito, *inconsistências*.

— Vocês têm que confiar nos seus instintos mais do que nos seus olhos — continuou o Alf Solteiro.

Enquanto pensava nas palavras dele, senti o odor sulfúrico de esgoto de algum lugar rio abaixo, e uma onda inesperada de náusea surgiu em mim. Aparentemente, eu não era a única incomodada com o cheiro, uma vez que outras pessoas emitiram resmungos audíveis.

— Mais um motivo para não escavarmos com pás — explicou Alf Solteiro. — Os odores aqui embaixo não são nada agradáveis.

Conforme continuei meu caminho ao longo da beira da água, em busca de uma área sem a presença de outras pessoas, pisei em falso e acabei com a perna afundada até o tornozelo em uma poça de lama. Ofegante pelo choque repentino da água fria invadindo meu tênis, pensei no que o Alf Solteiro diria se eu fosse embora do passeio antes do fim. Com exceção do cheiro desagradável, a aventura não tinha contribuído muito para mudar meu humor.

Chequei meu celular e decidi dar mais doze minutos de chance, até as 15 horas. Se as coisas não melhorassem até lá — um pequeno achado, mesmo que levemente interessante —, eu deixaria o grupo educadamente.

Doze minutos. Uma fração do tempo de uma vida, ainda assim o suficiente para alterar o curso das coisas.

5

NELLA
4 de fevereiro de 1791

Andei até a prateleira atrás de Eliza e peguei o pequeno pote cor de leite. Dentro dele havia quatro ovos marrons de galinha, dois deles levemente maiores do que os outros. Coloquei o pote de ovos em cima da mesa.

Eliza inclinou-se para a frente, como se quisesse desesperadamente encostar no pote, e apoiou as mãos na mesa, suas palmas deixando um rastro de umidade.

Na verdade, eu via nela muito da menina que eu fora na infância — seus olhos grandes e curiosos diante de algo novo, algo que a maioria das crianças nunca havia experienciado —, embora essa parte de mim já estivesse morta havia milhares de anos. A diferença era que eu tinha visto o conteúdo daquela loja — os frascos, as balanças e os pesos de pedra — muito antes dos doze anos. Minha mãe me apresentou a eles assim que desenvolvi a habilidade de pegar e selecionar objetos, distinguir um do outro, pedi-los e reorganizá-los.

Quando eu tinha apenas seis ou sete anos e minha capacidade de concentração era efêmera, minha mãe me ensinava coisas simples e fáceis, como as cores: os frascos de óleo azul e preto devem ficar nessa prateleira, e os de líquido vermelho e amarelo, naquela. Conforme eu entrava na adolescência e me tornava mais habilidosa e perspicaz, os afazeres ficavam mais complicados. Ela podia, por exemplo, jogar um jarro inteiro de flor de lúpulo em cima da mesa, espalhar os cones secos e amargos e me mandar rearrumá-los de acordo com a complexidade. Enquanto eu trabalhava, minha mãe ficava ao meu lado com suas tinturas e infusões, explicando a diferença entre escrúpulos e dracmas, vasilhas e caldeirões.

Essas eram minhas brincadeiras. Enquanto outras crianças se divertiam com blocos, varetas e cartas em becos lamacentos, passei minha infância inteira neste cômodo. Aprendi a cor, consistência e sabor de centenas de ingredientes. Estudei os grandes herbalistas e memorizei os nomes em latim da farmacopeia. De fato, não havia muita dúvida de que um dia eu preservaria a loja da minha mãe e carregaria seu legado de bondade com as mulheres.

Jamais tive a intenção de prejudicar a imagem dela — torná-la manchada e duvidosa.

— Ovos — sussurrou Eliza, trazendo-me de volta dos meus devaneios. Ela olhou para mim, confusa. — Você tem uma galinha que coloca ovos venenosos?

Apesar da seriedade do meu encontro com Eliza, não pude me conter e comecei a rir. Era uma lógica perfeita para uma criança, e me recostei na minha cadeira.

— Não, não exatamente. — Levantei um dos ovos, mostrei a ela e o retornei ao pote. — Veja só, se você olhar para esses quatro ovos juntos, consegue me dizer quais são os dois maiores?

Eliza franziu a testa, abaixou-se até os olhos ficarem no nível da mesa e observou os ovos durante alguns segundos. E então, de repente, recostou-se na cadeira, com orgulho no rosto, e apontou.

— Esses dois — declarou ela.

— Muito bem — assenti. — Os dois *maiores*. Você precisa se lembrar disso. Os dois maiores são os envenenados.

— Os dois maiores — repetiu. Ela deu um gole em seu chá. — Mas como?

Coloquei três dos ovos de volta no pote, mas mantive um dos maiores do lado de fora. Virei-o na minha mão para que a minha palma segurasse a base maior.

— O que não se consegue ver, Eliza, é um pequeno furinho aqui na parte de cima do ovo. Ele está coberto agora, com uma cera da mesma cor, mas, se você estivesse aqui ontem, teria visto um pontinho preto onde eu inseri o veneno com uma agulha.

— E ele não quebrou! — exclamou ela, como se eu tivesse feito magia ou um truque de ilusionismo. — E eu nem consigo ver a cera.

— Exatamente. E, ainda assim, há veneno suficiente dentro dele para matar uma pessoa.

Eliza assentiu, olhando para o ovo.

— Que tipo de veneno?

— *Nux vomica*, veneno de rato. Um ovo é o local ideal para a semente amassada, pois a gema, viscosa e fria, preserva o conteúdo como se realmente houvesse um pintinho lá dentro. — Coloquei o ovo de volta no pote junto com os outros. — Você vai usar logo os ovos?

— Amanhã de manhã — respondeu Eliza. — Quando ele está em casa, minha senhora e o marido comem juntos. — Ela fez uma pausa, como se imaginasse a mesa de café da manhã arrumada na sua frente. — Eu darei à minha senhora os dois ovos menores.

— E como você vai distingui-los, depois de cozinhá-los na panela?

Isso a espantou, mas apenas por um instante.

— Vou preparar os pequenos primeiro, servi-los em um prato para minha senhora, e depois cozinho os grandes.

— Muito bem — falei. — Não vai demorar muito. Em alguns segundos, ele deve reclamar de uma sensação de ardência na boca. Certifique-se de servir os ovos o mais quente que conseguir, para que ele não perceba. De repente, junto com um molho ou um tempero de pimenta. Ele vai pensar que simplesmente queimou a língua. Logo depois, vai se sentir enjoado e vai querer se deitar. — Eu me inclinei sobre a mesa, certificando-me de que Eliza entendia com clareza o que eu estava dizendo. — Eu sugiro que você não o veja mais depois disso.

— Porque ele vai estar morto, certo? — retrucou ela, sem expressão alguma.

— Não de imediato — expliquei. — Nas horas seguintes à ingestão de *nux vomica*, a maioria das vítimas sofre de rigidez na coluna. Elas começam a arquear as costas, como se o corpo tivesse sido enfiado dentro de uma tigela. Eu mesma nunca vi, mas ouvi dizer que é assustador. Motivo para uma vida inteira de pesadelos.
— Me encostei de volta na minha cadeira, suavizando o olhar. — Mas quando ele morrer essa rigidez vai desaparecer. Ele vai parecer muito mais sereno.

— E depois, se alguém pedir para inspecionar a cozinha ou as panelas?

— Ninguém encontrará nada — garanti a ela.

— Graças à magia?

Descansei as mãos no colo e balancei a cabeça.

— Pequena Eliza, vamos deixar uma coisa bem clara: isso não é magia. Não são feitiços nem encantos. São coisas de verdade, tão reais quanto a maquiagem na sua bochecha. — Lambi meu polegar, debrucei-me na mesa e passei o dedo no rosto dela. Satisfeita, encostei de volta na cadeira. — Magia e disfarces podem alcançar o mesmo fim, mas, eu lhe garanto, são coisas muito diferentes. — Um olhar confuso tomou o rosto da menina. — Você sabe qual é o significado de *disfarce*? — perguntei.

Ela fez que não com a cabeça e deu de ombros.

Eu fiz um gesto na direção da porta escondida pela qual Eliza havia entrado.

— Quando você chegou no depósito hoje de manhã, do outro lado de onde estamos sentadas agora, sabia que eu estava lhe observando de um pequeno buraco feito na parede? — Apontei para a entrada do meu cômodo secreto.

— Não — respondeu ela. — Eu não fazia ideia de que você estava *aqui atrás*. Logo que cheguei e encontrei a sala vazia, achei que você apareceria do beco, atrás de mim. Eu gostaria muito de ter um desses cômodos escondidos em uma casa um dia.

Inclinei a cabeça na direção dela.

— Bem, se você tem algo a esconder, deveria construir um desses para você.

— Ele sempre existiu?

— Não. Quando eu era pequena e trabalhava aqui com a minha mãe, um cômodo como esse não era necessário. Não fazíamos veneno naquela época.

A menina franziu a testa.

— Você não vende veneno desde sempre?

— Não, desde sempre não. — Embora não houvesse muito sentido em compartilhar esses detalhes com a jovem Eliza, admitir aquilo desenterrou uma memória dolorosa.

Vinte anos antes, minha mãe começou com uma tosse no início da semana, teve febre no meio da semana, e no domingo estava morta. Ela partiu em um curto intervalo de seis dias. Aos vinte e um anos, perdi minha única família, minha única amiga, minha grande professora. O trabalho da minha mãe tornou-se o meu, e nossas tinturas eram tudo o que eu conhecia do mundo. À época, desejei que tivesse morrido junto com ela.

Eu mal conseguia manter a loja funcionando, tamanho era o mar de tristeza dentro de mim. Não pude pedir ajuda ao meu pai, pois nunca o conheci. Décadas atrás, ele tinha sido um barqueiro que vivera em Londres durante alguns meses — tempo suficiente para seduzir minha mãe —, antes da sua tripulação partir para o mar mais uma vez. Eu não tinha irmãos e apenas poucos amigos com quem conversar. A vida de uma boticária é estranha e solitária. A própria natureza do ofício da minha mãe significava passar mais tempo na companhia de poções do que de pessoas. Depois que ela me deixou, acreditei que meu coração estivesse destruído, e temi que o legado dela — e a loja — também tivessem o mesmo destino.

Mas como um elixir lançado na chama da minha dor, um jovem de cabelo castanho chamado Frederick entrou em minha vida. Na época, achei aquele encontro repentino uma bênção; a presença dele começou a apaziguar as situações que andavam terríveis. Ele era vendedor de carne, e rapidamente resolveu a confusão que eu havia deixado acumular desde a morte da minha mãe: contas que não paguei, tinturas que eu não havia inventariado, pagamentos que não havia recebido. E mesmo depois que a contabilidade da loja tinha sido resolvida, Frederick permaneceu. Ele não queria se afastar de mim, nem eu dele.

Enquanto eu me achava habilidosa somente com os meandros da minha botica, logo percebi minha especialidade em outras técnicas, a descarga de energia entre dois corpos, um remédio que não podia ser encontrado nos frascos das minhas prateleiras. Nas semanas que se seguiram, estávamos completa e loucamente apaixonados. Meu mar de tristeza recuou; eu conseguia respirar de novo e podia vislumbrar o futuro — um futuro com Frederick.

Mas nunca pude imaginar que, poucos meses após me apaixonar por ele, eu lhe daria uma dose fatal de veneno de rato.

A primeira traição. A primeira vítima. O início de um legado sórdido.

— A loja não devia ser muito divertida nessa época — afirmou Eliza, virando a cabeça, como se decepcionada. — Nada de venenos, nem de cômodos escondidos? Hum. Todo mundo gosta de um quarto secreto.

Apesar da inocência invejável, ela era nova demais para entender a maldição de um local um dia adorado pelas pessoas — com ou sem cômodo escondido — que é tomado pela perda.

— Não se trata de diversão, Eliza. Se trata de *ocultação*. É isso o que significa disfarçar algo. Qualquer um pode comprar veneno, mas você não pode simplesmente despejá-lo nos ovos mexidos de uma pessoa, pois a polícia vai encontrar resíduos ou a caixa do veneno no lixo. Não, é preciso disfarçar de um jeito tão inteligente que seja indetectável. O veneno está escondido dentro desse ovo, assim como minha loja está escondida nos fundos de um antigo depósito. Dessa forma, qualquer um que não deva estar aqui vai virar as costas e ir embora. O depósito na frente da loja é uma medida de proteção para mim, podemos dizer.

Eliza assentiu, seu coque baixo balançando na altura do pescoço. Em breve ela seria uma bela mulher, mais bonita que a maioria, com os cílios longos e os ângulos retos do seu rosto. Ela abraçou o pote de ovos contra o peito.

— Acho que isso é tudo o que eu preciso, então. — A menina pegou várias moedas do bolso e as colocou em cima da mesa. Contei rapidamente: quatro xelins, seis centavos.

Ela se levantou, e então encostou a ponta dos dedos nos lábios.

— Mas como eu devo transportá-los? Tenho medo de quebrarem dentro do bolso do meu vestido.

Eu já tinha vendido veneno para mulheres com três vezes a idade dela que sequer pensaram na possibilidade de os frascos estourarem dentro de seus bolsos; parecia que Eliza era mais sábia do que todas elas juntas. Entreguei a ela um jarro de vidro vermelho, onde colocamos com cuidado cada um dos ovos e acrescentamos um centímetro de cinza de madeira entre eles.

— Ainda assim, você precisa ser cuidadosa — eu a adverti. — E... — Coloquei minha mão delicadamente sobre uma das mãos dela. — Apenas um ovo resolverá.

O olhar da menina ficou soturno, e naquele momento senti que, apesar da juventude e ingenuidade que havia demonstrado até ali, ela entendia, de fato, a gravidade do que estava prestes a fazer.

— Obrigada, senhorita...

— Nella — completei. — Nella Clavinger. E qual é o nome *dele*?

— Thompson Amwell — respondeu ela, confiante. — Residente da Warwick Lane, perto da catedral. — Ela ergueu o jarro para garantir que os ovos estavam acomodados adequadamente lá dentro, mas de repente franziu a testa. — Um urso — observou ela, olhando para a pequena imagem formada dentro do jarro. Minha mãe tinha decidido pelo desenho de urso muito tempo atrás, pois havia inúmeras ruas chamadas Beco dos Fundos em Londres, mas somente a nossa ficava ao lado do Beco do Urso. O pequeno desenho gravado no jarro era inofensivo, e era reconhecido somente por aqueles que deveriam saber dessa informação.

— Sim — falei —, para que você não confunda com um outro jarro qualquer.

Eliza saiu pela porta. Com a mão firme, passou um único dedo por uma das pedras pretas perto da entrada. Deixou uma linha reta marcada na fuligem, revelando um trecho de pedra limpo. Ela sorriu, animada, como se tivesse acabado de fazer um desenho em um pedaço de papel para mim.

— Obrigada, senhorita Nella. Confesso que adorei seu chá e sua loja escondida, e espero de verdade que a gente se encontre de novo.

Levantei minha sobrancelha. A maioria dos meus clientes não eram assassinos de aluguel e, a não ser que ela retornasse precisando de um remédio medicinal, eu não esperava vê-la outra vez. Mas apenas sorri para a menina curiosa.

— Sim — respondi —, quem sabe nos encontramos de novo. — Eu destranquei e abri a porta, e assisti enquanto Eliza passava pelo depósito e saía pelo beco, sua figura pequenina sumindo em meio às sombras do lado de fora.

Depois que ela foi embora, passei alguns minutos pensando na sua visita. Ela era uma jovenzinha atípica. Eu não tinha dúvidas de que cumpriria sua tarefa, e fiquei feliz pela vivacidade momentânea que ela trouxera à minha loja de venenos, normalmente sombria. Fiquei agradecida por não tê-la rejeitado, por não ter dado atenção à sensação ameaçadora que a carta da menina havia trazido em um primeiro momento.

Sentei-me novamente à mesa e puxei meu livro de registros para perto. Abri nas últimas páginas, localizando o espaço vazio seguinte, me preparei para escrever minha entrada.

E então, mergulhando a pena no pote de tinta, firmei-a no papel e escrevi:

Thompson Amwell. Ovo prep com NV. 4 fev 1791. Aos cuidados da srta. Eliza Fanning, doze anos.

6

CAROLINE
Dias atuais, segunda-feira

Sacudi a lama do meu tênis molhado e continuei pela beira da água. Conforme me afastava do restante dos caçadores de relíquias, a conversa baixinha deles desapareceu, e as marolas gentis do rio na margem me incitaram a caminhar na direção da linha da água. Olhei para o céu; uma nuvem cinza se aproximava. Estremeci e esperei que ela passasse, mas outras vinham em seguida. Temi que uma tempestade estivesse chegando.

De braços cruzados, olhei ao redor dos meus pés no chão, uma variedade infinita de pedras cinza e cobre. *Procure por inconsistências*, Alf Solteiro havia dito. Cheguei perto da água, observando como as pequenas ondas se aproximavam na minha direção e recuavam em um ritmo firme e constante, até que um barco passou rápido, forçando uma onda maior. E então, ouvi: o barulho de um buraco se abrindo, como bolhas de água capturadas dentro de uma garrafa.

Quando a maré recuou, eu me aproximei do som e vi uma garrafa de vidro, meio azulada, entre duas rochas. Uma garrafa antiga de refrigerante, talvez.

Eu me ajoelhei para inspecioná-la e puxei o gargalo da garrafa, mas a base estava presa entre as rochas. Enquanto eu a manuseava com cuidado para retirá-la, vi uma pequena imagem na lateral da garrafa. Uma patente ou a logomarca de uma empresa, talvez?

Puxei uma das rochas grandes, finalmente liberando o objeto e retirando-o da fenda.

A garrafa não tinha mais do que treze centímetros de comprimento — mais parecia um frasco, devido ao seu tamanho pequenino — e era feita de um vidro azul-celeste translúcido, escondido sob uma camada de lama grossa. Mergulhei o frasco na água e usei meu polegar coberto com a luva de borracha para esfregar a sujeira, e então o ergui para inspecioná-lo mais de perto. A imagem na lateral parecia uma gravura rudimentar, provavelmente feita à mão e não por uma máquina, e parecia algum tipo de animal.

Embora eu não fizesse a menor ideia do que tinha acabado de encontrar, achei suficientemente interessante para chamar o Alf Solteiro. Mas ele já estava andando na minha direção.

— O que você encontrou aí? — perguntou ele.

— Não tenho certeza — respondi. — Algum tipo de frasco com um pequeno animal gravado.

Alf Solteiro pegou o frasco e o ergueu até a altura do rosto. Ele virou a garrafa de cabeça para baixo e arranhou o vidro com a unha.

— Que peculiar. Parece muito com o frasco de um boticário, mas normalmente vemos outros tipos de gravação: o nome de uma empresa, data, endereço. Talvez seja somente um item caseiro. Um jeito de alguém praticar suas habilidades com gravuras. Espero que a pessoa tenha evoluído um pouco depois disso. — Ele ficou em silêncio por um instante, observando a base do frasco. — O vidro também está bastante irregular em vários lugares. Não é algo industrial, isso é certo, então deve ser bem antigo. É seu, se quiser ficar com ele. — Ele abriu as mãos. — É fascinante, não é? Esse é o melhor trabalho do mundo, modéstia à parte.

Forcei um sorriso amarelo, de certa forma um pouco invejosa por não poder dizer o mesmo sobre o meu trabalho. Obviamente, inserir números em um software ultrapassado em um computador antigo na fazenda da família não me fazia sorrir tanto e com a mesma frequência que o Alf Solteiro. Em vez disso, eu passava todos os meus dias em uma velha mesa amarela de carvalho, a mesma na qual minha mãe havia trabalhado por mais de três décadas. Dez anos atrás, desempregada e com uma casa nova, a oportunidade de emprego na fazenda pareceu boa demais para recusar — mas às vezes eu me perguntava por que tinha permanecido por tanto tempo. O fato de eu não ter conseguido dar aula de História em nenhuma escola local não significava que eu estivesse sem opções; certamente havia *alguma coisa* mais interessante do que o trabalho administrativo na fazenda.

Mas havia os *filhos*. Com o plano de ser mãe algum dia, a estabilidade do meu emprego era essencial, como James sempre gostava de me lembrar. E assim, fiquei ali e aprendi a tolerar a frustração e a ideia desconfortável de que eu poderia estar perdendo algo maior. Talvez algo totalmente diferente.

Enquanto estava no leito do rio com o Alf Solteiro, considerei a possibilidade de que, tempos atrás, ele também devia ter um emprego desinteressante numa mesa de escritório. Será que ele havia finalmente decidido que a vida era curta demais para ser infeliz durante quarenta horas por semana? Ou quem sabe ele fosse mais corajoso e mais ousado do que eu e tinha transformado sua paixão — caçar relíquias — em uma carreira. Pensei em perguntar a ele, mas antes que eu tivesse a chance, outro membro do grupo o chamou para inspecionar um objeto encontrado.

Peguei o frasco de volta das mãos dele e me inclinei, com a intenção de colocá-lo de volta no lugar onde havia encontrado, mas uma parte sentimental e melancólica minha se recusou. Senti uma conexão estranha com seja lá quem tivesse segurado aquele frasco nas mãos pela última vez — uma afinidade herdada da pessoa cujas impressões digitais tinham marcado o vidro por último, assim como as minhas faziam agora. Que tipo de tintura havia sido misturada dentro daquela garrafa azul-celeste? E a quem pretendia ajudar, curar?

Meus olhos começaram a arder enquanto eu imaginava as chances de encontrar aquele objeto no leito do rio: um objeto histórico, que provavelmente tinha pertencido a alguém pouco importante, alguém cujo nome não fora lembrado em um livro, mas cuja vida tinha sido fascinante mesmo assim. Era exatamente isso que eu achava de mais encantador sobre História: séculos podem me separar da última pessoa que segurou este frasco, mas compartilhamos a mesma sensação do vidro frio entre nossos dedos. Era como se o universo, do seu jeito esquisito e disparatado, quisesse chegar até mim e me lembrar do entusiasmo que eu sentira um dia pelos pedacinhos insignificantes das eras passadas. Se, pelo menos, eu conseguisse enxergar o que havia por debaixo da poeira que se acumulara com o passar do tempo.

De repente, percebi que desde que eu havia encostado os pés no aeroporto Heathrow naquela manhã, eu não tinha chorado uma vez sequer por James. E não tinha sido justamente para isso que eu havia fugido para Londres? Para abstrair, mesmo que por alguns minutos, da massa maligna de tristeza? Fugi para Londres para respirar e era isso o que eu estava fazendo de fato, mesmo que um pouco daquele tempo tenha sido passado em uma verdadeira poça de lama.

Eu sabia que ficar com o frasco era exatamente o que eu deveria fazer. Não só porque senti uma sutil ligação com a pessoa a quem ele tinha pertencido, mas porque eu o havia encontrado em um passeio de caçadores de relíquias que sequer fazia parte do itinerário original programado com James. A decisão de ir para o leito daquele rio tinha sido exclusivamente minha. Eu tinha afundado as mãos em uma fenda lamacenta entre duas rochas. Minhas lágrimas já haviam se esgotado. Aquele objeto de vidro — delicado e ainda assim intacto, de alguma forma tão parecido comigo — era prova de que eu podia ser corajosa, aventureira e fazer coisas difíceis sozinha. Guardei o frasco no bolso.

As nuvens acima continuavam se formando, e raios começaram a cair em algum lugar a oeste da curva do rio. Alf Solteiro nos chamou para perto e disse:

— Sinto muito, amigos, mas não podemos continuar com esses raios. Vamos embora. Estaremos aqui amanhã, no mesmo horário, se alguém quiser se juntar ao grupo de novo.

Retirei minhas luvas e caminhei até ele. Agora que já tinha, de certa forma, me acostumado com a atividade, fiquei com uma sensação de decepção pelo passeio estar terminando mais cedo. Afinal de contas, eu tinha acabado de encontrar meu primeiro achado real e senti uma grande curiosidade e ainda estava com vontade de vasculhar a lama. Consegui entender como um passatempo pode se tornar viciante.

— Se estivesse no meu lugar — perguntei a Alf —, aonde iria para descobrir algo sobre esse frasco? — Apesar de não ter as marcas que Alf esperaria em um frasco típico de boticário, talvez eu conseguisse alguma informação sobre ele, principalmente por conta da gravura do animal na lateral, que eu achava que lembrava um urso andando sobre as quatro patas.

Ele sorriu calorosamente para mim, sacudiu minhas luvas e as jogou em um balde junto com as outras.

— Ah, acho que você pode levá-lo a um amante de vidros ou um colecionador que estude o processo de fazer vidro. Polimentos, modelagens e técnicas se modificam ao longo do tempo, portanto, talvez alguém possa lhe ajudar a descobrir quando ele foi feito.

Eu assenti, sem fazer a menor ideia de como encontrar um "amante" de vidros.

— Você acha que o frasco é daqui, de algum lugar em Londres? — Mais cedo, ouvi Alf Solteiro contar para outro participante da caça às relíquias que o Castelo de Windsor ficava a cerca de quarenta quilômetros a oeste. Quem sabe o quanto esse frasco havia viajado, e de onde?

Ele ergueu a sobrancelha.

— Sem um endereço ou algum texto para nos ajudar? É quase impossível determinar. — Acima de nós, uma sequência de trovões se anunciou. Alf Solteiro hesitou, dividido entre querer ajudar uma caçadora curiosa como eu e manter os participantes do passeio secos e em segurança. — Olhe — continuou ele —, tente ir até a Biblioteca Britânica e peça para falar com Gaynor, do setor de Mapas. Diga que fui eu que lhe enviei. — Ele olhou para o relógio. — Não fica muito mais tempo aberta hoje, então é melhor você correr. Pegue o metrô, Thameslink para St. Pancras. Será mais rápido e manterá você seca. Além disso, não é um lugar ruim para esperar uma tempestade passar.

Agradeci e me apressei, na esperança de ainda ter alguns minutos antes da tempestade. Peguei meu telefone, respirei aliviada por ver que a estação de metrô era a apenas algumas quadras de distância e me entreguei ao fato de que, se eu ia passar dez dias sozinha na cidade, era hora de aprender a usar aquele meio de transporte.

Quando saí da estação no auge da tempestade, vi a Biblioteca Britânica logo à minha frente. Comecei a correr, segurando a minha gola em uma tentativa frustrada de manter a blusa arejada. E para piorar, os tênis — que tinham ficado encharcados quando pisei na poça dentro do rio — ainda estavam molhados. Quando finalmente cheguei na biblioteca, olhei para o meu reflexo na janela e suspirei, com medo de que Gaynor me mandasse embora por causa da minha aparência desgrenhada.

Pedestres, turistas e estudantes enchiam o salão de entrada da biblioteca, todos se protegendo da chuva. E ainda assim, eu me senti a única pessoa sem um motivo real para estar ali. Enquanto muitos outros carregavam mochilas e câmeras, cheguei apenas com um pequeno frasco não identificado no bolso e o primeiro nome de alguém que poderia ou não trabalhar ali. Por um instante, pensei na possibilidade de desistir; talvez fosse hora de comprar um sanduíche e planejar um itinerário realista.

No momento em que aquele pensamento me ocorreu, sacudi a cabeça. Aquilo soava exatamente como algo que James diria. Enquanto a chuva continuava a bater nas janelas de vidro da biblioteca, eu me forcei a ignorar a voz da razão — a mesma que havia me dito para rasgar minha inscrição em Cambridge e que havia me incentivado a aceitar o trabalho na fazenda da minha família. Em vez disso, eu me perguntei o que a antiga Caroline faria — a Caroline de uma década atrás, a estudante dedicada ainda não encantada por um diamante no dedo.

Dei um passo na direção da escada, onde um grupo de turistas de olhos atentos conversava, um livro aberto na frente deles e bolsas de guarda-chuva espalhadas a seus pés. Perto da escada havia uma mesa com uma atendente jovem; eu me aproximei, aliviada quando ela não demonstrou repúdio algum às minhas roupas molhadas e desarrumadas.

Eu disse a ela que precisava falar com Gaynor, mas a atendente riu.

— Temos mais de mil funcionários — disse ela. — Você sabe em que departamento essa pessoa trabalha?

— Mapas — respondi, me sentindo levemente mais confiante do que instantes antes. A atendente checou seu computador, assentiu e confirmou que Gaynor Baymont trabalhava na Mesa de Informação, na Sala de Leitura de Mapas, no terceiro andar. Ela me indicou os elevadores.

Alguns minutos depois, eu estava diante da Mesa de Informação da Sala de Mapas, observando uma mulher atraente de trinta e poucos anos com cabelo ruivo ondulado apoiada sobre um mapa em preto e branco, com uma lupa em uma das mãos e um lápis na outra, sua sobrancelha envergada de concentração. Depois de um ou dois minutos, ela se levantou para esticar as costas e levou um susto ao me ver.

— Desculpe incomodar — sussurrei na sala silenciosa. — Estou procurando Gaynor.

Os olhos dela encontraram os meus e ela sorriu.

— Você veio ao local certo. *Eu sou* a Gaynor. — Ela colocou a lupa em cima da mesa e jogou uma parte do cabelo solto para o lado. — Como posso ajudar?

Agora que eu estava na frente dela, minha pergunta parecia ridícula. Claramente, o mapa na sua frente — uma confusão aleatória de linhas entrelaçadas e tabelas minúsculas — era um ponto importante de pesquisa para ela naquele momento.

— Eu posso voltar depois — sugeri, meio que esperando que ela gostasse da ideia, me mandasse embora e me forçasse a fazer algo mais produtivo com o meu dia.

— Não, não seja boba. Esse mapa tem cento e cinquenta anos. Nada vai mudar nos próximos cinco minutos.

Coloquei a mão no bolso, despertando um olhar confuso em Gaynor: ela provavelmente estava mais acostumada com estudantes trazendo tubos compridos de pergaminho em vez de mulheres ensopadas com pequenos objetos no bolso.

— Encontrei isso agora há pouco no rio. Eu estava caçando relíquias com um grupo liderado por uma pessoa chamada Alf. E ele me disse para vir aqui vê-la. Você o conhece?

Gaynor sorriu de orelha a orelha.

— Na verdade, ele é meu pai.

— Ah! — exclamei, despertando um olhar irritado de uma pessoa que estava por perto. Que sorrateiro. Alf Solteiro podia ter me contado. — Bem, há um pequeno desenho aqui na lateral — apontei — e é a única marcação no frasco. Acho que é um urso. Fiquei imaginando de onde poderia ter vindo.

Ela inclinou a cabeça, curiosa.

— A maioria das pessoas não se interessaria por um objeto como esse. — Gaynor estendeu a palma da mão e eu a entreguei o frasco. — Você deve ser historiadora ou pesquisadora, certo?

Eu sorri.

— Não profissionalmente. Mas tenho um grande interesse em História.

Gaynor olhou para mim.

— Nós somos espíritos semelhantes. Eu vejo todo tipo de mapa no meu trabalho, mas os antigos e obscuros são os meus preferidos. Sempre há alguma margem para interpretação, uma vez que os lugares mudam um pouco com o passar do tempo.

Os lugares e as pessoas, pensei. Eu podia sentir a minha mudança acontecendo naquele exato momento: o descontentamento dentro de mim agarrando a possibilidade de aventura, uma excursão para o meu entusiasmo por eras passadas perdido há tempos.

Gaynor ergueu o frasco até a luz.

— Já vi alguns frascos antigos como este, mas costumam ser um pouco maiores. Eu sempre pensei neles fora de contexto, uma vez que não sabemos exatamente o que carregavam. Sangue ou arsênico, eu imaginava quando criança. — Ela olhou para a imagem mais de perto, passando os dedos sobre a miniatura do animal. — Parece mesmo um urso. É estranho não ter outras marcações, mas posso dizer que provavelmente pertenceu a um dono de loja algum dia, como um boticário. — Ela suspirou, me devolvendo o frasco. — Meu pai tem um coração de ouro, mas não sei por que ele pediu que você viesse até aqui. Eu realmente não faço a menor ideia do que tenha sido esse frasco, nem de onde poderia ser. — Ela olhou de volta para o mapa à sua frente, uma maneira gentil de me dizer que nossa curta conversa havia chegado ao fim.

Era um caminho sem saída, e a minha expressão se encheu de decepção. Agradeci a Gaynor por seu tempo, guardei o frasco no bolso e me afastei da mesa. Mas, enquanto eu me virava, ela me chamou:

— Perdão, senhorita, não perguntei seu nome.
— Caroline. Caroline Parcewell.
— Você veio dos Estados Unidos visitar a cidade?

Eu sorri.

— Meu sotaque me entrega, tenho certeza. Sim, estou visitando.

Gaynor pegou uma caneta e se debruçou sobre o mapa.

— Bem, Caroline, se tiver mais alguma coisa que eu possa fazer para lhe ajudar, ou se tiver alguma informação sobre o frasco, eu adoraria saber.

— Claro — respondi e guardei o frasco. Desencorajada, resolvi esquecer aquele objeto e a aventura de caça a relíquias. Eu não acreditava muito mesmo no destino de encontrar coisas.

7

ELIZA

5 de fevereiro de 1791

Acordei com uma dor na barriga como nunca havia sentido antes. Coloquei as mãos por baixo da camisola e pressionei os dedos sobre a pele. Senti minha pele quente e inchada, e trinquei os dentes conforme uma dor desagradável começava a se espalhar.

Não era a mesma dor que eu já tinha sentido depois de comer doce demais, ou depois de correr em círculos no jardim atrás de vagalumes quando pequena. Essa dor era mais baixa, como se eu precisasse fazer xixi. Corri até o meu penico, mas o peso não foi embora.

Ah, mas que tarefa importante eu tinha diante de mim! A mais importante que minha senhora já tinha me dado. Era mais importante do que qualquer prato que eu já tenha feito, ou qualquer pudim que eu tenha assado, ou qualquer envelope que eu tenha lacrado. Eu não podia desapontá-la dizendo que não estava me sentindo bem e precisava ficar na cama. Essas desculpas podiam funcionar na fazenda, com meus pais, em um dia em que os cavalos precisassem ser escovados ou que as ervilhas estivessem prontas para serem retiradas das vagens. Mas não hoje, não na casa enorme de tijolos que pertencia aos Amwell.

Retirei minha camisola e caminhei na direção da bacia de banho, decidida a ignorar o desconforto. Enquanto tomava banho, arrumava meu quarto e enxotava a gata gorducha sem nome que dormia na ponta da minha cama, falei baixinho comigo mesma, já que enunciar em voz alta tornava a situação mais crível:

— Esta manhã, vou dar a ele os ovos envenenados.

Os ovos. Eles permaneciam guardados no jarro com cinzas, dentro do bolso do meu vestido pendurado perto da cama. Peguei o jarro e apertei-o junto ao peito, sentindo a frieza do vidro mesmo por cima da camisola. Quando apertei o jarro mais forte, minhas mãos não tremeram, nem um pouquinho.

Eu era uma menina corajosa, pelo menos para algumas coisas.

Dois anos antes, aos dez anos, fui com a minha mãe do nosso pequeno vilarejo em Swindon até a grandiosa e extensa cidade de Londres. Eu nunca havia ido a Londres e ouvira rumores da sujeira e da riqueza.

"Um local inóspito para pessoas como nós", sempre dizia meu pai, fazendeiro.

Mas minha mãe discordava. Ela me contava, escondido, das cores brilhantes de Londres — as torres douradas das igrejas, o azul-pavão dos vestidos — e das muitas lojas e vendas peculiares da cidade. Ela descrevia animais exóticos vestindo casacos, seus donos puxando-os pelas ruas da cidade, e barracas de rua vendendo pães quentinhos de amêndoa e cereja para uma fila de mais de trinta clientes.

Para uma garota como eu, cercada de gado e arbustos selvagens com nada além de algumas frutinhas amargas, um lugar assim era impensável.

Com quatro irmãos mais velhos para ajudar na fazenda, minha mãe tinha insistido em encontrar um local para mim em Londres quando eu atingisse uma idade apropriada. Ela sabia que, se eu não fosse embora do interior na adolescência, nunca veria a vida fora dos pastos e currais. Meus pais discutiram sobre isso durante meses, mas minha mãe não cedeu em nada.

A manhã da minha partida foi tensa e de muitas lágrimas. Meu pai detestava a ideia de perder duas mãos úteis na fazenda; minha mãe detestava a ideia de se separar da sua filha mais nova.

— Sinto como se estivesse cortando um pedaço do meu coração — disse ela aos prantos, alisando o cobertor que ela acabara de colocar sobre a minha mala. — Mas não vou deixar que isso lhe condene a uma vida como a minha.

Nosso destino era o escritório de cadastro de empregados. Enquanto chegávamos na cidade, minha mãe inclinou-se para perto de mim, a tristeza em sua voz dando lugar à animação.

— Você deve começar onde a vida lhe colocar — afirmou ela, esfregando meu joelho — e ir subindo aos poucos. Não há nada errado em começar a vida como empregada da copa ou camareira. Além disso, Londres é um lugar mágico.

— O que quer dizer com *mágico*, mãe? — perguntei a ela, meus olhos atentos conforme a cidade começava a aparecer à vista. O dia estava claro e azul; eu já imaginei os pequenos calos crescendo nas minhas mãos.

— Quero dizer que você pode ser o que quiser em Londres — respondeu ela. — Nada de grandioso lhe espera nos campos da fazenda. As cercas a manteriam presa, assim como fazem com os porcos e fizeram comigo. Mas em Londres? Bem, com o tempo, se você for esperta, vai poder exercer seu próprio poder, como se tivesse talentos mágicos. Em uma cidade grande, mesmo uma garota pobre pode se transformar no que desejar ser.

— Como uma borboleta azul — falei, pensando nos casulos transparentes que havia visto no pasto durante o verão. Em questão de dias, os casulos ficariam pretos como fuligem, como se o animal lá dentro tivesse murchado para morrer. Mas, então, a escuridão se ergueria, revelando as asas azuis surpreendentes da borboleta dentro do casulo fino como papel. Logo depois, as asas perfurariam o casulo e a borboleta levantaria voo.

— Sim, como uma borboleta — concordou minha mãe. — Mesmo homens poderosos não sabem explicar o que acontece dentro de um casulo. É mágica, certamente, assim como o que acontece em Londres.

Daquele momento em diante, desejei saber mais sobre esse negócio de *mágica*, e mal podia esperar para explorar a cidade na qual tínhamos acabado de chegar.

No escritório de cadastro de empregados, minha mãe esperou pacientemente ao meu lado enquanto duas mulheres me inspecionavam; uma delas era a sra. Amwell, em um vestido de cetim rosa e um chapéu adornado com um laço. Eu não conseguia parar de olhar: nunca, na vida inteira, tinha visto um vestido de cetim rosa.

A sra. Amwell pareceu gostar de mim imediatamente. Ela se inclinou para falar comigo, agachando-se para que nossos rostos ficassem na mesma altura, e depois passou o braço ao redor da minha mãe, cujos olhos estavam novamente marejados de lágrimas. Fiquei encantada quando a sra. Amwell finalmente segurou minha mão, caminhou comigo até a mesa enorme de mogno na parte da frente do escritório e pediu os documentos à atendente.

Enquanto ela preenchia as informações solicitadas, notei que a mão da sra. Amwell tremia bastante enquanto escrevia, e parecia ser um grande esforço manter a ponta da caneta firme. Sua letra era pontiaguda e inclinada em ângulos esquisitos, mas isso não significava nada para mim. Eu ainda não sabia ler naquela época, e todas as caligrafias me pareciam ilegíveis.

Após uma despedida chorosa da minha mãe, minha nova senhora e eu pegamos uma carruagem para a casa onde ela morava com o sr. Amwell, seu marido. Eu começaria trabalhando na copa, então a sra. Amwell me apresentou a Sally, cozinheira e empregada da cozinha.

Nas semanas que se seguiram, Sally não esboçou nenhuma palavra: segundo ela, eu não sabia a maneira correta de esfregar uma panela nem de descascar uma batata sem danificá-la. Enquanto ela me mostrava a maneira "correta" de fazer as coisas, não reclamei de nada, pois estava gostando da minha alocação na residência dos Amwell. Eu tinha o meu próprio quarto no sótão, que era mais do que minha mãe tinha me dito ser possível, e de lá eu podia ver a diversão sempre presente nas ruas abaixo: as liteiras passando apressadas, os carregadores levando caixas enormes de bens escondidos, o vai e vem de um casal que eu acreditava estar recém-apaixonado.

Em certo momento, Sally ficou satisfeita com as minhas habilidades e começou a permitir que eu a ajudasse na preparação das refeições. Pareceu um pequeno movimento de subida, como minha mãe havia dito, e me deu esperança; algum dia, eu esperava caminhar também pelas ruas magníficas de Londres, em busca de algo além de batatas e panelas.

Uma manhã, enquanto eu arrumava cuidadosamente ervas secas em um prato, uma camareira desceu correndo as escadas. A sra. Amwell queria me ver na saleta de seus aposentos. Fui imediatamente atingida pelo pânico. Tive certeza de que tinha feito algo errado, e subi as escadas devagar, travada por uma sensação de pavor. Eu estava na casa dos Amwell havia menos de dois meses; minha mãe ficaria horrorizada se eu fosse dispensada em tão pouco tempo.

Mas quando entrei na sala azul-clara da minha senhora, ela fechou a porta atrás de mim, sorriu e me pediu para sentar ao lado dela, na escrivaninha. Ali, ela abriu um livro e pegou uma folha de pergaminho em branco, pena e tinta. Apontou para diversas palavras no livro e me mandou escrevê-las.

Eu não me sentia confortável segurando uma pena, mas puxei a folha e copiei fielmente as palavras, do melhor jeito que consegui. A sra. Amwell me observou de perto enquanto eu trabalhava, a sobrancelha franzida, as mãos no queixo. Quando terminei as primeiras palavras, ela escolheu mais algumas, e quase imediatamente percebi uma melhora na minha própria letra. Minha senhora deve ter percebido também, pois assentiu em aprovação.

Depois, puxou a folha de papel e levantou o livro. Ela me perguntou se eu entendia alguma daquelas palavras, e eu fiz que não com a cabeça. Ela apontou para uma série de palavras menores — *ela, cara, uva* — e explicou como cada letra tinha seu próprio som e como as palavras se conectavam no papel para formar uma ideia, uma história.

Como mágica, pensei. Está em toda parte, se a pessoa souber procurar.

Naquela tarde na saleta foi a nossa primeira lição. Nossa primeira de inúmeras, às vezes duas vezes ao dia — conforme a condição da minha senhora, que eu havia notado no escritório de cadastros, piorava. Os tremores na mão tinham ficado mais fortes, impossibilitando que ela escrevesse sua própria correspondência, e fazendo com que precisasse de mim para isso.

Com o tempo, fui trabalhando cada vez menos na cozinha, e a sra. Amwell me chamava com frequência aos seus aposentos. Aquilo não foi bem-recebido pelos outros empregados da casa, principalmente por Sally. Mas eu não me importei: a minha patroa era a sra. Amwell, e não Sally, e eu não podia recusar as trufas e os laçarotes e as aulas de caligrafia à beira da lareira da saleta de estar, podia?

Levei muitos meses para aprender a ler e a escrever, e mais tempo ainda para aprender a falar como uma criança que não vinha do interior. Mas a sra. Amwell era uma tutora maravilhosa: doce e gentil, envolvia minha mão na sua para formar as letras, rindo comigo quando a pena escorregava. Quaisquer pensamentos sobre minha casa se esvaíram; tenho vergonha de admitir, mas eu não queria ver a fazenda nunca mais. Queria permanecer em Londres, na grandeza da saleta de estar da minha patroa. Aquelas longas tardes na sua escrivaninha, quando eu estava aterrada pelos olhares invejosos dos outros empregados, eram algumas das minhas melhores lembranças.

E então, algo mudou. Um ano atrás, quando meu rosto redondo começou a se desfazer e as curvas do meu corpo apareceram, eu não podia mais ignorar: a sensação de outro olhar, um olhar novo, de que alguém me observava de perto.

Era o sr. Amwell, marido da minha senhora. Por razões que eu mal podia entender, ele começara a prestar atenção em mim. E eu tive certeza de que a minha patroa percebera também.

Estava quase na hora. Minha dor de barriga não estava mais tão forte; andar para lá e para cá na cozinha pareceu ajudar. Fiquei aliviada, pois, segundo as instruções de Nella, eu deveria ser cuidadosa e precisa. Um escorregão das minhas mãos, algo que poderia ser considerado engraçado na saleta da minha senhora, seria muito ruim hoje.

Os dois ovos menores estalavam na frigideira. A gordura espirrou no meu avental enquanto as bordas das claras borbulhavam e se curvavam. Permaneci parada, concentrada, e retirei os ovos da frigideira quando eles atingiram a cor de mel, bem como minha senhora gostava. Coloquei os ovos em um prato, cobri tudo com um pano de prato e afastei-os para longe. E então passei alguns minutos fervendo o molho, como Nella havia sugerido.

Enquanto o molho engrossava, percebi que era a minha última chance para desfazer o que eu não havia feito ainda, para arrancar o fio que ainda não havia sido costurado. Se eu seguisse adiante, me tornaria como aqueles homens do Tyburn que eu tinha ouvido falar nos dias de feira: uma criminosa. Arrepios percorreram minha pele enquanto eu pensava naquilo, e considerei brevemente a ideia de mentir para minha patroa — dizer a ela que o ovo envenenado devia ter sido fraco demais.

Sacudi a cabeça. Uma mentira dessa seria covarde, e o sr. Amwell continuaria vivo. O plano que a sra. Amwell tinha colocado em ação iria falhar por minha causa.

Não era para eu estar na cozinha hoje. Na semana passada, Sally pediu à sra. Amwell alguns dias de folga para visitar a mãe doente. Minha patroa consentira prontamente e, depois disso, me chamara em sua sala para mais uma aula. Mas essa aula não era de caligrafia nem de escrever cartas: era sobre a loja secreta. Ela me contou que eu deveria deixar um bilhete em um barril de cevada dentro da porta do nº 3 no Beco dos Fundos, e que o bilhete deveria especificar a data e a hora que eu gostaria de retornar para buscar o remédio — que era, é claro, mortal.

Não perguntei à minha senhora por que ela queria fazer mal ao seu marido; suspeitei ser pelo que acontecera um mês antes, logo após o Ano Novo, quando ela saiu de casa para passar o dia nos jardins de inverno perto de Lamberth.

Naquele dia, a sra. Amwell me pedira para organizar uma pilha com suas cartas e me deu diversos envelopes para separar antes de partir para os jardins, mas não consegui terminar a tarefa porque tive uma dor de cabeça. No meio da manhã, o sr. Amwell se deparou comigo com lágrimas no rosto; a pressão atrás dos olhos tinha ficado quase insuportável. Ele insistiu que eu fosse para o meu quarto dormir. Alguns minutos depois, ele me ofereceu uma bebida que disse que ajudaria, então tomei o líquido azedo cor de mel o mais rápido que consegui, embora tenha tossido e engasgado. Parecia o conhaque que minha patroa vez ou outra bebia da garrafa, embora eu não conseguisse entender por que alguém beberia aquilo voluntariamente.

Ainda com dor de cabeça, dormi no conforto silencioso e ensolarado do meu quarto. Em certo momento, acordei com o cheiro de banha animal — uma vela de sebo — e com o toque frio da minha patroa na minha testa. A dor de cabeça tinha ido embora. A sra. Amwell me perguntou por quanto tempo eu havia dormido, e contei a ela que sinceramente não sabia — que eu havia me deitado no meio da manhã. *Agora são dez e meia da noite*, disse ela, concluindo que eu havia dormido durante quase doze horas.

A sra. Amwell perguntou se eu tinha tido algum pesadelo. Apesar de responder que não com a cabeça, a verdade era que uma vaga lembrança começava a se formar, que eu tinha certeza de que era um sonho que tivera algumas horas antes. Era uma memória do sr. Amwell no meu quarto; ele tinha tirado a gata malhada gorducha do seu lugar na minha cama e a enxotado para o corredor, e então fechou a porta e se aproximou de mim. Ele se sentou ao meu lado, colocou a mão na minha barriga e começou a falar. Por mais que eu tentasse, não conseguia me lembrar do que tínhamos conversado no sonho. Ele começou a mover as mãos para cima, deslizando-as pelo meu umbigo, quando um dos empregados fez uma comoção no andar de baixo; dois cavalheiros tinham chegado e precisavam falar com urgência com o sr. Amwell.

Contei a história para minha patroa, mas disse que não sabia se era sonho ou realidade. Depois disso, ela permaneceu ao meu lado com um olhar preocupado no rosto. Ela apontou para o copo vazio de conhaque e perguntou se o sr. Amwell havia me dado aquilo. Eu respondi a ela que sim. Então, inclinou-se para perto e colocou uma das mãos sobre a minha.

— Foi a primeira vez que ele fez isso?

Eu assenti.

— E você está melhor agora? Nada está doendo?

Eu fiz que não com a cabeça. Nada estava doendo.

Minha patroa observou o copo cuidadosamente, alisou o cobertor ao meu redor e me desejou boa-noite.

Foi somente depois que ela saiu que ouvi o choro baixinho da gata malhada do lado de fora do meu quarto. Ela estava no corredor, miando para entrar.

Agora, eu manuseava cada um dos ovos grandes como se fossem feitos de vidro. Era uma coisa arriscada, para ser sincera, e eu nunca havia parado para pensar na pressão que eu fazia para quebrar um ovo. A frigideira ainda estava bem quente, e as gemas começaram a fritar quase instantaneamente. Tentei não ficar perto demais, para não respirar nenhum odor venenoso, então cozinhei os ovos com o braço esticado, e logo meus ombros começaram a doer, como acontecia quando eu subia em árvores no interior.

Depois de fritá-los, passei os dois ovos grandes para um segundo prato. Eu os encobri com molho e joguei as quatro cascas no lixo, alisei meu avental e — certificando-me de colocar os ovos envenenados do lado direito da bandeja — saí da cozinha.

O sr. e a sra. Amwell já estavam sentados, entretidos em uma conversa sobre o banquete ao qual compareceriam.

— O sr. Batford disse que haverá uma exposição de esculturas — falou a sra. Amwell. — Trazidas do mundo inteiro.

O sr. Amwell resmungou em resposta, olhando para mim quando eu entrei na sala de jantar.

— Ah! — exclamou ele. — Finalmente.

— Peças lindas, ele prometeu. — Minha patroa esfregou o pescoço; no lugar onde seus dedos encostaram, a pele estava vermelha e irritada. Ela parecia tensa, embora fosse eu que estivesse carregando a bandeja com os ovos envenenados, e isso me incomodou de alguma forma. Ela ficara com medo de trazer os ovos ela mesma, e agora parecia incapaz de acalmar os nervos.

— Aham — respondeu ele para ela, com os olhos focados em mim. — Traga aqui. Rápido, garota.

Ao me aproximar dele por trás, levantei o prato do lado direito da bandeja e cuidadosamente coloquei-o à sua frente. Quando o fiz, ele passou a mão por trás das minhas pernas e delicadamente levantou minha saia feita de um tecido pesado. Ele passou a mão na parte de trás do meu joelho e subiu até minha coxa.

— Ótimo — disse ele, finalmente tirando a mão de mim e levantando o garfo. Minha perna ficou coçando no lugar onde ele havia encostado, uma assadura invisível por baixo da minha pele. Eu me afastei dele e coloquei o segundo prato na frente da minha patroa.

Ela assentiu para mim, seu pescoço ainda vermelho. Seus olhos estavam tristes e sombrios, turvos como as rosas marrons no papel de parede atrás dela.

Fui para minha posição no canto da sala de jantar e esperei, firme como uma pedra, pelo que viria a seguir.

8

CAROLINE
Dias atuais, segunda-feira

Quando acordei naquela madrugada, o relógio da mesa de cabeceira marcava três horas da manhã. Resmunguei e me virei de costas para a luz vermelha fraca, mas enquanto tentava pegar no sono de novo, meu estômago começou a revirar e uma sensação inquietante deixou minha pele molhada e quente. Tirei o edredom, enxuguei o suor de cima dos meus lábios e me levantei para checar o termostato. Estava programado em graus Celsius em vez de Fahrenheit, então talvez eu tivesse acidentalmente colocado a temperatura quente demais no dia anterior. Esfreguei meus pés no chão de carpete, parei para me equilibrar e lancei minha mão contra a parede.

De repente, tive uma ânsia súbita.

Corri até o banheiro, quase sem chegar a tempo de vomitar no vaso tudo o que eu havia comido no dia anterior. Uma, duas, três vezes, meu corpo jogado em cima da privada.

Depois que o meu estômago deu uma trégua e consegui respirar, peguei uma toalha em cima da pia. Minha mão esbarrou em algo pequeno e sólido. O frasco. Assim que voltei para o hotel, tirei o vidro da bolsa e o acomodei na pia no banheiro. Agora, para não despedaçá-lo, coloquei o frasco com segurança no fundo da minha mala e voltei ao banheiro para escovar os dentes.

Intoxicação alimentar em uma viagem internacional, pensei comigo mesma, gemendo. Mas então cobri minha boca com os dedos sujos e trêmulos. *Intoxicação alimentar, ou... outra coisa.* Eu já não tinha ficado meio enjoada algumas vezes ontem também? Não havia comido quase nada, portanto não podia culpar um alimento estragado pelo enjoo.

Ao mesmo tempo, aquilo parecia uma piada de mau gosto — se eu realmente estivesse grávida, não era como eu imaginava que isso fosse acontecer. Havia tempo que eu sonhava com o momento em que James e eu saberíamos da notícia juntos: as lágrimas de alegria, os beijos de comemoração, sair correndo para comprar nosso primeiro livro sobre bebês. Nós dois, *juntos*, comemorando o que havíamos feito. E aqui estava eu, sozinha em um banheiro de hotel no meio da madrugada, na esperança de que não tivéssemos feito coisa alguma. Eu não queria ter o bebê de James, não agora. Só queria sentir a dor desconfortável e pesada da minha menstruação iminente.

Fiz uma xícara de chá de camomila. Bebi devagar e me deitei na cama durante meia hora, completamente acordada, esperando o enjoo passar. Eu não conseguia sequer pensar na ideia de fazer um teste de gravidez. Esperaria mais alguns dias. Rezei para que o mal-estar fosse por conta da viagem e do estresse — talvez minha menstruação fosse descer naquele dia mais tarde, ou no dia seguinte.

Meu estômago começou a se acalmar, mas o fuso horário me deixou desperta e alerta. Passei minha mão do lado direito da cama, onde James deveria estar, e esmaguei o lençol frio entre os dedos. Por um breve instante, não consegui resistir à verdade: parte de mim sentia muito a falta dele.

Não. Soltei o lençol e virei para o lado esquerdo, para longe do espaço vazio ao meu lado. Eu não me permitiria sentir saudade dele. Ainda não.

Como se o segredo de James não fosse um fardo pesado o suficiente para mim, havia mais: até então, eu só tinha contado para minha melhor amiga, Rose, sobre a infidelidade do meu marido. Naquele momento, acordada no meio da noite, pensei em ligar para meus pais e contar tudo. Mas meus pais pagaram pela estadia não reembolsável no hotel, e eu não tive coragem de dizer a eles que só um de nós tinha vindo para Londres. Eu contaria quando voltasse, depois de ter tido tempo para pensar — e depois de decidir qual seria o futuro do meu casamento.

Por fim, desisti de dormir, liguei o abajur da mesa da cabeceira e puxei meu celular do carregador. Abri o aplicativo de busca e deixei meus dedos pairarem sobre o teclado, tentada a pesquisar as atrações de Londres. Mas os principais pontos turísticos, como a Abadia de Westminster e o Palácio de Buckingham, já estavam anotados no meu caderno com os horários de funcionamento e os valores da entrada — e, ainda assim, nenhum deles me parecia atraente. Eu mal conseguia lidar com a ausência do meu marido naquele enorme quarto de hotel; como poderia caminhar pelas trilhas do Hyde Park e *não* sentir o espaço vazio ao meu lado? Então, preferia nem ir.

Em vez disso, naveguei pelo site da Biblioteca Britânica. Enquanto conversava com Gaynor na Sala de Mapas, eu tinha visto um pequeno cartaz comunicando sobre a busca na base de dados on-line. Então, cansada pelo fuso horário e me sentindo indisposta, eu me afundei nos lençóis de algodão e decidi fazer um pouco de pesquisa.

Ao clicar em Pesquisar no Catálogo Principal, digitei três palavras: frasco de urso. Diversos resultados apareceram, variando bastante em assunto: um artigo recente sobre uma publicação de biomecânica; um livro do século XVII sobre profecias apocalípticas; e uma coleção de documentos recuperados no início do século XIX do hospital St. Thomas. Ao clicar no terceiro resultado, eu esperei até que a página carregasse.

Apareceram alguns detalhes adicionais, como a data de criação dos documentos — de 1815 a 1818 — e as informações de aquisição dos documentos. O site dizia que eles haviam sido recolhidos na ala sul do hospital e incluíam papéis que pertenciam tanto à equipe de funcionários quanto aos pacientes daquela ala.

No topo da pesquisa de resultados havia um link para solicitar os documentos. Cliquei ali e suspirei, esperando que fosse direcionado para que eu me registrasse na biblioteca e solicitasse um documento físico. Mas, para minha surpresa, diversas páginas de amostra dos documentos haviam sido digitalizadas. Em instantes, elas começaram a se materializar na tela do meu telefone.

Fazia uma década desde que eu havia feito aquele tipo de pesquisa, e senti uma corrente de adrenalina repentina dentro do peito. Pensar que Gaynor passava dia após dia na Biblioteca Britânica com acesso total a arquivos como aquele me deixou quase com inveja.

Enquanto a imagem carregava, a tela do celular piscou com uma ligação. Eu não reconheci o número, mas meu identificador de chamadas dizia que a ligação era de Mineápolis. Franzi a testa, tentando lembrar se conhecia alguém em Minnesota. Sacudi a cabeça; deve ser telemarketing. Recusei a chamada, ajeitei minha cabeça no travesseiro e comecei a ler as páginas de amostra do documento.

As primeiras páginas eram irrelevantes: nome dos administradores do hospital, um contrato de aluguel e a cópia assinada de um testamento — talvez assinado quando o paciente estava no leito de morte. Mas na quarta página algo saltou aos meus olhos: a palavra *urso*.

Era a imagem digitalizada de um bilhete curto escrito à mão, a letra pontiaguda e falhada em vários lugares:

22 de outubro de 1816

Para os homens, um labirinto. Eu poderia ter mostrado a eles tudo o que gostariam de ver no Beco do Urso.

Que uma assassina não precisa levantar sua mão longa e delicada. Ela não precisa nem tocá-los enquanto eles morrem.

Há outras maneiras mais inteligentes: frascos e poções.

A boticária era amiga de todas nós, mulheres, a fabricante do nosso segredo: os homens estão mortos por nossa causa.

Só que não aconteceu como eu planejara.

Não foi culpa dela, da boticária. Nem minha.

Foi culpa do meu marido, e da sua sede do que não era para ele.

O bilhete não estava assinado. Minhas mãos começaram a tremer; as palavras *urso* e *frasco* estavam presentes, o que significava que aquela era definitivamente a página que se enquadrava dentro da minha busca por palavras-chave. E a autora do bilhete, quem quer que fosse, claramente queria compartilhar um segredo profundo enquanto estava indisposta no hospital. Será que era algum tipo de confissão no leito de morte?

E o trecho *tudo o que gostariam de ver no Beco do Urso*? A autora fazia alusão a um labirinto, insinuando saber o caminho. E se *houvesse* um labirinto, parecia lógico que algo valioso — ou secreto — estaria no fim dele.

Roí uma unha, completamente perdida com o significado daquela estranha escolha de palavras.

Mas foi outra coisa o que mais me impressionou: a menção a uma boticária. A autora dizia que a boticária era uma "amiga" e uma "fabricante" de segredos. Se o segredo era que os homens estavam mortos — e claramente não por acidente —, parecia que a boticária era o elemento em comum entre as mortes. Como uma serial killer. Um arrepio percorreu meu corpo enquanto eu puxava as cobertas.

Enquanto eu analisava novamente o texto, uma notificação de mensagem não lida apareceu na minha caixa de e-mail. Eu a ignorei, abri o Google Mapas e digitei rapidamente Beco do Urso, Londres, como mencionado na primeira frase do bilhete.

Em um segundo, um único resultado surgiu: existia, de fato, um Beco do Urso em Londres. E para o meu choque total, era perto — bem perto — do meu hotel. Uma caminhada de dez minutos, não mais do que isso. Mas será que era o mesmo Beco do Urso a que o bilhete fazia referência? Certamente algumas ruas haviam sido renomeadas nos últimos dois séculos.

A visão de satélite do Google Mapas indica que a área do Beco do Urso em Londres era repleta de prédios de concreto imensos, e as empresas listadas no mapa consistiam, em sua maioria, em bancos de investimento e firmas de contabilidade. O que significava que mesmo se esse *fosse* o Beco do Urso correto, eu não encontraria muita coisa em meio às multidões de homens andando em seus ternos. Multidões de homens como James.

Olhei para a minha mala, onde eu havia guardado o frasco. Gaynor também achava que a imagem gravada na lateral era de um urso. Será que o frasco tinha alguma ligação com o Beco do Urso? Aquela ideia — improvável, mas não impossível — era como uma isca em um anzol. Eu não podia resistir ao mistério — ao *e se*, ao *desconhecido*.

Conferi a hora; eram quase quatro da manhã. Assim que o sol nascesse, eu tomaria um café e partiria para o Beco do Urso.

Antes de largar o telefone, fui até o e-mail não lido que aguardava na minha caixa de entrada e levei um susto: o e-mail era de James. Meu maxilar travou e comecei a lê-lo.

> Tentei te ligar de MSP. Mal consigo respirar, Caroline. A outra metade do meu coração está em Londres. Eu preciso te ver. Estou embarcando para o Heathrow. Meu avião chega às 9h, no seu fuso horário. Vou demorar um pouco para passar pela alfândega. Você me encontra no hotel por volta das 11h?

Em choque, li o e-mail novamente. Meu marido estava a caminho de Londres. Ele sequer me perguntou se eu queria vê-lo, nem me permitiu viver a solidão e a distância de que eu tanto precisava. A chamada não identificada alguns minutos antes devia ter sido de James no aeroporto, talvez feita de um telefone público — ele provavelmente sabia que eu não atenderia se visse o número do telefone dele no identificador de chamadas.

Minhas mãos começaram a tremer; parecia que eu acabara de descobrir o caso dele, tudo de novo. Pairei meu dedo sobre a tecla Responder, preparada para dizer a James: *Não, não se atreva a vir até aqui.* Mas eu o conhecia havia tempo suficiente; dizer que ele não podia ter algo era fazê-lo trabalhar duas vezes mais para conseguir. Além disso, ele sabia o nome do hotel, e mesmo que eu me recusasse a encontrá-lo, não tinha dúvidas de que ele esperaria no saguão o tempo que precisasse. E eu não podia ficar escondida no meu quarto para sempre.

Dormir agora seria impossível. Se James planejava chegar às onze só restavam algumas horas sem o peso da sua presença, das suas desculpas. Algumas horas para evitar lidar com nosso casamento falido. Algumas horas para me aventurar pelo Beco do Urso.

Levantei da cama e fui olhar pela janela, conferindo o céu a cada cinco minutos, esperando desesperadamente pelo primeiro raio de luz.

Mal podia esperar pelo nascer do sol.

9

ELIZA

5 de fevereiro de 1791

Um minuto se passou, depois outro, e não houve nenhuma mudança no comportamento do sr. Amwell na mesa de café da manhã. Minha coragem começou a diminuir. Desejei profundamente mais uma xícara do chá de valeriana de Nella, que havia me relaxado tanto em sua pequena loja com o cômodo secreto.

O ato em si não havia sido tão ruim — quebrar os ovos, colocá-los na frigideira. Eu sequer temi as palavras raivosas que o sr. Amwell despejou sobre mim enquanto os ovos envenenados desciam pela sua barriga, nem a forma rígida e encurvada que seu corpo poderia tomar, que Nella havia avisado que causariam uma vida inteira de pesadelos.

Mas, apesar de ser corajosa com algumas coisas, eu não era corajosa com *todas* as coisas. Eu temia o fantasma dele, seu espírito desassossegado após a morte. O movimento não visto através das paredes, através da minha pele.

Meu medo de espíritos era recente, tinha começado alguns meses antes, quando Sally me jogou em um quarto do porão frio e escuro e me contou uma história sobre uma menina chamada Johanna.

Fiquei menos corajosa a partir daquele dia, ao saber que magia podia dar errado.

Segundo Sally, Johanna trabalhou na residência dos Amwell por um período curto de tempo antes da minha chegada. Somente um ou dois anos mais velha que eu, a menina ficou doente — tão doente que não conseguia mais sair do quarto. E durante seu período de isolamento, sussurros corriam pelos corredores; rumores de que ela não estava doente coisa nenhuma, e sim carregando um bebê na barriga, e que logo daria à luz.

Sally disse que, em uma manhã fria de novembro, uma das empregadas do andar de cima sentou-se com Johanna enquanto ela lutou um dia inteiro pelo bebê. Força e mais força, muito esforço, mas nenhum choro. O bebê nunca saiu de dentro dela, e Johanna caiu em um sono do qual nunca mais acordou.

O quarto no sótão onde eu dormia — com seus cantos repletos de teias de aranha e correntes de ar — ficava ao lado de onde Johanna e seu bebê tinham morrido. E depois que Sally me contou essa história, comecei a ouvir a garota gritar pelas paredes, durante a madrugada. Parecia que ela estava *me* chamando, chamando meu nome. Em uma ocasião, ouvi um barulho que parecia água corrente, e uma *batida*, como se o bebê de dentro da barriga dela estivesse tentando abrir caminho para o lado de fora com seus pequeninos punhos arredondados.

— Quem era o pai da criança? — perguntei para Sally no quarto escuro.

Ela olhou para mim com o olhar firme, como se eu já devesse saber a resposta.

Em certo momento, criei coragem para revelar à sra. Amwell algumas das coisas que Sally havia me contado sobre Johanna, mas minha patroa insistiu que não havia ninguém grávida naquela casa, e que certamente nenhuma garota havia morrido. Ela tentou me contar que Sally estava com inveja da posição que eu estava ocupando na casa, e que as batidas eram do meu próprio coração assustado — nada mais do que pesadelos.

Não discuti com a sra. Amwell, mas sabia o que eu tinha escutado durante a madrugada. Como uma pessoa pode confundir alguém chamando seu próprio nome?

Agora, enquanto eu esperava na sala de jantar com minhas costas contra a parede, assistindo ao sr. Amwell mastigar os ovos, era a atual sequência de acontecimentos que me deixava inquieta — de tal modo que precisei apoiar minhas mãos para me equilibrar. Eu não me arrependia do que havia feito; só esperava que os ovos envenenados matassem o sr. Amwell rápido, e durante o dia, pois eu não suportava a ideia de mais uma voz chamando meu nome. Rezei para que o espírito conturbado do sr. Amwell não se libertasse naquela sala ou, se acontecesse, que não permanecesse por muito tempo.

Eu não entendia esse tipo de magia. Não entendia por que o espírito de Johanna ainda estava preso ou por que ela me assombrava daquele jeito, e fiquei com medo de que o espírito do sr. Amwell logo a acompanhasse pelos corredores.

Eu era corajosa com algumas coisas, sim, e venenos não me assustavam. Mas espíritos soltos e raivosos me apavoravam.

Ele pigarreou quando estava no meio do segundo ovo.

— Meu Deus — resmungou ele. — O que tem nesse molho? Estou morto de sede. — Ele bebeu metade de uma jarra de água enquanto eu permanecia no canto da sala de jantar, esperando para retirar os pratos.

Os olhos da minha patroa se arregalaram. Ela tocou na faixa amarelo-clara do vestido; será que eu estava imaginando o tremor em seus punhos?

— Querido, você está bem? — perguntou ela.

— Pareço bem? — retrucou o sr. Amwell. Ele mexeu no lábio inferior, que estava ficando inchado e vermelho. — Minha boca está queimando. Você usou alguma pimenta? — Ele tentou secar uma gota de molho que havia caído em seu queixo, e o guardanapo caiu no chão, como se não conseguisse mais segurá-lo. E então, eu podia ver claramente: sua fúria transformando-se em medo.

— Não, senhor — respondi. — Fiz do mesmo jeito que sempre faço. O leite estava quase azedando.

— Acho que já está azedo, não é mesmo? — Ele começou a tossir e pigarreou de novo.

A sra. Amwell mexeu nos ovos com molho em seu prato e deu uma garfada cautelosa.

— Céus! — Ele empurrou o prato para longe e levantou-se da mesa. A cadeira tombou no chão atrás dele, esbarrando nas imaculadas cortinas de estampa de margarida. — Eu vou passar mal, garota! Leve isso embora!

Corri e peguei o prato, aliviada em perceber que ele havia, de fato, comido o primeiro ovo inteiro e grande parte do segundo. Nella havia me garantido que um único ovo resolveria.

O sr. Amwell subiu as escadas, seus passos ecoando pela sala de jantar. A patroa e eu nos entreolhamos em silêncio, e devo admitir que parte de mim ficou surpresa que o plano tivesse dado certo. Segui para a cozinha e limpei rapidamente o prato, que mergulhei em um balde de água suja e velha.

Na sala de jantar, minha senhora ainda estava terminando de comer. Ela parecia perfeitamente bem, graças a deus, mas o barulho do sr. Amwell tentando vomitar no andar de cima estava tão alto que me perguntei se o esforço não o mataria antes do veneno. Eu nunca tinha ouvido ninguém vomitar daquele jeito, com tantos gemidos. Quanto tempo aquilo poderia levar? Nella não tinha me falado dessa parte, e não me ocorrera perguntar.

Duas horas se passaram. Seria suspeito se a sra. Amwell continuasse se escondendo diante de sua escrivaninha no andar de baixo, nós duas escrevendo cartas que não precisavam ser escritas, agindo como se não houvesse nada estranho acontecendo.

Todos sabiam que o sr. Amwell gostava de uma bebida e já havia passado muitos dias e noites com a cabeça dentro do vaso. Mas a verdade era que ele nunca havia gemido de sofrimento como daquela vez; agora era diferente, e achei que alguns outros empregados pudessem perceber. A patroa e eu fomos vê-lo juntas e, quando ela percebeu que seu marido tinha perdido a capacidade de falar, mandou que um dos empregados fosse buscar um médico.

Imediatamente, o médico declarou que a condição do sr. Amwell era grave, percebendo que o abdômen do paciente estava inchado e que ele convulsionava de um jeito que nunca havia visto. O médico tentou explicar aquilo para a minha patroa em palavras médicas esquisitas que eu não entendi, mas qualquer um podia ver as convulsões, como se um animal se contorcesse dentro da barriga do sr. Amwell. Os olhos eram vermelho-sangue, e ele sequer conseguia olhar para a luz da vela.

Enquanto o médico e minha patroa se engajavam em uma conversa sussurrada, o sr. Amwell virou a cabeça, e aqueles olhos pretos vazios olharam para mim, bem dentro da minha alma, e posso jurar que, naquele momento, ele *sabia*. Segurei um grito e saí correndo do quarto, enquanto o médico apalpava a região da virilha do paciente, extraindo dele um uivo tão profundo e animalesco que temi que o espírito do sr. Amwell tivesse sido libertado.

Só que a respiração rouca e ofegante dele — audível do corredor, onde eu me encontrava imóvel e trêmula — me disse que não.

— A bexiga dele está prestes a se romper — dizia o médico para a sra. Amwell enquanto eu saía do quarto. — Você mencionou que esse tipo de episódio já aconteceu antes?

— Muitas vezes — respondeu a patroa. O que não deixava de ser verdade, mas mesmo assim ela estava mentindo. Eu me apoiei na parede do corredor, do outro lado da porta, na escuridão fria e sombria, ouvindo de perto as palavras da minha patroa e a respiração exausta de um sr. Amwell moribundo. — A bebida é o vício dele.

— Mas esse inchaço no abdômen é incomum... — O médico se afastou, e eu o imaginei analisando o caso estranho diante de si e pensando se deveria ou não chamar um oficial de justiça. O homem à beira da morte, sua bela esposa. Será que o médico tinha visto as garrafas de conhaque vazias que tínhamos espalhado no andar de baixo, com o intuito de enganá-lo?

Dei um passo para a frente, incapaz de conter minha curiosidade, e espiei pela porta aberta. O médico cruzou os braços, tamborilou os dedos e reprimiu um bocejo. Perguntei-me se ele tinha sua própria esposa bonita que o esperava em casa com o jantar quase pronto. O médico hesitou, e então disse:

— Você deve mandar alguém buscar um clérigo, sra. Amwell. Imediatamente. Ele não irá passar desta noite.

Minha patroa cobriu a boca com a mão.

— Céus! — Ela respirou fundo, transmitindo surpresa na voz.

Seguindo as ordens da minha senhora, conduzi o médico até a saída. Em seguida, quando fechei a porta da casa e me virei, ela estava ali esperando por mim.

— Vamos sentar na frente da lareira juntas — sussurrou ela, e seguimos para o local de costume. Ela jogou um cobertor sobre nossas pernas, pegou um caderno e começou a ditar uma carta para sua mãe, em Norwich. — Mãe — começou ela —, meu marido contraiu uma terrível doença…

Escrevi cada palavra exatamente como ela ditou, apesar de saber que nem tudo era verdade. E mesmo quando a carta estava terminada — escrevi mais seis páginas, depois oito, tudo uma repetição de coisas que ela já havia dito —, ela continuou falando, e eu continuei anotando. Nenhuma de nós queria se mexer; nenhuma de nós queria subir ao segundo andar. O relógio marcava quase meia-noite. A luz do dia já tinha acabado fazia tempo.

Mas não ficamos ali para sempre. Pois, de uma só vez senti algo estranho: algo grudento e molhado entre as minhas pernas. No mesmo instante, um empregado desceu a escada, de dois em dois degraus, com os olhos arregalados e lacrimosos.

— Sra. Amwell — lamentou ele —, sinto muito em dizer, mas ele parou de respirar.

A sra. Amwell tirou o cobertor das pernas e se levantou, e fiz o mesmo. Mas para o meu horror, o local quente e côncavo onde eu sentava tinha agora uma mancha púrpura, brilhante como uma maçã recém-colhida. Fiquei boquiaberta; será que a morte viria ao meu encontro também? Segurei a respiração, rezando para que ela não me abandonasse.

A sra. Amwell começou a se encaminhar para a escada, mas eu disse:

— Espere. Por favor… não me deixe aqui sozinha.

Não havia dúvida: alguma magia terrível tinha me encontrado de novo. O espírito do sr. Amwell podia ter deixado o corpo dele no andar de cima, mas, assim como o de Johanna, não partira completamente. O que mais poderia extrair sangue do meu corpo em um momento como aquele?

Caí de joelhos no chão, lágrimas enormes descendo pelo meu rosto.

— Não me deixe — implorei a ela de novo.

Minha patroa olhou para mim de um jeito estranho, pois já tinha me deixado sozinha naquele cômodo milhares de vezes antes, mas eu podia sentir o calor molhado escorrendo de mim naquele exato instante. Do meu lugar no chão, apontei para o sofá onde sentáramos juntas. Meus olhos se fixaram na almofada manchada de sangue onde eu estava, e tudo ao nosso redor — as sombras da luz da vela dançando cada vez mais perto — me assombrava, o sr. Amwell estava escondido em cada uma daquelas coisas.

10

NELLA
7 de fevereiro de 1791

No sétimo dia de fevereiro, mais um bilhete foi deixado no barril de cevada.

Antes de lê-lo, ergui o fino pergaminho — feito a pele das minhas mãos cansadas — e inspirei a essência de perfume. Cerejas, com tons de lavanda e água de rosas.

Assim como a carta de Eliza, soube imediatamente, pelas curvas firmes e voltas padronizadas nas letras de tinta, que a autora era bem-educada e letrada. Imaginei uma mulher da minha idade: dona da própria casa, mulher de um comerciante. Imaginei uma amiga calorosa e leal, não alguém da alta sociedade, mas alguém que admirasse jardins e teatros, e não no estilo de uma cortesã. Imaginei seios fartos, quadris largos. Uma mãe.

Mas, quando deixei minha imaginação de lado e prossegui para a leitura das palavras cuidadosamente escritas no papel, minha língua ficou seca. O bilhete era bastante curioso, uma vez que a autora estava hesitante em constatar o que queria e, em vez disso, preferiu uma intimação sutil. Deixei o bilhete em cima da mesa. Levantei a vela sobre o pergaminho e li mais uma vez:

O empregado encontrou os dois juntos, dentro da guarita.

Faremos um jantar em dois dias, e ela estará presente. Talvez você tenha algo para incitar a luxúria? Irei à sua loja amanhã às dez.

Ah, a morte nos braços de um amante, enquanto me deito sozinha, à espera, os corredores em silêncio.

Dissequei cada verso como as vísceras de um rato, em busca de alguma pista escondida nas profundezas da mensagem. A casa da mulher tinha um empregado e uma guarita, portanto presumi que ela tinha boas condições. Isso me preocupava, pois eu não tinha interesse algum em me meter nas causas dos ricos, que, ao longo dos anos, eu havia descoberto serem imprevisíveis e instáveis. E a mulher queria algo para *incitar a luxúria*, para que ele — presumidamente o marido — pudesse morrer nos braços de sua amada — presumidamente a amante. O plano me pareceu um pouco perverso, e a carta não me caiu muito bem.

E a poção tem que estar pronta em dois dias. Quase não havia tempo suficiente.

Mas a carta de Eliza também não tinha me caído muito bem, e tudo acabou dando perfeitamente certo. Eu tive certeza de que a minha inquietude com relação àquela carta também poderia ser explicada pelo meu corpo debilitado e meu espírito cansado. Quem sabe, a partir de agora, todas as cartas levantassem suspeitas. Era bom que eu me acostumasse, assim como tinha me acostumado à ausência de luz dentro da loja.

Além do mais, a carta da mulher sugeria uma traição, e traição era o motivo pelo qual eu havia começado a fazer venenos — o porquê de ter começado a carregar os segredos dessas mulheres, a anotá-los no meu livro de registros, para protegê-las e ajudá-las. O melhor boticário era aquele que sabia intimamente a aflição do seu paciente, seja ela no corpo ou no coração. E, embora eu não me identificasse com a posição social daquela mulher — uma vez que não havia empregados nem guaritas no Beco dos Fundos —, eu conhecia profundamente seu caos interno. Um coração partido é comum a todos e não distingue classe social.

Portanto, em respeito a mim mesma, aprontei minhas coisas para sair. Vesti meu casaco mais quente e guardei mais um par de meias na bolsa. Mesmo que os campos onde eu planejava ir fossem úmidos e nada convidativos, era onde eu encontraria escaravelhos — o remédio mais adequado para o pedido peculiar daquela mulher.

Tracei meu caminho de forma rápida e hábil pelos becos sinuosos da minha cidade, evitando as liteiras e o esterco de cavalo, embrenhando-me contra a massa opressiva de corpos que entravam e saíam das lojas e das casas ao longo do caminho para os campos perto de Walworth, em Southwark, onde eu encontraria os escaravelhos. Eu frequentava bastante o rio e podia andar pela ponte Blackfriars de olhos fechados, mas em dias como aquele as pedras soltas sob meus pés estavam um perigo. Observei meus passos, evitando inconvenientes como um vira-lata uivando para algo morto e um pedaço de peixe meio embrulhado, fedorento e coberto de moscas.

Conforme me apressava pela Water Street, diante do rio, mulheres de todos os lados varriam os escombros e a sujeira diante das casas, formando uma nuvem de cinza e poeira. Engasguei um pouco e fui acometida, de repente, por um acesso de tosse seca. Eu me curvei, colocando as mãos no joelho.

Ninguém prestou a menor atenção em mim, ainda bem; a última coisa de que eu precisava eram perguntas sobre meu destino, meu nome... Não, todo mundo estava ocupado demais com os próprios afazeres, mercadorias e crianças.

Meus pulmões continuaram sugando o ar até que, finalmente, senti o calor na minha garganta diminuir. Limpei a secreção da minha boca, horrorizada com o muco esverdeado que ficou na palma da minha mão, como se eu a tivesse enfiado dentro do rio e retirado um pedaço de alga grudado à pele. Sacudi o muco para o chão, passei o sapato por cima até que desaparecesse e endireitei a postura, seguindo adiante para o rio.

Chegando aos degraus na base da ponte Blackfriars, percebi um homem e uma mulher aproximando-se do outro lado da rua. O olhar do homem era fulminante e determinado em minha direção, e rezei para que ele tivesse reconhecido alguém exatamente atrás de mim. A mulher ao lado dele lutava com o peso de um bebê grudado no peito, e à distância eu podia ver a cabecinha macia e oval dele. Um cobertor lindo e claro envolvia confortavelmente a criança.

Olhei para o chão e apertei o passo, mas quando cheguei no primeiro degrau da ponte, senti uma mão tocar meu ombro levemente.

— Senhora? — Quando me virei, eles estavam parados, os três em perfeita formação: pai, mãe, filho. — A senhora está bem? — O homem tirou o chapéu do rosto e puxou o cachecol ao redor do pescoço.

— Eu... eu estou bem, sim — gaguejei. O corrimão parecia um bloco de gelo sob meus dedos, mas não o soltei.

Ele suspirou, aliviado.

— Meu Deus, vimos a senhora lá atrás, tossindo. É prudente que saia dessa rua gelada e vá para a frente de uma lareira. — Ele olhou escada acima, para onde eu me dirigia. — A senhora não está realmente pensando em cruzar a ponte para Southwark, está? O esforço que precisará fazer nesse frio...

Tentei manter meus olhos longe das covinhas do bebê tão bem enrolado no cobertor.

— Não será um problema, garanto.

A mulher reclinou a cabeça, com pena.

— Ah, então venha conosco, vamos contratar um barqueiro. Esta pequena está pesada demais para seguirmos a pé. — Ela olhou para baixo, para a bebê, e então acenou para um dos vários homens esperando no leito do rio.

— Obrigada, mas estou me sentindo perfeitamente bem, garanto — insisti, erguendo meu pé para subir a escada. Sorri para o casal gentil, na esperança de que fossem embora, mas outra tosse atingiu minha garganta e meus esforços para escondê-la foram inúteis. Tudo o que pude fazer foi virar minha cabeça para tossir de novo e, conforme o fiz, senti outra mão segurar meu ombro, mais firme dessa vez.

Era a mulher, e o olhar dela era impetuoso.

— Se a senhora precisa ir até lá, insisto que venha conosco no barco. Não conseguirá chegar no topo da escada, tenho certeza, muito menos conseguirá atravessar a ponte. Vamos, venha por aqui. — Ela me carregou, uma mão na cabeça do neném e a outra nas minhas costas, e me conduziu até um dos barqueiros que aguardava no rio.

Cedi, e assim que nos acomodamos no barco com grossos cobertores de lã sobre as pernas, eu me senti instantaneamente agradecida pelo descanso.

O bebê começou a ficar inquieto assim que o barco saiu do leito do rio. A mãe colocou o seio para fora, e a embarcação começou a pular, navegando pelas águas geladas. Eu me recostei levemente, na esperança de não enjoar durante a viagem pelo rio até Southwark. Por um instante, esqueci todos os motivos que me faziam estar em um barco, no rio, com aquela linda família. E então me lembrei: os escaravelhos. A guarita. O empregado. Algo para *incitar a luxúria*.

— A senhora está enjoada? — perguntou o homem. — A correnteza está um pouco forte hoje, mas tenho certeza de que ainda é melhor do que ir a pé.

Balancei a cabeça, concordando com ele. Aquela sensação não me era estranha; parecia um enjoo de gravidez, do qual eu ainda me lembrava, apesar das duas décadas que haviam se passado. As ondas de náusea tinham me atingido logo no início, mesmo antes do meu fluxo parar de descer, e o cansaço veio logo depois. Mas eu sabia que aquilo não era apenas cansaço; assim como podia segurar duas sementes uma ao lado da outra e declarar qual era de um lírio amarelo e qual era de um lírio branco, eu sabia, sem hesitar, que carregava uma criança em meu ventre. Apesar dos enjoos e do cansaço, parecia que eu tinha descoberto o segredo de toda felicidade do mundo, pois nunca, em toda minha vida, eu estivera mais alegre do que naqueles primeiros dias, quando carregava o filho de Frederick na barriga.

A mãe sorriu para mim e tirou o bebê adormecido do peito.

— A senhora gostaria de segurá-la? — perguntou ela. Enrubesci, pois não havia percebido que estava olhando fixamente para a criança.

— Sim — sussurrei sem sequer me dar conta do que estava dizendo. — Sim.

Ela me entregou a bebê e disse que o nome dela era Beatrice.

— Aquela que traz alegria — completou ela.

Mas, conforme o peso daquela criança se instalava em meus braços e seu calor atravessava as camadas de tecido até chegar ao meu corpo, senti tudo menos alegria. Aquela delicadeza da pele de pêssego e respiração curta acomodou-se nos meus braços como uma lápide, uma marca da perda, de ter tido algo especial arrancado de mim. Senti um bolo formando-se na minha garganta, e no mesmo instante me arrependi desse meio de transporte até Southwark.

A morte nos braços de um amante, enquanto me deito sozinha, à espera, os corredores em silêncio. As palavras da carta que me trouxera até ali já pareciam uma maldição.

A bebê deve ter sentido meu descontentamento, pois acordou de repente e olhou ao redor, desorientada. Mesmo com a barriga cheia, suas sobrancelhas se curvaram como se fosse começar a chorar.

O instinto me mandou niná-la, de um lado para o outro, de um lado para o outro, e segurá-la com firmeza.

— Shhh — sussurrei para ela, ciente de que seus pais me observavam. — Shhh, pequena, fique calma, não há nada para se preocupar. — Beatrice se acalmou e fitou meus olhos, como se quisesse olhar dentro das minhas profundezas, espiar meus segredos e o que me causava dor.

Se ela pudesse ver tudo o que estava apodrecido dentro de mim! Se ao menos o seu pequenino coração pudesse entender o peso que se instalara em mim nas últimas duas décadas, acendendo a chama da vingança que agora se espalhava pela cidade de Londres e tornava-se o fardo de uma vida inteira de segredos alheios.

Era com isso que eu lidava enquanto nosso barco atravessava as ondas e cruzava para o outro lado. E, ainda assim, mesmo com a beleza da bebê Beatrice, aquela que traz alegria, em meus braços, tive que me virar para a ponte Blackfriars. Ao olhar para cima, para os arcos de pedra, que apoiavam a estrutura e a erguiam bem alto sobre a água, eu me permiti sonhar por um instante com o alívio e a liberdade que poderiam ser tão facilmente alcançados com um único salto de lá.

Um momento de queda livre, uma rajada de água fria. Em um instante essa maldição chegaria ao fim, além de todas as outras —

para selar os segredos aqui dentro e proteger o que me havia sido confiado. Em um instante, engolir toda a perda e deixar que meus ossos apodrecessem. Em um instante, unir-me à minha pequena, seja lá onde estivesse.

Continuei ninando Beatrice para um lado e para o outro em meus braços, e fiz um apelo silencioso para que ela jamais tivesse pensamentos tão obscuros e terríveis quanto os meus. E tive certeza de que se a minha bebê tivesse sobrevivido — ela hoje teria dezenove anos, seria uma moça —, eu jamais teria pensado aquelas coisas. Eu certamente não olharia com tanto desejo para as sombras soturnas da ponte logo adiante.

Desci meu olhar para o rosto de Beatrice. Não havia um único defeito nela, nem sequer uma marca de nascença. Afrouxei um pouquinho o cobertor bege para poder ver melhor as dobrinhas da sua pele ao redor do queixo e do pescoço. Pela maciez da lã que encostava em meu polegar, imaginei que o cobertor que envolvia a criança havia custado mais do que as roupas da mãe e do pai juntas. *Beatrice*, falei baixinho, na esperança de me comunicar com ela com os olhos, *sua mãe e seu pai amam muito você.*

Ao dizer aquilo, quase chorei; meu ventre nunca havia parecido tão oco, tão vazio. Eu desejei ter dito o mesmo para minha própria filha perdida — que a mãe e o pai dela a amavam muito —, mas eu não poderia, pois isso seria somente uma meia-verdade.

Tremendo, entreguei Beatrice de volta à sua mãe, enquanto o barqueiro começava a nos conduzir para a margem.

Bem cedo na manhã seguinte, após ter caçado os escaravelhos do campo e tê-los assado sobre o fogo, eu mal conseguia me levantar do chão. O ar gelado do dia anterior tinha deixado meus joelhos duros, e a longa caminhada após a viagem de barco fizera meus tornozelos incharem. Meus dedos também estavam ralados e sangrando, mas isso era esperado; eu havia cavado mais de cem escaravelhos dos campos perto de Walworth, retirando cada um de seu ninho, tirando cada um deles de seus parentes queridos.

Em meio ao desconforto, o alívio foi fornecido pela chama baixa e pela água fervendo em cima dela. Eu tinha uma hora para descansar antes que a cliente abastada — cuja visita iminente ainda me deixava com uma sensação de inquietude palpável — chegasse.

E ainda assim, não durou muito; logo que recostei minha cabeça contra o fogo, ouvi uma batida na porta escondida, tão repentina, tão assustadora, que eu quase gritei. Rapidamente, vasculhei meus pensamentos. Será que estava tão exausta que havia me esquecido de um atendimento? Será que eu não tinha visto alguma carta? Era cedo demais para a mulher que chegaria às dez; cedo demais para ser culpada por relógios com horários errados.

Mas que maldição! Devia ser alguma mulher precisando de absinto ou tanaceto, os remédios comuns de todo dia. Resmunguei e comecei a me levantar do chão, mas meu peso parecia areia movediça, puxando-me para baixo. E então, outra batida, mais alta. Em silêncio, xinguei o intruso, a pessoa que estava me causando mais dor.

Fui até a porta e espiei pela fenda estreita, para tentar ver meu visitante.

Era Eliza.

11

ELIZA

8 de fevereiro de 1791

Quando Nella abriu a porta, arrastando-a com seu corpo pequenino, ela parecia muito assustada.

— Desculpe pegá-la de surpresa — falei.

— Ah, entre. — Ela respirou fundo, com a mão no peito. Dei um passo com meus pés molhados e entrei. O cômodo estava exatamente igual à visita anterior, mas o odor havia mudado; o ar tinha cheiro de terra, úmida e saudável. Curiosa, espiei as prateleiras.

— Eu li o jornal ontem — disse Nella, encarando-me. As sombras das suas bochechas afundadas estavam mais escuras hoje, e alguns fios do seu cabelo escuro e bagunçado despontavam em ângulos esquisitos ao redor do rosto. — Sobre o sr. Amwell ter finalmente sucumbindo à bebida. Tudo conforme o planejado, parece.

Eu assenti, com o orgulho se espalhando dentro de mim. Eu mal podia esperar para contar a ela como tinha servido o ovo envenenado corretamente, e desejei que ela não tivesse lido antes que eu tivesse a oportunidade de falar pessoalmente.

— Ele passou mal instantaneamente — contei —, e nunca mais melhorou, nem um pouquinho.

Só havia um problema. Minha mão encaminhou-se para a parte baixa da minha barriga, que doía desde a hora da morte do sr. Amwell. Ele pode ter sucumbido ao veneno conforme planejamos, mas eu tinha começado a sangrar no mesmo instante em que o espírito dele fora libertado dentro da casa. Voltar à loja de Nella parecia minha única opção; certamente uma das suas tinturas poderia expulsar aquele fantasma de mim.

Além disso, seus frascos e poções me fascinavam. Ela podia não considerá-los mágicos, mas eu discordava veementemente. Eu sabia que o sr. Amwell não tinha simplesmente morrido; algo dentro dele havia se transformado, assim como as borboletas dentro de casulos. Ele tinha assumido uma nova forma, e eu tinha certeza de que os elixires de Nella eram a única maneira de reverter a situação, a única forma de parar o sangramento de dentro da minha barriga.

Mas eu não podia compartilhar aquilo com ela, ainda não, pois ela havia negado a magia durante a minha primeira visita. Eu não queria que ela me achasse cansativa — nem maluca —, então vim preparada com outra tática.

Nella cruzou os braços e me olhou de cima a baixo. Suas juntas dos dedos, a centímetros do meu rosto, estavam inchadas, redondas e vermelhas como cerejas.

— Fico muito feliz que o ovo tenha funcionado — disse ela —, mas, uma vez que você cumpriu sua tarefa, estou curiosa para saber o que lhe trouxe aqui novamente. Sem avisar, é preciso dizer. — Seu tom não era de punição, mas percebi que ela não estava feliz com a minha presença. — Imagino que não tenha voltado para designar o mesmo destino à sua patroa?

— Claro que não — respondi, sacudindo a cabeça. — Ela sempre foi maravilhosa comigo. — Uma fumaça repentina espalhou-se pelo ar, e senti uma lufada forte do cheiro úmido de terra. — Que cheiro é esse?

— Venha aqui — disse Nella, chamando-me para perto de uma panela de barro no chão, perto do fogo. A panela era da altura da minha cintura e estava repleta de terra escura e batida. Eu a segui determinada, mas ela estendeu a mão. — Não chegue mais perto do que isso — avisou ela. E então, pegou um par de luvas de couro e, com um pequeno instrumento que parecia uma pá, puxou parte da terra na direção da beira da panela para revelar, escondido lá dentro, um objeto duro e esbranquiçado. — Acônito — afirmou ela.

— A-cô-ni-to — repeti lentamente. O objeto parecia uma pedra, mas, ao inclinar meu pescoço, pude ver pequenos nós saindo dele, similares a uma batata ou uma cenoura. — É para matar animais?

— Um dia já foi. Os gregos extraíam o veneno e colocavam nas flechas quando iam caçar cães selvagens. Mas nada disso será feito aqui.

— Porque o objetivo é matar homens, e não animais — repeti, ansiosa para mostrar meu entendimento.

Nella ergueu a sobrancelha para mim.

— Você é diferente de todas as meninas de doze anos que já conheci — disse ela. Voltou-se para a panela e delicadamente empurrou a terra de volta sobre a raiz. — Em cerca de um mês, vou despedaçar essa raiz em um milhão de pedaços. Uma pitada dela, bem misturada com um molho inglês bastante ácido, é capaz de parar um coração em cerca de uma hora. — Ela inclinou a cabeça para mim. — Você ainda não respondeu à minha pergunta. Tem mais alguma coisa de que precisa? — Ela tirou as luvas e entrelaçou os dedos no colo.

— Não quero ficar na casa dos Amwell — murmurei. Não era mentira, apesar de não ser a verdade *completa*. Tossi e senti o sangue grudento e molhado escorrer de mim. Ontem, eu tinha surrupiado uma toalha fina da lavanderia e cortado-a em vários pedaços, só para evitar que o sangue manchasse minhas calcinhas.

Nella inclinou a cabeça para o lado, confusa.

— E sua patroa? E o trabalho?

— Ela foi para o norte por algumas semanas, ficar com a família em Norwich. Partiu hoje de manhã, a carruagem toda revestida de preto, dizendo que precisava ficar com a família enquanto... — Eu fiz uma pausa, repetindo o que ela havia me pedido para escrever em diversas cartas antes de partir. — Enquanto ela está de luto.

— Deve ter bastante trabalho doméstico para lhe manter ocupada, então.

Eu sacudi a cabeça. Sem a minha senhora em casa, com o marido morto e Sally de volta da casa da mãe, havia pouco para eu fazer.

— Eu só escrevo cartas para ela, então a sra. Amwell disse que eu não precisava permanecer na casa enquanto ela estivesse fora.

— Você escreve cartas para ela? Isso explica sua caligrafia.

— Ela tem mãos trêmulas. Não consegue mais escrever muita coisa.

— Entendi — comentou Nella. — Então ela lhe dispensou por um período.

— Ela sugeriu que eu visitasse meus pais no interior, em Swindon. Achou que provavelmente um descanso seria bom para mim.

Nella levantou a sobrancelha quando falei aquilo, mas era verdade; depois que caí aos prantos no chão e a sra. Amwell viu meu rastro de sangue no sofá, ela me envolveu em seus braços. Fiquei inconsolável com a libertação do espírito do sr. Amwell, incapaz de conter meus soluços, mas ela pareceu inabalável, calma até. Como ela conseguia não enxergar a verdade? Comecei a sangrar na mesma hora em que o sr. Amwell morreu; como ela não via que o espírito dele tinha feito aquilo comigo? Seu horroroso fantasma havia se instalado na minha barriga naquela noite.

Nada de lágrimas, a sra. Amwell havia sussurrado, *pois isso é tão natural quanto a lua se movendo no céu.*

Mas não havia nada de natural naquele sangue mortífero que ainda não havia parado, apesar de já terem se passado dois dias. Minha patroa estava errada sobre Johanna, eu *sabia* que ela havia morrido no quarto ao lado do meu, e estava errada sobre isso também.

— E mesmo assim você não foi para Swindon — retrucou Nella, trazendo minha atenção de volta para ela.

— É uma viagem muito longa.

Nella cruzou os braços, um olhar de descrença no rosto. Ela sabia que eu estava mentindo; sabia que havia algo a mais, alguma outra razão para eu não voltar para casa. Nella olhou para o relógio e depois para a porta. Se estava esperando que alguém chegasse ou que eu fosse embora, eu não sabia, mas se eu não podia contar a ela sobre o meu sangramento, precisava encontrar uma maneira de ficar, e rápido.

Pressionei as mãos, pronta para dizer o que havia ensaiado enquanto caminhava até aqui. Minha voz tremeu; eu não podia falhar, ou ela me mandaria embora.

— Eu gostaria de ficar aqui e ajudar com a sua loja. — As palavras saíram de mim de uma só vez. — Eu gostaria de aprender a despedaçar raízes que matam animais e a colocar veneno dentro de um ovo sem quebrá-lo. — Esperei, observando a reação de Nella, mas seu rosto permaneceu intacto, e isso me deu uma onda de coragem. — Eu seria como uma aprendiz, por um curto período. Até a sra. Amwell voltar de Norwich. Prometo ser de grande ajuda para a senhora.

Nella sorriu para mim, seus olhos formando rugas nos cantos. Eu acreditava até um instante antes que ela era pouco mais velha do que minha patroa, agora eu me perguntava se talvez ela tivesse mais do que quarenta, ou até que tivesse passado dos cinquenta anos.

— Eu não preciso de ajuda com as minhas tinturas, jovem.

Irredutível, eu me sentei ereta. Tinha preparado uma segunda ideia, caso a primeira não desse certo.

— Então posso lhe ajudar com os frascos — falei, apontando para uma das prateleiras. — Algumas das etiquetas estão apagadas, e vi o jeito que você segura o braço com dificuldade. Eu posso reforçar a tinta, para que você não se machuque. — Pensei nas muitas horas e dias que passei com a sra. Amwell na sala de estar, aperfeiçoando minha caligrafia. — Você não irá se decepcionar com meu trabalho — acrescentei.

— Não, pequena Eliza — respondeu ela. — Eu não... eu não posso concordar com isso.

Meu coração quase explodiu, e percebi que nunca sequer imaginei que ela diria não.

— Por que não?

Nella riu, sem acreditar.

— Você quer ser minha aprendiz, minha assistente, e aprender sobre venenos para que mulheres medíocres possam matar seus maridos? Seus patrões? Seus irmãos e pretendentes e motoristas e filhos? Essa não é uma loja de doces, garota. Esses não são frascos de chocolate nos quais colocamos framboesas amassadas.

Eu me controlei, resistindo ao ímpeto de lembrá-la de que poucos dias antes, eu havia quebrado um ovo envenenado em uma frigideira e servido ao meu patrão. Mas eu sabia, pela minha experiência escrevendo as cartas da sra. Amwell, que as coisas que uma pessoa mais queria dizer normalmente eram as coisas que ela deveria guardar para si. Hesitei, e então disse, com calma:

— Eu sei que essa não é uma loja de doces.

O rosto dela ficou sério.

— Que interesse você tem em se meter nesse negócio, menina? Meu coração é obscuro, tão escuro quanto as cinzas debaixo daquele fogo, por razões que você é jovem demais para entender. O que lhe machucou tanto, aos doze anos de idade, que lhe faz desejar isso? — Ela balançou os braços ao redor do cômodo, o olhar pousando finalmente na panela de terra, com o acônito escondido lá dentro. — E você já pensou em como deve ser dormir em um colchão em um cômodo que mal cabe uma de nós, tampouco as duas? Já pensou que não há um segundo de privacidade aqui? Não há descanso, Eliza. Algo está sempre fervendo, borbulhando, de molho, embebido. Eu acordo a noite inteira para ajeitar as coisas que você vê ao nosso redor. Essa não é uma casa grande e silenciosa, com papel rosa nas paredes. Você pode ser só uma empregada, mas imagino que seu quarto seja muito melhor do que isso. — Nella respirou fundo e colocou a mão delicada sobre a minha. — Não me diga que você sonha em trabalhar em um lugar como este, garota. Você não deseja algo melhor para si?

— Ah, sim — respondi. — Eu desejo morar perto do mar. Vi as pinturas de paisagens de Brighton, de castelos na areia. Acho que eu queria morar lá. — Puxei minha mão e passei os dedos no queixo; uma pequena espinha, do tamanho da ponta de uma agulha, tinha se formado ali. Sem mais ideias, suspirei, decidida a contar a Nella o resto da história. — O espírito do sr. Amwell está me assombrando. Eu temo que, se eu permanecer na casa sem a sra. Amwell, ele vá me machucar mais do que já machucou até agora.

— Maluquice, menina. — Nella sacudiu veementemente a cabeça de um lado para o outro.

— Eu juro! A casa tem outro espírito também, de uma jovem que estava lá antes de mim, chamada Johanna. Ela morreu no quarto ao lado do meu, e eu a ouço chorar durante a noite.

Nella abriu as palmas das mãos como se não acreditasse nas minhas palavras, como se eu fosse doida.

Mas prossegui, resoluta:

— Eu quero muito continuar a trabalhar com a sra. Amwell. E prometo que retornarei ao meu posto assim que ela voltar a Londres. Eu não tenho a intenção de ser um inconveniente para a senhora. Só pensei que, talvez, pudesse me ensinar como preparar algo que irá afastar os espíritos da casa, para que eu não precise mais ouvir o choro incessante de Johanna, e para que o sr. Amwell me deixe em paz de uma vez por todas. Eu poderia aprender outras coisas também e talvez lhe ajudar um pouco enquanto estiver aqui.

Nella olhou no fundo dos meus olhos.

— Preste atenção, Eliza. Nenhuma poção tem o poder de retirar espíritos do ar vazio que respiramos. Se isso existisse, e fosse eu a pessoa que preparasse e engarrafasse uma tintura dessas, eu seria uma mulher rica, vivendo em uma mansão em algum lugar. — Ela passou a unha em um arranhão na mesa onde estava sentada. — Você foi corajosa em me contar a verdade. Mas eu sinto muito, menina. Não posso lhe ajudar e você não pode ficar aqui.

A desesperança se espalhou pelo meu corpo; não importavam as minhas súplicas, Nella não se prontificara a me ajudar de maneira alguma, nem mesmo me oferecendo um lugar para ficar até a sra. Amwell retornar. E ainda assim, eu me ative ao tremor em sua voz.

— Você acredita em espíritos? A sra. Amwell não acredita em mim, nem um pouquinho.

— Eu não acredito em fantasmas, se é isso o que está me perguntando. Essas pequenas nuvens do mal que crianças como você temem durante a noite. Pense só: se nos tornássemos fantasmas ao morrer, e se assombrássemos os lugares onde vivemos, toda a cidade de Londres não seria uma neblina perpétua? — Ela fez uma pausa enquanto o fogo estalava alto atrás dela. — Mas eu acredito que, às vezes, sentimos reminiscências daqueles que um dia estiveram aqui. Não há espíritos, mas criações da nossa própria imaginação desesperada.

— Então Johanna, que chora no quarto ao lado do meu... você acha que é a minha imaginação? — Era impossível; eu nunca sequer tinha conhecido a garota.

Nella deu de ombros.

— Não sei dizer, menina. Eu não lhe conheço há tanto tempo, mas você é jovem e, portanto, propensa a ideias desvairadas.

— Tenho doze anos — retruquei, minha paciência já esgotada. — Eu não sou tão jovem assim.

Ao encontrar meus olhos, Nella finalmente se levantou, sorrindo, e caminhou até o armário grande nos fundos do cômodo. Ela correu o dedo pela lombada de diversos livros, estalando a língua contra os dentes. Sem encontrar o que queria, abriu uma das portas do armário e procurou em outra prateleira de livros, essa mais bagunçada que a anterior. Bem no fim da pilha, ela segurou a lombada de um livro pequeno e o puxou.

Era bem fino, parecia mais um folheto do que um livro, e a capa mole estava rasgada em um dos cantos.

— Este livro pertenceu à minha mãe — disse ela, entregando-o para mim. — Embora eu nunca a tenha visto abrindo-o, e eu mesma nunca precisei dele.

Ao passar a capa desgastada cor de vinho, engasguei ao ver a contracapa; era uma imagem de uma mulher dando à luz um maço de colheita fresca, nabos, morangos e cogumelos. Espalhados ao redor dos seus seios nus estavam vários peixes e um porquinho recém-nascido.

— O que é isso? — perguntei a Nella, meu rosto enrubescido.

— Alguém deu para minha mãe há muito tempo, apenas um ano antes de ela morrer. É um livro que diz estar repleto de magia, destinado ao uso de parteiras e curandeiras.

— Mas ela também não acreditava em magia — supus.

Nella sacudiu a cabeça, andou até seu livro de registros e virou as páginas ao contrário, franzindo as sobrancelhas ao procurar as datas. Ao passar o dedo pelas entradas dos registros, ela assentiu.

— Ah, sim. Olhe aqui. — Ela girou o livro na minha direção e apontou para a entrada:

6 abr 1764, srta. Breyley, mel selvagem, 220g, uso tópico.

— Duzentos e vinte gramas de mel selvagem. — Nella leu em voz alta.

Eu arregalei os olhos.

— Para comer?

Ela apontou para a *uso tópico*.

— Não, é para espalhar na pele. — Ela pigarreou enquanto explicava. — A srta. Breyley era um pouco mais velha do que eu. Pouco mais velha do que *você*. Ela chegou à loja da minha mãe depois da meia-noite. Seu pranto nos despertou do sono. Havia um bebê em seus braços... Ela disse que, alguns dias antes, o pequeno garoto havia sido escaldado com uma chaleira de água fervente. Minha mãe não perguntou como. Não importava, devido à condição do pobre menino. A ferida tinha começado a putrificar e supurar. Pior ainda, uma irritação na pele começava a se formar em outras partes do corpo dele, conforme a ferida se espalhava.

"Minha mãe pegou o garoto nos braços, sentiu o calor dele contra o peito, e então o deitou na mesa e tirou suas roupinhas. Ela abriu o pote de mel selvagem e espalhou por todo o corpo dele. O bebê começou a chorar, e minha mãe também. Ela sabia o quanto aquilo devia estar sendo doloroso para aquela pele nova e delicada. É a coisa mais angustiante do mundo, Eliza, causar dor a alguém, mesmo quando você sabe que é para ajudar."

Nella enxugou os olhos.

— Minha mãe não deixou a jovem mulher e seu bebê irem embora, não durante os três dias seguintes. Eles ficaram conosco, dentro da loja, para que o mel pudesse ser aplicado a cada duas horas. Minha mãe não pulava uma única aplicação. Ela jamais se atrasou um minuto para passar o mel na pele do bebê naqueles três dias inteiros. Tratou o menino como se fosse filho dela. — Nella fechou o livro de registros. — O pus secou. A irritação na pele desapareceu. A ferida aberta cicatrizou, quase sem deixar marcas. — Ela gesticulou para o livro de magia que havia acabado de me dar. — É por isso que minha mãe nunca abriu o livro que está nas suas mãos. Porque salvar vidas com as dádivas da natureza, Eliza, é tão bom quanto mágica.

Pensei no bebê coberto de mel que havia deitado na mesa onde eu estava sentada, e de repente me senti envergonhada por ter mencionado a magia.

— Mas eu entendo sua curiosidade sobre fantasmas — Nella continuou —, e isso não tem relação com salvar vidas. Dentro da contracapa há o nome de uma livraria e a rua onde ela fica. Eu esqueci agora, algo como Basing Lane. Lá eles têm todo tipo de livro de magia, pelo que ouvi dizer. Pode ser que a loja não exista mais, mas como vejo o quanto você gostaria de uma poção para retirar os espíritos da casa, acho que é um bom lugar para começar. — Ela fechou a porta do armário. — De toda forma, é melhor do que aqui.

Segurei o livro nas mãos, sentindo o peso frio dele contra minhas palmas úmidas. *Um livro de magia*, pensei satisfeita, *com o endereço de uma loja que vendia outros*. Talvez minha visita a ela não tenha sido tão inútil quanto imaginei um instante antes. A ansiedade pulsava dentro do meu peito. Eu iria o quanto antes à livraria.

De repente, uma batida seca e quatro batidinhas na porta. Nella olhou novamente para o relógio e resmungou. Eu me levantei da cadeira, pronta para ir embora. Mas, conforme Nella se moveu em direção à porta, ela repousou a mão leve no meu ombro e gentilmente me conduziu de volta para a cadeira.

Meu coração acelerou, e Nella baixou a voz para um sussurro.

— Minha mão não está firme, e eu não consegui engarrafar o pó que vou vender para a mulher que acabou de chegar. Você pode me ajudar, só desta vez, se não se importar.

Assenti com entusiasmo. A livraria de magia podia esperar. E, então, com as juntas ainda inchadas e vermelhas, Nella abriu a porta.

12

CAROLINE
Dias atuais, terça-feira

Logo que o relógio marcou seis horas da manhã, com um café na mão e luz do sol suficiente para enxergar, saí do hotel e tracei meu caminho em direção ao Beco do Urso. Respirei fundo algumas vezes e pensei em qual seria a melhor maneira de lidar com a chegada iminente de James. Eu poderia dizer a ele para reservar um quarto em outro hotel, de preferência em outra cidade, ou imprimir nossos votos de casamento e fazer ele me dizer o que, exatamente, ele não entendia nas palavras *eu serei fiel*. Seja lá o que eu pedisse, uma coisa permanecia muito clara: quando eu finalmente o visse, ele não ia gostar do que eu tinha para dizer.

Distraída com meus pensamentos, perdi o sinal de pedestre aberto e um táxi quase me atropelou enquanto eu atravessava a Farringdon Street. Acenei para o motorista, fazendo um pedido de desculpa inútil, e xinguei James em silêncio por quase me matar.

Em ambos os lados da Farringdon Street, prédios imponentes de vidro e concreto se erguiam alto na direção do céu; como eu temia, a maior parte da área ao redor do Beco do Urso parecia estar tomada por megacorporações, e era improvável que algo que havia existido dois séculos antes ainda permanecesse ali. Com meu destino a apenas meia quadra de distância, aceitei o fato de que o Beco do Urso poderia ser simplesmente uma rua comum.

Por fim, cheguei em uma pequena placa preta e branca que anunciava uma ruela escondida entre dois prédios altíssimos: Beco do Urso, EC4. A ruela, de fato, parecia ser uma rota de caminhões de entrega. Latas de lixo lotadas se aglomeravam em um dos lados do beco, enquanto uma imundície de bitucas de cigarro e embalagens de fast-food se espalhavam pela calçada suja. A decepção instalou-se com força no meu peito; embora eu não esperasse uma placa dizendo Boticária Assassina Esteve Aqui, eu tinha esperanças de encontrar algo um pouco mais intrigante.

Ao caminhar mais para dentro da viela, o barulho vindo das ruas desaparecendo rapidamente atrás de mim, percebi que, por trás dos prédios de fachadas de aço e concreto havia estruturas antigas de tijolo. Na minha frente, o beco se estendia por uns duzentos metros. Observei a área e vi um homem encostado na parede, fumando um cigarro e olhando o telefone — mas, com exceção dele, a rua estava vazia. Mesmo assim, não senti medo; minha adrenalina estava alta pela ansiedade da chegada de James.

Caminhei lentamente até o final do beco, entre os prédios de tijolo, em busca de qualquer coisa interessante, mas só encontrei mais lixo. Perguntei a mim mesma o que estava procurando. Não que eu precisasse de uma prova de que o frasco, ou a boticária sem nome, tivesse alguma ligação com aquele lugar. Afinal de contas, nem eu estava convencida de que ela existia; o bilhete do hospital poderia ter sido escrito por uma louca, alucinando horas antes de morrer.

Mas a *possibilidade* da existência de uma boticária, aquele mistério me fazia ir mais além. A Caroline aventureira e cheia de energia tinha começado a viver outra vez. Pensei no meu diploma de História nunca usado, aquele papel guardado em alguma gaveta. Quando estudante, eu era fascinada pela vida de pessoas comuns, aquelas cujos nomes não eram conhecidos nem registrados em livros. E agora, eu havia me deparado com o mistério de uma dessas pessoas sem nome, esquecidas — e, ainda por cima, uma mulher.

Sinceramente, aquela aventura me chamava atenção por outro motivo: eu estava em busca de distração daquela mensagem na minha caixa de e-mail. Como no último dia de férias, eu desejava fazer algo, qualquer coisa, para atrasar o confronto inevitável que estava por vir. Coloquei a mão na barriga e respirei fundo. Também buscava uma distração do fato de que minha menstruação ainda não tinha descido.

Desanimada, cheguei ao fim da viela. E então, à minha direita, vi um portão de ferro, com cerca de dois metros de altura e 1,20m de largura, trincado e emperrado pelo tempo. Atrás do portão, havia uma pequena clareira quadrada, mais ou menos do tamanho de metade de uma quadra de basquete, sem pavimentação e coberta pelo mato alto. Equipamentos descartados preenchiam a clareira: canos enferrujados, placas de metal e outros lixos que pareciam ideais para uma colônia de gatos de rua. A clareira era cercada pelas paredes erodidas dos prédios de tijolo ao redor, e achei estranho que tanta coisa em desuso estivesse situada em uma área comercial tão valorizada. Eu não estava no ramo imobiliário, mas me parecia um desperdício de um espaço perfeitamente útil.

Eu me apoiei no portão, sustentado por dois pilares de pedra, e coloquei meu rosto contra as barras de ferro para enxergar melhor a clareira. Embora dois séculos tivessem se passado desde que a boticária *talvez* tivesse vivido ali, minha imaginação apegou-se à possibilidade de que aquela clareira escondida e abandonada na minha frente tinha permanecido imutável. Talvez ela tenha caminhado neste mesmo terreno. Desejei muito que a área não estivesse tão tomada por plantas e mato, pois os muros ao redor pareciam muito antigos também. Há quanto tempo aqueles prédios estavam ali?

— Está procurando por algum gato perdido? — disse uma voz rouca atrás de mim. Afastei a cabeça do portão e me virei. A mais ou menos cinco metros de distância, um homem de calça azul e blusa combinando me observava, com um olhar entretido no rosto. Devia ser um construtor. Um cigarro aceso estava pendurado na sua boca. — Desculpa, não quis assustar você.

— Não… tudo bem — gaguejei, sentindo-me ridícula. Qual motivo decente eu poderia dar para estar espiando por um portão trancado em um beco discreto? — Meu marido está logo na outra esquina — menti. — Ele ia tirar uma foto minha na frente desse portão antigo. — Por dentro, eu me encolhi por conta das minhas próprias palavras.

Ele olhou para trás, como se procurando meu marido invisível.

— Bem, não quero atrapalhar. Mas é um lugar bizarro para tirar uma foto, sendo bem sincero. — Ele riu, soltando uma baforada do cigarro.

Gostei que ele manteve uma distância respeitosa, e olhei para cima para ver algumas janelas ao meu redor. É claro que eu estava segura; por mais isolada que a viela parecesse, ficava à vista de muitas pessoas nos prédios.

Sentindo-me um pouco mais tranquila, decidi usar a chegada daquele estranho a meu favor. Talvez eu pudesse arrancar alguma informação dele.

— É, acho que é bizarro mesmo — comentei. — Você tem ideia de por que essa clareira existe?

Ele pisou na bituca de cigarro e cruzou os braços.

— Menor ideia. Alguns anos atrás, um *biergarten* tentou montar uma loja. Teria sido perfeito, mas ouvi dizer que não conseguiram o alvará. É difícil ver daqui, mas há uma porta de serviço bem ali... — Ele apontou para a ponta esquerda da clareira, onde alguns arbustos eram mais altos do que eu. — Provavelmente dá em algum porão ou algo assim. Acho que os donos desse prédio querem manter a área livre, caso precisem vir aqui um dia. — De repente, um barulho de algo vibrando surgiu de dentro do bolso dele, e ele puxou um pequeno walkie-talkie. — Está na minha hora — disse o homem. — Tem sempre um cano para instalar ou para consertar.

Então ele era encanador.

— Obrigada pela informação — falei.

— Sem problemas. — Ele acenou enquanto ia embora, e ouvi o som dos seus passos sumindo aos poucos.

Virei de volta para o portão. Subi em uma pedra solta de um dos pilares para ver melhor. Direcionei meu olhar para o lado esquerdo da clareira, bem na direção em que o bombeiro havia apontado. Daquele ponto de vista mais alto, forcei a vista, tentando enxergar atrás dos arbustos.

Atrás de um deles, vi o que parecia ser um pedaço grande de madeira encaixado no prédio de tijolo antigo; a base da madeira estava parcialmente escondida em meio a um mato alto e grosso. Um ruído de brisa moveu-se levemente pelos ramos e pude enxergar algo protuberante avermelhado pendurado no meio da madeira. Uma maçaneta enferrujada.

Levei um susto e quase caí do pilar de pedra. Com certeza era uma porta. E, pelo que parecia, não era aberta havia muito, muito tempo.

13

NELLA
8 de fevereiro de 1791

Quando abri a porta para a mulher cuja chegada eu temia, sombras transformaram a figura dela em uma silhueta, mas seus traços estavam encobertos por um véu translúcido. Só consegui desvendar o comprimento da sua saia e a renda delicada que enfeitava o colarinho de sua roupa. Ela, então, deu um passo hesitante para dentro da loja, acompanhada de leve brisa de lavanda, e a luz da vela iluminou seu corpo.

Segurei minha surpresa; pela segunda vez na mesma semana, havia diante de mim uma cliente diferente de todas as que já tinham estado na minha loja. Primeiro tinha sido uma criança, mas agora era uma mulher adulta que, a julgar pelas aparências, parecia mais apropriada aos salões arejados de Kensington do que à minha humilde loja secreta. Seu vestido verde-escuro com lírios dourados bordados nos cantos ocupava praticamente um quarto do espaço, e temi que um simples giro dela pudesse lançar todos os meus frascos no chão.

A mulher retirou o véu e as luvas e colocou-os em cima da mesa. Eliza não parecia surpresa com a visita, e levou as luvas imediatamente para o fogo, para secá-las. O gesto foi tão óbvio, e ainda assim não passou pela minha cabeça enquanto eu observava, imóvel e impressionada, a dama postada na minha frente. Se antes havia alguma dúvida sobre seu dinheiro e seu status, agora não havia mais.

— É tão escuro aqui — disse ela, seus lábios pintados de carmim, virados para baixo.

— Colocarei mais lenha no fogo — apressou-se Eliza. Era somente sua segunda vez na minha loja, mas de alguma forma, ela estava mais esperta do que eu.

— Sente-se, mileide, por favor — sugeri, gesticulando para a segunda cadeira.

Delicadamente, ela se abaixou para se sentar e deu um suspiro longo e trêmulo. Retirou um pequeno grampo da parte de trás da cabeça, ajustou os cachos e os prendeu novamente.

Eliza surgiu com uma caneca nas mãos, apoiando-a com cuidado na mesa, diante da mulher.

— Chá de hortelã quente, senhora — ofereceu ela, fazendo uma reverência.

Olhei para Eliza, perplexa, pensando onde ela havia encontrado aquela caneca vazia, e principalmente as folhas de hortelã amassadas. Não havia cadeira para ela, mas eu esperava que ela se sentasse no chão ou se distraísse com o livro de magia que eu havia lhe dado.

— Obrigada pela informação em sua carta — eu disse à mulher.

Ela levantou a sobrancelha.

— Eu não sabia o quanto deveria dizer. Me esforcei muito para me proteger, caso fosse descoberta.

Mais uma razão pela qual eu não me misturava com os ricos: as pessoas sempre queriam o que os outros tinham, principalmente seus segredos.

— Você disse o suficiente, e acredito que ficará satisfeita com o preparo.

Um barulho alto nos interrompeu, e eu me virei e encontrei Eliza arrastando uma caixa de madeira pelo chão. Ela empurrou a caixa até a mesa, entre mim e a mulher, e descansou as mãos no colo.

— Eu sou Eliza — apresentou-se ela. — Estamos muito felizes em recebê-la aqui.

— Obrigada — agradeceu a mulher, os olhos mais tranquilos ao ver a menina. — Quando vinha andando para cá hoje de manhã, eu não me dei conta de que seriam duas. — Ela olhou para mim no mesmo instante. — É sua filha?

Ah, como eu queria que minha filha estivesse ao meu lado! Mas não estaríamos fazendo aquilo, preparando venenos e nos escondendo nas sombras. Tive dificuldade para responder.

— Ela me ajuda de vez em quando — menti, sem querer admitir que Eliza tinha aparecido sem avisar em uma hora totalmente equivocada. Só havia duas cadeiras na mesa por um motivo, e logo senti uma onda de arrependimento por permitir que a menina ficasse. Eu havia passado a vida inteira valorizando a discrição, e reparei claramente meu erro ao permitir que ela se intrometesse nos segredos trocados entre mim e aquela mulher. — Eliza, talvez você possa nos deixar sozinhas agora.

— Não — pediu a mulher com a firmeza de alguém acostumado a fazer as coisas do seu jeito. — Esse chá de hortelã está muito bom — ela continuou —, e logo vou querer um pouco mais. Além disso, eu acho a presença de uma criança... reconfortante. Eu não tenho filhos, sabe, por mais que os queira e por mais que tenhamos... — Ela interrompeu a fala. — Ah, deixe para lá. Quantos anos você tem, pequena Eliza? E de onde você é?

Eu mal podia acreditar. Aquela mulher, certamente a herdeira de alguma mansão, tinha algo em comum comigo: nós duas desejávamos o inchaço nas nossas barrigas, os pequenos chutes no nosso ventre. E, no entanto, ela era sortuda por ainda ter tempo. A pele ao redor dos seus olhos me dizia que ela não podia ter mais do que trinta anos. Não era tarde demais para ela.

— Doze — respondeu Eliza com doçura. — E sou de Swindon.

A dama assentiu em aprovação enquanto eu, desesperada para finalizar a consulta, segui até uma das minhas prateleiras e peguei um pequeno jarro no formato de chifre de carneiro. Fiz um gesto para Eliza me ajudar, e então pedi a ela que colocasse cuidadosamente dentro do jarro algumas colheradas do pó de escaravelho que estava no pote em cima da mesa dentro do jarro. E, como esperado, a mão dela era mais firme do que a minha.

Quando terminamos, repousei o jarro aberto diante da mulher, para que ela o inspecionasse. Lá dentro, um pó verde lustroso brilhava para ela, tão fino que podia escorrer entre os dedos como água.

— Cantáridas — sussurrei.

Ela arregalou os olhos.

— É seguro ficar tão perto? — perguntou ela. Então, inclinou-se para a frente na cadeira, sua saia enorme farfalhando ao redor das pernas.

— Sim, contanto que não encoste.

Eliza se debruçou para espiar dentro do jarro enquanto a mulher assentia, a sobrancelha levantada, surpresa.

— Só tinha ouvido falar delas uma vez. Algo sobre seu uso nos bordéis parisienses... — Ela virou o pote em sua direção. — Quanto tempo demorou?

A lembrança de atravessar o rio Tâmisa — meu acesso de tosse, a mulher amamentando sua bebê, Beatrice — me atingiu de uma vez.

— A noite passada toda e esta manhã — confessei. — É preciso mais do que caçar os escaravelhos. Eles devem ser tostados no fogo e moídos. — Apontei para um almofariz e um pilão do outro lado do pequeno cômodo; o almofariz era da mesma largura do corpo da mulher. — Eu os moí naquele pote ali.

A mulher, cujo nome eu ainda não sabia, levantou o jarro de pó e o colocou sob a luz.

— Eu simplesmente o polvilho sobre alguma comida ou bebida? É realmente simples assim?

Cruzei meus tornozelos e me recostei na minha cadeira.

— Você me pediu algo para incitar a luxúria. A cantárida serve, basicamente, para estimular. O sangue vai correr pelas partes baixas e chegar a... — Parei de falar, ciente de que Eliza continuava ouvindo tudo com atenção. Eu me virei para ela. — Isso não é para os seus ouvidos. Você pode ir até o nosso depósito?

Mas a mulher colocou a mão sobre a minha e sacudiu a cabeça.

— O pó é meu, não é? Continue. Deixe a garota aprender.

Suspirei e continuei:

— O inchaço da genitália é insaciável. Essa excitação irá continuar por um tempo, depois vai ser acompanhada por dor abdominal e aftas na boca. Eu sugiro que você misture o pó com algo escuro, um licor de melaço, talvez, e mexa bem. — Hesitei, escolhendo minhas palavras com cautela. — Um quarto do jarro, e ele não sobreviverá à noite. Metade do jarro, e ele não sobreviverá à hora seguinte.

Houve uma pausa longa enquanto a moça pensava, e o único som vinha do relógio batendo ao lado da porta e do estalido do fogo. Permaneci parada, meu desconforto anterior com a visita daquela mulher voltando com força total. Sem perceber, ela tocou na aliança fina de casamento que adornava sua mão, o olhar preso na chama baixa atrás de mim, o fogo dançando em seus olhos.

Ela ergueu o queixo.

— Eu não posso matá-lo. Não poderei ter um filho se matá-lo.

Imediatamente, temi não ter explicado de maneira adequada o perigo daquele pó. Minha voz começou a tremer.

— Eu lhe garanto, este é um veneno mortal. Não é possível administrar uma quantidade não fatal...

Ela ergueu a mão para que eu parasse de falar.

— Você me entendeu mal. Eu procuro, de fato, um veneno mortal. O que quis dizer é que não é *ele* que quero matar. É *ela*.

Ela. Recuei com aquela última palavra; eu não precisava saber mais nada.

Não era o primeiro pedido daquele tipo. Durante as duas décadas anteriores, eu já havia recebido inúmeros pedidos para fazer um veneno que seria dado para outra mulher, mas tinha rejeitado tais clientes sem pestanejar. Não importava o tipo de traição, nenhuma mulher sofreria nas minhas mãos. Minha mãe havia fundado a botica no Beco dos Fundos, nº 3 para curar e acalentar mulheres, e eu preservaria esse ideal até o dia em que morresse.

Era possível, claro, que algumas das minhas clientes me contassem mentiras — que escondessem de mim suas verdadeiras intenções e quisessem dar minhas tinturas para irmãs ou cortesãs. E como eu poderia impedi-las? Teria sido impossível. Mas, até onde eu sabia, meus venenos nunca haviam sido usados contra uma mulher. *Nunca*.

E enquanto estivesse viva, eu jamais, conscientemente, concordaria com aquilo.

Pensei em como diria isso agora — como diria não para aquela mulher —, mas seus olhos eram sombrios e tive certeza de que ela sentia meu desejo de recusa. Ela desfrutou do momento de silêncio, da minha fraqueza, como se eu fosse um coelho e ela, uma raposa. Ela ajeitou os ombros na minha direção.

— Você não parece contente com a ideia.

Recuperei alguns dos meus sentidos, e as palavras não mais me faltaram.

— Eu agradeço seus esforços em me procurar, mas não posso concordar com essa ideia. Eu não posso deixá-la sair daqui com esse pó, se planeja matar uma mulher. Essa loja foi feita para ajudar e curar as mulheres, e não para feri-las. Esse princípio permanece nosso cerne. Não me desvirtuarei.

— E, ainda assim, você é uma assassina — acusou ela. — Como pode falar em ajudar e curar qualquer um, homem ou mulher? — Ela olhou para o jarro aberto de pó de escaravelho. — Você ao menos se importa em saber quem ela é, aquele *inseto*? Ela é amante dele, a prostituta dele...

A mulher continuou a explicação, mas suas palavras se transformavam em um barulho que ia desaparecendo conforme eu respirava fundo, o cômodo ficando escuro ao meu redor. Uma memória antiga e vergonhosa surgiu: eu também já tinha sido amante uma vez, embora não soubesse na época. Um *inseto*, uma *prostituta*, segundo essa mulher. Eu era o segredo mantido às sombras — não alguém para ser amada, mas uma forma de diversão. E não importava o quanto eu o adorasse, eu jamais esqueceria o momento em que descobri a farsa de Frederick — sua teia de mentiras. Era algo amargo de engolir, perceber que eu havia sido pouco além de um meio desimportante para a luxúria daquele homem.

Se ao menos essa tivesse sido a única transgressão. A pior coisa que ele fizera comigo. Instintivamente, passei a mão na barriga.

Aquela mulher impiedosa não valia mais nenhum minuto do meu tempo; eu não contaria a ela minha história sobre o covarde que semeou a primeira semente do legado corrompido que a trouxera à minha porta. Conforme o cômodo continuava a rodar, ela finalmente parou de falar. Minhas mãos trôpegas buscaram a segurança plana e firme da mesa.

Incerta de quantos segundos ou minutos haviam se passado, eu me dei conta de que Eliza estava me sacudindo pelos ombros.

— Nella — sussurrou ela. — Nella, você está bem?

Minha visão clareou e vi as duas, sentadas na minha frente, com o olhar confuso no rosto. Eliza, aproximando-se para encostar em mim, parecia preocupada com meu bem-estar. Mas a mulher lembrava uma criança petulante, com medo de não conseguir o que queria.

Confortada pelo carinho de Eliza, forcei um pequeno aceno com a cabeça, afastando as lembranças.

— Eu estou bem, sim — garanti a ela. E então, virei-me para a mulher. — É problema meu quem escolho ajudar e quem escolho machucar. Eu não venderei esse pó para você.

Ela olhou para mim, incrédula, os olhos quase fechados de raiva, como se fosse a primeira vez que ouvia um não. E deixou escapar uma única risada irônica.

— Eu sou a Lady Clarence, de Carter Lane. Meu marido... — Ela fez uma pausa, olhando para o jarro de pó de escaravelho. — Meu marido é o Lorde Clarence. — Ela olhou firme para mim, esperando minha reação de surpresa, mas não lhe dei essa satisfação. — Obviamente, você não está entendendo a importância da situação — ela continuou. — Como eu disse na carta, daremos uma festa amanhã à noite. A srta. Berkwell, prima e amante do meu marido, estará presente. — Lady Clarence puxou a bainha do vestido e apertou os lábios. — Eles estão apaixonados um pelo outro. Isso não pode continuar. Mês após mês, tenho certeza de que não estou esperando um bebê porque não sobra nada dele para mim, pois gasta tudo com ela. Eu vou levar esse pó — afirmou ela, colocando a mão em um bolso costurado na saia perto da cintura. — Quanto você quer? Eu pago o dobro do que pedir.

Sacudi a cabeça, não me importando com o dinheiro dela. Eu não aceitaria, assim como não admitiria uma mulher — amante ou não — morta por minha causa.

— Não — respondi, levantando da cadeira e firmando os pés no chão. — A resposta é não. Você pode ir embora agora.

Lady Clarence se levantou da cadeira, nossos olhares na mesma altura.

Enquanto isso, a cabeça de Eliza ia de um lado para o outro, olhando para nós, frente a frente. Ela se ajeitou com o corpo ereto, as costas rígidas, os lábios pressionados um no outro. Quando ela pediu para ser minha aprendiz, duvido que tenha imaginado um encontro como aquele. Talvez fosse o suficiente para fazê-la mudar de ideia.

Imediatamente, houve um movimento brusco; achei que a Lady Clarence tinha jogado o dinheiro em cima da mesa, pois suas mãos se mexeram rápido demais. Mas então percebi, com horror, que uma de suas mãos estava pegando o pote com o pó, o qual Eliza e eu ainda não tínhamos fechado, no centro da mesa, enquanto sua outra mão abria o bolso. Ela pretendia levar o pó verde lustroso, independentemente do meu desejo.

Saltei na direção do jarro — agarrando-o de seus dedos no último segundo e esbarrando em Eliza com tanta força que a menina quase caiu da caixa onde estava — e fiz a única coisa que me veio à cabeça: lancei o jarro do pó venenoso de cantáridas nas chamas do fogo atrás de mim.

As chamas explodiram em um clarão verde-fluorescente, inutilizando o veneno em um instante. Olhei para o fogo com espanto, sem acreditar que uma noite e um dia de trabalho tinham acabado de ser destruídos. Minhas mãos tremiam, e eu me virei lentamente para olhar para Lady Clarence, vermelha e perplexa, e a pequena Eliza, os olhos arregalados me encarando.

— Eu não posso... — gaguejou Lady Clarence. — Eu não posso... — Seus olhos vasculharam o cômodo como um rato, em busca de um segundo jarro daquele pó. — Enlouqueceu? A festa é amanhã à noite!

— Não tenho mais veneno — eu disse a ela, antes de gesticular para a porta.

Lady Clarence olhou para mim, e depois virou-se para Eliza.

— Minhas luvas — exigiu. Eliza entrou em ação, pegando delicadamente as luvas da grade de secagem e entregando-as a Lady

Clarence. Ela começou a vestir as luvas, puxando os dedos até o fim, um de cada vez. Após diversos suspiros, ela falou novamente:
— Pode fazer uma outra leva para mim facilmente, tenho certeza.

Meu Deus, que mulher insuportável. Lancei minhas mãos no ar, consternada.

— Não há algum médico que possa subornar? Por que tem que jogar isso para mim, depois de eu já ter recusado duas vezes?

Ela desceu o véu sobre o rosto, os fios delicados de renda me lembraram folhas de cicuta.

— Sua tonta — retrucou ela de trás da renda. — Você acha que já não pensei em todos os médicos, todos os boticários conhecidos da cidade? Não quero ser descoberta. Você sabe ao menos sua própria distinção? — Ela fez uma pausa, ajeitando o vestido. — Foi um erro depositar minha confiança em você. Mas não há utilidade alguma em reverter minha decisão agora. — Ela olhou para baixo, para as mãos com as luvas, mexendo os dedos. — Você faz o pó em um dia, certo?

Franzi a testa, confusa. Que diferença faria àquela altura?

— Sim — murmurei.

— Que bom — respondeu Lady Clarence. — Voltarei amanhã, pois entendo que é tempo suficiente para preparar um outro pó, e você me dará um vidro de cantáridas frescas, idênticas em aparência e forma àquelas que você, em um ato estúpido, acabou de arruinar. Estarei aqui às treze e trinta.

Olhei para ela, estupefata, pronta para empurrá-la porta afora com a ajuda de Eliza, se precisasse.

— Se você não estiver com o pó pronto para mim, como solicitei — Lady Clarence continuou —, é melhor juntar suas coisas e sumir, pois irei até as autoridades e contarei a eles sobre essa sua lojinha, cheia de teia de aranha e veneno de rato. E quando eu contar a eles, farei um lembrete especial para entrarem pelo depósito e conferirem atrás da parede dos fundos. Todos os segredos guardados neste buraco esquálido virão à tona. — Ela puxou seu xale firme ao redor do corpo. — Eu sou a esposa de um lorde. Não ouse tentar me enganar. — Ela escancarou a porta e saiu, batendo-a atrás de si.

14

CAROLINE
Dias atuais, terça-feira

Faltando apenas poucas horas para a chegada de James, eu não tinha tempo para investigar a porta trancada, mas minha curiosidade, atiçada no dia anterior, agora estava à tona. Parecia que cada pedacinho de informação reluzia, começando pelo frasco, depois o enigmático bilhete do hospital sobre o Beco do Urso, e agora a porta no fundo da viela, que apresentava uma nova peça para aquele quebra-cabeça tentador. Resolvi pesquisar um pouco mais e voltar assim que fosse possível.

Quando saí do Beco do Urso, o sol se escondeu atrás de uma nuvem, mergulhando-me em uma sombra fria. Partindo do princípio de que a boticária havia existido, imaginei como ela era: uma senhora idosa de cabelo branco desgrenhado, ralo na ponta devido ao excesso de tempo que passava sobre o caldeirão, saindo às pressas da viela de pedras em uma capa preta. Balancei a cabeça para interromper minha imaginação: ela não era uma bruxa, e aquilo ali não era Harry Potter.

Pensei novamente no bilhete do hospital. Seja lá quem o tivesse escrito dizia que os *homens* estavam mortos, no plural. Era frustrante de tão vago. E, ainda assim, se mais de algumas poucas pessoas haviam morrido por causa de uma boticária, deveria haver alguma referência sobre aquilo na internet, algum registro da loja conhecida.

Quando virei de novo na Farringdon Street, peguei meu celular, abri a aba de pesquisa e digitei Boticária Assassina Londres 1800.

Os resultados eram uma miscelânea: alguns artigos sobre a obsessão do século XVIII pelo gin; uma página da Wikipedia sobre o Ato dos Boticários de 1815; e uma página de uma publicação acadêmica sobre fraturas ósseas. Cliquei na segunda página de resultados, e um site com um inventário dos antigos tribunais criminais de Londres — The Old Bailey — pareceu o melhor resultado de pesquisa até então. Deslizei o dedo para descer a página, mas era terrivelmente longa e eu não fazia ideia de como fazer uma pesquisa dentro de um documento no celular. Um instante depois, a quantidade de dados do site congelou minha tela de pesquisa. Soltei um palavrão, arrastando a página para cima para fechar o aplicativo.

Frustrada, suspirei. Eu realmente tinha achado que conseguiria resolver o tal mistério com uma simples pesquisa na internet? James provavelmente culparia as técnicas de pesquisa inadequadas, que teriam sido melhoradas durante a faculdade, se eu tivesse lido mais livros especializados e menos romances durante meus longos dias na biblioteca da universidade.

A biblioteca. Levantei minha cabeça e perguntei a um pedestre onde ficava a estação mais próxima de metrô, cruzando os dedos para que Gaynor estivesse trabalhando hoje.

Pouco depois, eu estava dentro da Sala de Mapas, feliz por não estar encharcada de chuva e coberta de sujeira como da última vez. Avistei Gaynor imediatamente, mas ela estava ajudando uma pessoa no computador, então esperei pacientemente até que ela terminasse.

Alguns minutos depois, Gaynor voltou para sua mesa. Ao me ver, ela sorriu.

— Você voltou! Descobriu alguma coisa sobre o frasco? — perguntou, animada. E então, fingindo um olhar sério. — Ou você foi caçar relíquias de novo e me trouxe mais um mistério?

Dei uma risada, sentindo um ar caloroso vindo dela.

— Na verdade, nenhuma das opções. — Contei a ela sobre os documentos do hospital e sobre o bilhete da autora desconhecida,

fazendo alusão ao envolvimento da boticária em múltiplas mortes.
— O bilhete datava de 1816. Ele mencionava o Beco do Urso, que por coincidência ficava perto do meu hotel. Eu me aventurei até lá hoje de manhã, mas não encontrei nada de mais.

— Você é uma pesquisadora promissora — comentou ela, brincando. — E eu teria feito exatamente a mesma coisa. — Gaynor arrumou algumas pastas na sua frente e as botou de lado. — Beco do Urso, você disse? Bem, o desenho no seu frasco lembrava mesmo um urso, embora possa ser um certo exagero supor que essas duas coisas estejam conectadas.

— Eu concordo. — Apoiei o corpo na mesa. — A história toda parece um pouco exagerada, para ser sincera, mas... — Desviei o olhar, deixando os olhos posarem em uma pilha de livros atrás de Gaynor. — Mas e se não for? E se tiver algo a mais?

— Você acha que essa boticária pode realmente ter existido? — Gaynor cruzou os braços, olhando para mim de forma questionadora.

Sacudi a cabeça.

— Não tenho muita certeza. E isso é parte do porquê estou aqui. Pensei em perguntar se você tem algum mapa antigo daquela área, digo, do Beco do Urso, do início de 1800. Também achei que você pode ser melhor do que eu numa simples pesquisa na internet. Tentei dar um Google em "Boticária Assassina Londres", mas não apareceu muita coisa.

O rosto de Gaynor se iluminou com o meu pedido; como ela havia me contado quando nos conhecemos, os mapas históricos antigos eram do que ela mais gostava. Uma onda sutil de inveja correu dentro de mim. Mais um dia havia se passado e eu estava muito mais perto de retornar para o meu próprio emprego em Ohio — um emprego que não tinha nada a ver com história.

— Diferentemente de ontem — disse ela —, acho que posso realmente te ajudar com isso. Temos alguns recursos excelentes. Vem comigo. — Ela me conduziu a um dos computadores e fez um gesto para que eu me sentasse. Eu me senti, pela primeira vez em uma década, como uma estudante de História novamente.

— Então, o melhor lugar para começarmos é definitivamente o mapa de Rocque de 1746. É um pouco anterior à nossa janela de tempo, mas foi considerado um dos mapas de Londres mais precisos e minuciosos durante mais de um século. Rocque levou uma década para pesquisá-lo e publicá-lo. — Gaynor clicou em um ícone na área de trabalho do computador e navegou por uma tela repleta de caixas pretas e brancas. — Podemos dar um zoom em cada um desses quadrados para observar as ruas de perto, ou simplesmente digitar o nome da rua. Então, vamos digitar *Beco do Urso,* já que é esse o nome da rua mencionado no bilhete do hospital.

Ela pressionou Enter, e imediatamente o mapa focou o único Beco do Urso existente ali.

— Para nos orientarmos — explicou ela, movendo o mapa —, vamos olhar nos arredores da área. A catedral de St. Paul está aqui ao leste e o rio está aqui embaixo, ao sul. Essa parece a mesma área onde você foi hoje?

Franzi a testa, sem me sentir muito confiante. O mapa tinha mais de duzentos e cinquenta anos. Li os nomes das ruas ao redor, mas não reconheci nenhum: Fleet Prison, Meal Yard, Fleet Market.

— Ai, eu não tenho certeza — falei, sentindo-me meio tola. — Não sou muito boa com mapas em geral. Eu só me lembro da Farringdon Street, a rua principal por onde passei.

Gaynor estalou a língua nos dentes.

— Ótimo. Então podemos sobrepor um mapa de hoje nesse mapa de Rocque com facilidade. — Ela pressionou mais alguns botões e, no mesmo instante, um segundo mapa abriu por cima do primeiro. — A Farringdon Street — afirmou ela — está bem aqui. Chama-se Fleet Market no mapa antigo. Em algum momento, ela mudou de nome. Sem grandes surpresas aqui.

Com o mapa atual aberto, logo reconheci a área. Ele mostrava até o cruzamento onde o táxi quase tinha me atropelado.

— É isso! — exclamei, inclinando-me para a frente. — Sim, é com certeza o mesmo Beco do Urso.

— Perfeito. Vamos voltar ao mapa antigo e olhar mais um pouco ao redor. — Ela removeu o mapa atual da sobreposição e deu o máximo de zoom que conseguiu no Beco do Urso, conforme mostrava o mapa de Rocque.

— Isso é muito interessante — afirmou ela. — Está vendo? — Ela apontou para uma pequena linha, fina como um fio de cabelo, que saía do Beco do Urso. A linha estava marcada como B. dos Fundos.

Eu mal notei a cólica inesperada que tinha começado a surgir na parte baixa da minha barriga.

— Sim, estou — respondi. — Por que é interessante? — Mas, enquanto as palavras saíam da minha boca, meu coração começou a bater mais forte. *A porta.*

— É só uma pequena bobagem — afirmou Gaynor. — Rocque fez um trabalho excelente com o tamanho das ruas; as ruas principais estão desenhadas mais largas, por exemplo, mas essa rua é tão estreita quanto ele teria desenhado no mapa. Deve ter sido uma ruazinha esquecida, talvez não mais do que uma rua de passagem de pedestres. Faz sentido, já que se chama Beco dos Fundos. — Ela sobrepôs o mapa atual novamente e clicou algumas vezes com o mouse. — E ela definitivamente não existe mais. Não é algo incomum, milhares de ruas na cidade foram substituídas, desviadas ou simplesmente construiu-se algo por cima delas. — Ela olhou para mim e tirei a mão da boca; sem perceber, eu estava roendo minhas unhas. — Algo está incomodando você — concluiu ela.

Nossos olhares se encontraram. Por um instante, senti um desejo quase incontrolável de despejar sobre ela tudo que se passava em meu coração. Mas, conforme um calor começou a surgir por trás dos meus olhos, coloquei as mãos debaixo das pernas e virei meu rosto de volta para o computador. James ainda não tinha chegado em Londres; aquele momento era meu e eu não o gastaria chorando minhas pitangas.

Ao observar a tela, hesitei, pensando se deveria ou não contar a Gaynor sobre a porta que eu tinha visto exatamente naquele local onde, de acordo com o mapa, o agora obsoleto Beco dos Fundos saía do Beco do Urso. Mas aquilo não significava nada, não é mesmo? Como o encanador havia me contado, a porta dava em um depósito de um dos prédios. Nada mais.

— Está tudo bem — falei, forçando um sorriso e me concentrando novamente na tela. — Então, o Beco do Urso sobreviveu dois séculos, mas o Beco dos Fundos não teve a mesma sorte. Devem ter construído algo por cima dele.

Gaynor assentiu.

— Acontecia o tempo todo. Vamos avançar em cem anos após o mapa de Rocque. — Ela clicou em mais alguns botões e sobrepôs outro mapa, dessa vez com formas sombreadas e irregulares espalhadas. — Este é um mapa de pesquisa oficial do fim do século XIX — explicou ela —, e as áreas sombreadas representam estruturas, então podemos facilmente ver quais prédios estavam naquele lugar.

Gaynor fez uma pausa por alguns instantes, observando a tela.

— Aqui, com certeza essa área toda foi construída em meados de 1800. O que isso nos diz é que, mesmo que o Beco dos Fundos existisse no século XVIII, ele essencialmente desapareceu no século XIX. Mas... — Ela parou e apontou para a tela do mapa oficial de pesquisa. — Há uma pequena linha pontilhada que parece separar alguns prédios, e ela segue o caminho do Beco dos Fundos quase perfeitamente. Talvez, até no século XIX, o Beco dos Fundos ainda existisse como rua de passagem entre os prédios. Mas é impossível saber.

Fiz que sim com a cabeça; apesar do meu parco conhecimento sobre pesquisas e mapas oficiais, segui a lógica dela. E cada momento que se passava, eu ficava mais convencida de que aquela linha estreita e pontilhada que representava o Beco dos Fundos no mapa do século XIX estava relacionada à porta que eu tinha visto mais cedo. A localização específica da porta, em relação aos dois mapas antigos que Gaynor havia me mostrado, era simplesmente coincidência demais.

Pela primeira vez desde que havia encontrado o frasco, eu me permiti sonhar que tinha começado a desvendar um mistério histórico significativo. E se existisse algo atrás daquela porta, algo relacionado ao bilhete do hospital, ao frasco, à boticária? E se eu revelasse essa conexão para Gaynor e ela achasse que valia a pena compartilhar com historiadores mais experientes? E se eu fosse convidada a ser assistente de outros projetos de pesquisa, ou a trabalhar por um curto período na Biblioteca Britânica...

Respirei fundo, lembrando a mim mesma para seguir os fatos de acordo com uma ordem lenta e lógica. Eu não podia colocar o carro na frente dos bois.

— É muito legal — continuou Gaynor —, fazer a referência cruzada de todos esses mapas. Mas se você quiser saber mais sobre a boticária, não sei ao certo o que esses mapas poderiam lhe dizer.

Eu não podia discordar dela.

— Está bem — falei, pronta para fazer o meu segundo pedido, que talvez fosse o mais importante deles. — Então, se quisermos verificar se essa boticária realmente existiu, qual seria a melhor maneira de fazer isso? Como eu disse, minhas pesquisas on-line foram bastante inúteis.

Gaynor assentiu, parecendo não ter ficado surpresa.

— A internet é uma ferramenta inestimável, mas os algoritmos usados pelos serviços de busca como o Google são um pesadelo para os pesquisadores. O sistema não foi construído para a pesquisa de documentos e jornais antigos, mesmo que tenham sido digitalizados. — Ela voltou para a tela inicial do computador e clicou em um novo ícone que abriu o Arquivo dos Jornais Britânicos. — Muito bem — ela continuou, virando-se para mim. — Vamos fazer uma tentativa. Isso aqui vai buscar cada linha de texto na maior parte dos jornais britânicos das últimas centenas de anos. Se alguma reportagem sobre a boticária foi publicada, vai aparecer aqui, mas o segredo é procurar pelas palavras-chave corretas. O que você tentou antes?

— Algo como *1800, boticária assassina, Londres*.

— Perfeito. — Gaynor digitou as palavras e apertou Enter. Um instante depois, a página mostrou zero resultados. — Está bem, vamos retirar a data — sugeriu ela.

Mais uma vez, nenhum resultado.

— Pode haver algo errado com a função da pesquisa? — perguntei.

Ela riu.

— Essa é a parte divertida. Quanto mais pesquisamos, quanto mais tempo nos dedicamos, mais recompensas conquistamos no final. — Enquanto Gaynor continuava tentando novas palavras-

-chave, pensei no duplo significado da afirmação dela. Eu estava procurando uma boticária perdida, sim, mas uma sensação de tristeza me dominou conforme me dei conta do que mais eu procurava: resolução para o meu casamento instável, meu desejo de ser mãe, minha escolha de carreira. Cercada por milhares de pedaços perdidos, uma longa e difícil pesquisa se estendia diante de mim, uma pesquisa que iria demandar separar os pedaços que eu queria manter daqueles que eu queria descartar.

Gaynor xingou baixinho, claramente frustrada.

— Bem, até agora não apareceu nada. Não me impressiona você não ter obtido sucesso na sua pesquisa. Vamos tentar outro jeito. — Ela digitou uma palavra na barra de pesquisa, boticária, e depois manualmente refinou os resultados do lado esquerdo da tela. Ela determinou as datas de 1800 a 1850 e a região de Londres, Inglaterra.

Alguns resultados apareceram, e meu coração bateu mais forte quando vi a manchete de uma das reportagens de jornal: "Crimes de Fraude e Assassinato em Middlesex". Mas a reportagem, de 1825, parecia recente demais, e acabou sendo sobre um boticário que havia sido assassinado depois de roubar um cavalo.

Baixei os ombros, frustrada.

— O que mais podemos tentar?

Gaynor mordeu os lábios de um dos lados da boca.

— Não podemos desistir da pesquisa nos jornais tão rápido. Talvez a gente precise deixar um pouco a palavra *boticária* em segundo plano e tentar outras, como *Beco do Urso*. Mas também há outros incontáveis recursos de pesquisa. Por exemplo, nossa base de manuscritos... — Ela dispersou enquanto abria uma nova página na internet. — Por definição, os manuscritos incluem documentos escritos à mão, como cadernos, diários e até documentos oficiais familiares. Normalmente são informações bastante pessoais. Mas nossa coleção de manuscritos também inclui alguns materiais impressos: escrituras, registros impressos e afins.

Concordei, lembrando o que havia aprendido na faculdade.

Gaynor pegou uma caneta e começou a girá-la entre os dedos.

— Temos milhões de manuscritos em nossa base de dados. Mas pesquisar dentro dela tem seus próprios problemas. Por exemplo, os registros em jornais são instantaneamente disponibilizados desde que foram digitalizados, mas os manuscritos precisam ser solicitados. Você precisa pedi-los, tem uma fila que pode levar uns dois dias, e então a área responsável entrega o documento original para que você possa vê-lo.

— Então, a busca nos manuscritos pode levar dias.

Gaynor confirmou lentamente, torcendo o nariz, como um médico dando más notícias a um paciente.

— Sim, quando não leva semanas ou até meses.

A magnitude de uma pesquisa como aquela era exaustiva só de pensar, principalmente porque a história da boticária era pouco além de um mito; e se toda a pesquisa fosse em vão, pois não havia sequer uma pessoa real para ser descoberta? Recostei-me na minha cadeira, derrotada. Aparentemente eu não conseguia distinguir a verdade da mentira em nenhuma área da minha vida.

— Ânimo — falou Gaynor, cutucando meu joelho com o dela. — Você claramente fica intrigada com esse tipo de coisa, o que já é raro. Eu me lembro da minha primeira semana trabalhando na biblioteca... Não fazia ideia do que estava fazendo, mas amava os mapas antigos mais do que qualquer um aqui. Pessoas como nós precisam se unir e insistir.

Insistir. Embora eu não soubesse exatamente o que queria encontrar — ou se sequer havia algo *para* encontrar —, uma coisa não podia ser ignorada: a porta no fim do Beco dos Fundos alinhava-se perfeitamente nos mapas antigos. E se a boticária trabalhava naquela área ou não, a ideia de uma antiga rua ou passagem, conhecida somente para aqueles que viveram duzentos anos atrás, mas que permanecia enterrada debaixo da cidade, me cativava.

Talvez fosse isso o que Gaynor queria dizer com a beleza da pesquisa. Eu não fazia a menor ideia do que havia atrás da porta — provavelmente era só um aglomerado de tijolos quebrados, repleto de ratos e teias de aranha —, mas se havia algo que eu agora sabia sobre mim mesma que não sabia alguns dias atrás era que *olhar para dentro* nem sempre era confortável. E esse era exatamente o motivo de eu ter evitado pensar em James até então, e por que eu ainda não tinha contado aos meus pais nem a ninguém além de Rose sobre o que ele tinha feito. Na verdade, era a razão de eu ter me distraído com a boticária desaparecida em primeiro lugar.

Gaynor e eu trocamos números de telefone, e eu disse a ela que entraria em contato caso quisesse pedir algum manuscrito ou pesquisar um pouco mais nos registros digitalizados de jornais.

Quando fui embora da biblioteca, meu telefone mostrava que havia passado poucos minutos das nove da manhã. O avião de James pousaria a qualquer instante. E embora eu estivesse desencorajada pela pesquisa, respirei o ar quente de Londres e me mantive firme ao caminhar na direção do metrô e de Ludgate Hill, pronta para encarar o que eu não podia mais escolher ignorar.

Por mais distraída que tivesse estado nos últimos dias, eu me senti mais viva em Londres — debruçada em um mistério antigo, em uma história do passado — do que me lembro de me sentir em anos. Resolvi continuar pesquisando. Mergulhar na escuridão e olhar para dentro de tudo.

15

ELIZA

8 de fevereiro de 1791

Depois que Lady Clarence foi embora da loja de Nella, a atmosfera no pequeno cômodo parecia úmida e quente, como normalmente era dentro de uma cozinha. Os pelos do meu braço permaneciam arrepiados; eu nunca ouvira ninguém conversar nos tons que Nella e Lady Clarence haviam acabado de falar uma com a outra.

O semblante de Nella transformou-se num olhar de tristeza e exaustão. Eu podia ver como o peso do trabalho dela — e as demandas de mulheres como a Lady Clarence — tinha cravado linhas em sua testa e riscado rugas nas bochechas. Resquícios de fumaça ainda subiam pelo ar quando ela desabou de um dos lados da cadeira, com a preocupação estampada no rosto.

— Matar a amante de um lorde — murmurou ela — ou ir para a forca? — Ela virou a cabeça em direção ao fogo, como se estivesse em busca do que havia restado dos escaravelhos. — Não sei qual escolha é mais terrível.

— Você precisa refazer o pó. — Ela não pediu minha opinião, mas as palavras saíram da minha boca antes que eu soubesse o que estava dizendo. — É a única opção.

Ela se virou para mim com os olhos arregalados.

— É mais fácil do que matar uma mulher? Durante toda minha vida, procurei ajudar as mulheres. De fato, é a única parte do legado da minha mãe que mantive com algum nível de sucesso.

Mas Nella tinha me mostrado os registos, e eu sabia que as entradas consistiam em nomes, datas e medicamentos. Pior ainda, eu sabia que o nome do sr. Amwell, e o meu próprio, estavam listados ali. O que significava que, se Nella *não* refizesse o pó e Lady Clarence viesse em busca de vingança, eu seria exposta.

Todas nós que estávamos em seu livro seríamos expostas.

Apontei meu dedo para o livro.

— Você pode até encontrar um jeito de evitar escrever o nome da srta. Berkwell aí, mas e eu? E todos os outros que constam nessas páginas?

Nella olhou para baixo, para o livro, e franziu a testa, como se não tivesse sequer pensando naquilo. Como se ela não acreditasse, de verdade, que Lady Clarence cumpriria sua promessa. Ela leu com calma as últimas linhas.

— Eu não tenho forças — sussurrou ela. — Fiquei a noite passada inteira no campo, catando escaravelhos, e até o pôr do sol, assando e moendo. Quando ela voltar, contarei isso a ela. Mostrarei o inchaço debaixo do meu vestido, os lugares onde não estou com saúde, se ela insistir em vê-los. Eu não poderia refazer aquele pó, mesmo que quisesse muito.

Uma oportunidade surgiu diante de mim, se eu fosse esperta o suficiente para aproveitá-la. Meus medos do espírito do sr. Amwell não haviam diminuído, e agora eu carregava mais um fardo de outra desgraça: a polícia descobrir a loja e o livro de registros de Nella.

Recolhi as canecas vazias em cima da mesa, levei-as até a pia para lavar tudo.

— Eu posso fazer, então. Vou catar os escaravelhos, se você me disser como, e vou assá-los e moê-los. — Afinal de contas, eu estava bastante acostumada a fazer o trabalho desonroso de outras pessoas. Fosse escrever mentiras em cartas para a sra. Amwell ou esmagar escaravelhos venenosos para Nella, eu não era uma maledicente. Eu era confiável.

Nella não me respondeu durante algum tempo, e continuei lavando as canecas muito tempo depois de já estarem limpas. Ela parecia ter se acalmado, embora eu não soubesse dizer se era porque estava esperançosa com a minha sugestão de ser sua assistente ou porque havia se resignado ao seu destino.

— O campo fica do outro lado do rio — disse ela, por fim, inclinando-se para a frente em sua cadeira, como se estivesse exausta só de pensar na ideia de voltar lá. — Será uma longa caminhada, mas você não pode ir sozinha. Vou recuperar minhas forças. Iremos logo após o pôr do sol. É mais fácil pegar os escaravelhos à noite, quando estão dormindo. — Ela tossiu diversas vezes e limpou a boca na saia. — Até lá, podemos fazer bom uso do nosso tempo. Mais cedo, você sugeriu me ajudar com as etiquetas nos meus frascos. — Ela me olhou de soslaio. — Não é algo necessário. Eu os conheço de cor, com ou sem etiqueta.

— E se eles se misturarem? Se forem colocados fora da ordem?

Ela apontou primeiro para o nariz, e depois para os olhos.

— Olfato, e depois visão. — Ela gesticulou para o livro de registros no centro da mesa. — Mas há outra coisa. Você vai consertar algumas das entradas que estão desaparecendo no meu livro. Não tenho mais firmeza nas mãos para fazer isso.

Franzi a testa, pegando o grande livro, e me perguntando como os nomes e as datas dentro dele poderiam ser mais importantes do que os frascos nas prateleiras. Na verdade, eu esperaria o oposto; aquele livro continha os nomes de todos que já haviam comprado os venenos de Nella. Para mim, faria sentido se aquelas páginas fossem queimadas, não conservadas.

— Por que é tão importante consertar as entradas que estão desaparecendo? — perguntei.

Nella inclinou-se para a frente e virou as páginas até chegar em uma repleta de entradas a partir de 1763. Ela desceu a mão até o canto inferior esquerdo; um líquido havia caído em cima do pergaminho, deixando muitas entradas ilegíveis. Empurrou uma pena e um vidro de tinta na minha direção. Seguindo suas instruções, comecei a copiar as entradas falhadas no livro com tinta fresca, cobrindo o nome dos medicamentos — *azedinha, bálsamo, açafrão* — com o mesmo cuidado que escrevia o nome das clientes.

— Para muitas dessas mulheres — sussurrou Nella —, esse pode ser o único lugar em que seus nomes estão registrados. O único lugar onde serão lembradas. Prometi à minha mãe que preservaria a existência dessas mulheres cujos nomes seriam apagados da história. O mundo não é gentil conosco... Há poucos lugares para uma mulher deixar uma marca inesquecível. — Terminei de cobrir uma entrada e segui para a próxima. — Mas esses registros as preservam: seus nomes, sua memória, seu valor.

Cobrir aqueles nomes era uma tarefa mais difícil do que eu imaginara. Copiar palavras não era o mesmo que escrevê-las; exigia que eu fizesse tudo muito lentamente, seguindo as curvas da caligrafia de outra pessoa, e não me senti tão orgulhosa do meu trabalho quanto achei que me sentiria. Ainda assim, Nella não parecia se importar, e deixei que meus ombros relaxassem, o que tornou a tarefa um pouco mais rápida.

Nella foi até uma página mais recente, de entradas feitas poucos meses antes. Em algum momento, as páginas devem ter grudado uma na outra, danificando várias linhas do texto. Comecei a cobrir a primeira, lendo conforme escrevia por cima. *7 dez 1790, sr. Bechem, heléboro negro, 12g., aos cuidados de sua irmã, srta. Allie Bechem.*

Engasguei, apontando para a palavra *irmã*.

— Eu me lembro bem dessa — afirmou Nella enquanto eu cobria as letras. — O irmão da srta. Bechem era um homem ganancioso. Ela encontrou uma carta. Ele pretendia matar o pai deles em algumas semanas, para herdar muitos terrenos.

— Ela matou o irmão para que ele não conseguisse matar o pai deles?

— Exatamente. Você entende, Eliza? Nenhum bem vem da ganância. Certamente, nenhum bem veio dessa ganância específica. A srta. Bechem percebeu que alguém acabaria morto. A questão, portanto, era quem seria.

Encobri o primeiro nome da srta. Bechem, *Allie*, fazendo longas voltas para baixo. A pena se movia com facilidade pelo pergaminho duro, como se ela soubesse da importância desse esforço, da importância de preservar o nome da srta. Allie Bechem e o que a mulher havia feito.

E, então, meu olho encontrou o nome dela novamente. Alguns dias depois, no dia 11 de dezembro, ela voltou à loja.

— Dessa vez, vendi *Cypripedium* para a mãe da srta. Bechem — explicou Nella. — A pobre mulher tinha acabado de perder o filho, e de uma forma bastante inesperada. O *Cypripedium* é totalmente benigno, não faz mal algum. Serve para histeria.

— Pobre mulher. Espero que tenha funcionado.

Nella fez um gesto para o livro, induzindo-me a terminar aquela página.

— O *Cypripedium* é bastante efetivo — afirmou ela —, embora a verdade sobre seu filho e o que ele planejara fazer tivessem sido o melhor remédio. Infelizmente, eu não sei se a filha revelou a história. Mas não importa, o segredo dela está guardado aqui. — Nella correu o dedo até o canto do livro, brincando com as páginas.

Naquele momento entendi por que Nella vendia medicamentos, além dos venenos. Pessoas como a srta. Bechem precisavam dos dois.

Mas eu ainda não sabia por que ela vendia veneno. Durante a minha primeira visita à loja, ela tinha dito que o cômodo escondido sequer existia quando era criança e trabalhava na loja com a mãe. Por que Nella tinha construído o cômodo escondido e começado a preparar coisas terríveis dentro dele? Eu decidi que em breve criaria coragem para perguntar.

Depois que terminei a entrada, Nella virou as páginas novamente e parou em 1789. Aquele ano havia ficado marcado na minha memória; era o ano em que minha mãe havia me deixado em Londres para trabalhar para a família Amwell. Só que as entradas daquela página pareciam estar em boas condições. Não consegui identificar nenhuma palavra que precisasse ser refeita.

— Essas entradas são de um pouco antes de eu chegar em Londres — comentei.

— Acho que você vai gostar dessa página — explicou Nella. — Aqui tem um nome que você deve reconhecer.

De repente, aquilo tinha virado um jogo. Passei os olhos pelas entradas, fazendo meu melhor para ignorar as datas e ingredientes, procurando por um nome que eu conhecesse. Minha própria mãe, talvez?

E então, eu vi: *sra. Amwell*.

— Ah! — engasguei. — Minha patroa! — Rapidamente, li o resto da entrada. Será que minha senhora já tinha envenenado alguém antes? — Cânhamo canadense? — Perguntei a Nella, apontando para o livro.

— Uma das drogas mais poderosas da minha loja — respondeu ela —, mas assim como o *Cypripedium,* não há nada de nocivo nela. O cânhamo canadense é muito útil em casos de tremores e espasmos. — Ela olhou para mim, esperando. Quando não respondi nada, ela explicou. — Eliza, a sua patroa veio à minha loja quando os tremores nas mãos dela começaram. Eu tinha esquecido da visita da sra. Amwell até você mencionar hoje mais cedo que escrevia as cartas para ela. — Nella passou os dedos por cima da entrada, um olhar distante em seu rosto. — Os médicos dos homens não podiam fazer nada. Ela já tinha ido a uma dúzia deles. Veio até mim quando achou que não tinha mais nenhuma opção. — Nella colocou delicadamente a mão sobre a minha. — Sua patroa nunca estivera aqui antes. Ela ficou sabendo da loja por meio de uma amiga.

Uma sensação de tristeza arrebatadora caiu sobre mim. Eu jamais havia pensado que a sra. Amwell tinha buscado ajuda de tantos médicos. Nunca tinha sequer considerado como ela se sentia com a dificuldade que tinha.

— O cânhamo canadense ajudou? — perguntei, olhando novamente para a entrada, para garantir que eu estava repetindo as palavras corretas.

Nella fez uma pausa e olhou para baixo, para as próprias mãos, como se estivesse envergonhada.

— Lembre-se do que eu lhe disse, Eliza — disse ela finalmente. — Essa não é uma loja de magia. As dádivas da natureza, embora valiosas, não são infalíveis. — Ela levantou a cabeça, saindo de seus próprios devaneios. — Mas no final deu tudo certo. Se o cânhamo canadense tivesse funcionado perfeitamente, a sua patroa não precisaria da sua ajuda para escrever as cartas. E você não estaria sentada aqui agora, ajudando com o meu livro de registros. E se lembra do que eu disse da importância do livro de registros, não lembra?

Querendo impressioná-la, recitei o que ela havia dito alguns minutos antes:

— O registro é importante porque os nomes dessas mulheres seriam esquecidos. Eles estão preservados aqui, nestas páginas, se não em nenhum outro lugar.

— Muito bem — concluiu Nella. — Agora, vamos fazer mais algumas. O sol está se pondo rápido.

Como ela sabia? Sem janelas e sem olhar o relógio, eu certamente não sabia dizer se o sol estava se pondo rápido. Mas não podia perguntar a ela, pois Nella já tinha virado outra página, pairando a mão sobre uma entrada que precisava de atenção.

Voltei ao trabalho, ansiosa para agradar minha nova tutora.

Depois do pôr do sol, peguei meu casaco e minhas luvas, que nunca tinham estado no mato nem na terra nem seja lá onde os escaravelhos fizessem suas casas, e logo as vesti, animada.

Minhas mãos já estavam doloridas — o trabalho cuidadoso tinha deixado-as duras —, mas eu mal podia esperar pela próxima aventura.

Ao ver o brilho nos meus olhos, Nella ergueu a sobrancelha.

— Não espere que suas luvas fiquem muito limpas depois que terminarmos — avisou ela. — É trabalho pesado, garota.

Caminhamos por mais de uma hora até chegarmos a um campo aberto e silencioso, separado da estrada por uma cerca mais alta que eu. O ar ficava cada vez mais insuportavelmente gelado conforme a escuridão se espalhava pelo céu, e não pude deixar de pensar que, se eu fosse um escaravelho, há tempos já teria viajado para o sul, para o ar quente e úmido de alguns vilarejos à beira-mar. Ainda assim, Nella me garantiu que os bichinhos gostavam do frio — que eles preferiam as raízes ricas em amido, como as beterrabas, onde podiam se aninhar para se alimentar de açúcar e depois dormir.

Só havia um traço de lua no céu. Nella e eu levávamos uma sacola de pano cada, e eu a observei de perto na escuridão enquanto ela se agachava e apoiava as mãos e os joelhos no chão, localizava um montinho de folhas verdes, protuberantes, e afastava para os lados uma fina camada de feno até encontrar as raízes de um bulbo de beterraba debaixo da terra.

— Aqui nós temos o fruto — explicou ela, enquanto continuava cavando. — Eles preferem comer as folhas, mas a essa hora da noite, vão estar escondidos no solo. — E então, do nada, ela puxou um pequeno inseto brilhoso, não maior do que a unha do polegar. — Agora, isso é muito importante — disse ela, colocando o escaravelho que se contorcia dentro da bolsa. — *Não* aperte nem esmague.

Mexi meus dedos dos pés dentro do sapato, mal conseguindo senti-los, embora só estivéssemos no campo havia alguns poucos minutos.

— Como eu faço para puxar um inseto do chão sem apertá-lo? — perguntei, meu interesse na atividade aos poucos se esvaindo. — Quando eu encontrar um deles, vou precisar segurá-lo antes que ele fuja, e não posso fazer isso sem apertá-lo.

— Vamos fazer o próximo juntas — sugeriu ela, apalpando o chão ao seu lado. Parecia que suas dores e desconfortos haviam diminuído; talvez o frio a deixasse dormente. — Procure no mesmo lugar, onde acabei de colocar a minha mão. Tenho certeza de que senti outra patinha.

Estremeci. Estava esperando que usássemos alguma ferramenta — uma rede ou uma pá — em vez de nossas mãos com luvas. Mas fiz o que Nella mandou, aliviada que o céu escuro a impedisse de ver o sorriso amarelo em meu rosto. Mexi minha mão ao redor do bulbo duro e liso da beterraba, e então senti: algo se agarrou aos meus dedos, algo bastante vivo. Ajeitei meu corpo, girei a mão na terra e curvei meus dedos ao redor dele. Ergui um montinho de terra para mostrar a Nella e, de fato, um escaravelho verde listrado surgiu da terra, como se viesse nos cumprimentar.

— Muito bom — disse ela. — Sua primeira colheita. Coloque-o dentro da bolsa e feche-a, ou ele irá escapar rapidamente de volta para sua pequena beterraba. Vou começar ali, na fileira seguinte. Nós precisamos de cem escaravelhos. Conte quantos for pegando.

— *Cem?* — Olhei para baixo, para o meu único inseto, debatendo-se dentro da bolsa. — Bem, ficaremos aqui a noite toda.

Ela balançou a cabeça para mim, com o rosto sério. A luz da lua refletia em seu olho esquerdo, dando a ela uma aparência esquisita de duas caras.

— Acho curioso, menina, que você reclame dos esforços para catar escaravelhos, meros insetos, durante uma noite e ainda assim não veja nada de mais na morte de um homem.

Senti um calafrio e desejei que ela não tivesse me lembrado do fantasma do sr. Amwell, ainda pressionando dentro de mim, fazendo-me sangrar.

— É um trabalho árduo — disse ela —, e mais ainda para mim nos últimos tempos. Agora vamos, mãos à obra.

A noite passou, embora eu não soubesse exatamente o quanto dela houvesse passado de fato. A lua havia se movido um quarto do caminho pelo céu, mas eu não era inteligente o suficiente para usá-la como relógio.

— Setenta e quatro — ouvi Nella dizer detrás de mim, seus pés esmagando o feno debaixo de nós. — E você?

— Vinte e oito — respondi. Eu havia contado cuidadosamente, repetindo o número na cabeça para não esquecer e ser obrigada a colocar minha mão na sacola e contar os insetos de carcaça dura mais uma vez.

— Ah! Terminamos, então, e com dois a mais. — Ela me ajudou a levantar do chão, pois meus joelhos estavam ralados e minhas mãos, em carne viva.

Começamos a caminhada em direção à estrada quando segurei no braço dela, a dor me alarmando no mesmo instante.

— Não há carruagem a essa hora — falei. — Não precisamos andar todo esse caminho de volta, precisamos? — Eu não conseguiria, de jeito nenhum.

— Você tem duas pernas em perfeitas condições, não é mesmo? — retrucou ela, mas ao ver minha expressão de desespero, sorriu. — Ah, não se aflija. Vamos descansar bem ali, naquele galpão. É bem quente e perfeitamente silencioso. Pegaremos a primeira carruagem de transporte da manhã.

Invadir um terreno parecia um crime pior do que colher escaravelhos mortais, mas segui Nella com entusiasmo — e animação, até, pois queria descansar desesperadamente. Ao passarmos por uma porta destrancada, entramos em um galpão de madeira que era, como ela havia prometido, quente, escuro e silencioso. Aquele lugar me lembrou o celeiro de casa, no interior, e me retraí ao imaginar o que minha mãe diria se me visse agora, acordada no meio da noite com uma bolsa de insetos mortais nas mãos.

Os meus olhos demoraram algum tempo para se ajustarem à escuridão, mas em certo momento consegui identificar um carrinho de mão lá nos fundos da estrutura, e mais perto de nós, diversas ferramentas para aparar o campo. Na parede à nossa direita, diversos rolos de feno estavam encostados cuidadosamente uns nos outros. Foi ali que Nella seguiu adiante, aninhando-se contra um dos rolos.

— É mais quente aqui — avisou ela —, e se você empilhar um pouco de feno no chão, faz uma cama decente. Mas tome cuidado com os ratos. Eles gostam daqui tanto quanto nós.

Olhando para a porta, relutante, com medo de que um raivoso proprietário viesse atrás de nós, segui Nella e me acomodei em um canto. Ela se sentou na minha frente, nossos pés quase se encostando, e então puxou um pequeno montinho debaixo do casaco e desembalou um pedaço de pão, um pouco de queijo e um cantil de couro que eu deduzi estar cheio de água. No instante em que ela me passou o cantil, percebi como estava louca de sede. Enquanto eu bebia, os escaravelhos dentro da bolsa se remexiam ao meu lado.

— Beba o quanto quiser — disse ela. — Há um barril cheio de água da chuva atrás do galpão. — Percebi que ela não só já tinha usado aquele galpão de abrigo antes, mas que, aparentemente, havia explorado o terreno em busca de outros recursos.

Por fim, afastei o cantil e sequei a boca com a barra longa da minha saia.

— Você costuma adentrar o terreno de outras pessoas para conseguir o que precisa? — Pensei não só naquele galpão, que não nos pertencia, mas também no campo onde havíamos acabado de passar a noite toda.

Ela sacudiu a cabeça.

— Quase nunca. A natureza selvagem e sem cultivo fornece quase tudo de que preciso, e ela disfarça bem os seus venenos. Você já viu uma flor de beladona, não viu? Ela se abre como um casulo. É quase sedutora. Pode parecer raro e incomum, mas a verdade é que esse tipo de coisa pode ser encontrado em todo canto. A terra conhece o segredo do disfarce e muitas pessoas não acreditariam que nos campos abertos que tratam, ou nas treliças dos vinhedos debaixo dos quais se beijam, há veneno escondido. Basta saber onde procurar.

Olhei para os fardos de feno onde estávamos sentadas, imaginando se Nella tinha algum truque, quem sabe, para extrair veneno de algo tão inocente quanto grama seca.

— Você aprendeu tudo isso nos livros? — Eu já tinha visto pilhas de dezenas de livros na loja dela, alguns que pareciam lidos e bastante usados, e comecei a me sentir uma tola por levantar a ideia de ser uma aprendiz. Ela deve ter demorado anos para aprender tudo o que sabe.

Nella deu uma mordida no queijo e mastigou lentamente.

— Não. Minha mãe.

Suas palavras foram curtas e grossas, mas só serviram para despertar minha curiosidade.

— Sua mãe, que não tinha o cômodo escondido nem os venenos.

— Isso mesmo. Como eu disse, uma mulher não precisa se esconder por trás das paredes se não tem segredos e não faz nada de errado.

Pensei na minha patroa e em mim mesma, sentadas na sala com a porta fechada, fingindo escrever cartas, enquanto o sr. Amwell sofria no andar de cima.

— Minha mãe era uma boa mulher — acrescentou Nella, deixando escapar um suspiro trêmulo. — Ela não fez um único veneno sequer durante toda a sua vida. Você deve ter percebido isso enquanto olhava as entradas no meu livro de registro ontem à noite. Os remédios antigos ajudam, curam. Todos eles.

Ajustei a minha postura, imaginando se Nella iria finalmente me contar sua história. Com coragem, lancei a pergunta:

— Se ela não fazia venenos, como ensinou a você sobre eles?

Nella me encarou com firmeza.

— Muitos remédios *bons* são venenosos se ministrados em grandes quantidades ou quando preparados de determinadas maneiras. Ela me ensinou essas quantidades e preparações para minha própria segurança e para a segurança de nossas clientes. Além do mais, só porque minha mãe não usava veneno contra ninguém não significa que não soubesse fazê-lo. — Ela se aninhou ainda mais no rolo de feno. — Acho que isso a tornava ainda mais admirável. Como um cão com a boca cheia de dentes afiados que nunca ataca ninguém, o conhecimento da minha mãe era uma arma que ela nunca, jamais usou.

— Mas você… — As palavras saíram de dentro de mim, e calei minha boca antes de terminar a frase. Era claro que Nella havia decidido usar seu próprio conhecimento como uma arma. Mas por quê?

— Sim, eu sim. — Ela cruzou as mãos no colo e olhou no fundo dos meus olhos. — Eliza, deixe-me perguntar uma coisa a você. Quando colocou o prato diante do sr. Amwell, o prato com os ovos grandes, que você sabia que iria matá-lo naquele mesmo dia, o que sentiu?

Pensei calmamente, lembrando daquela manhã como se tivesse acontecido momentos antes: o olhar lascivo dele quando entrei na sala; o olhar doce da minha patroa, numa aliança silenciosa comigo; a sensação dos dedos oleosos dele subindo na parte de trás do meu joelho e pela minha coxa. Pensei também no dia em que o sr. Amwell, meu mestre confiável, havia me dado conhaque enquanto minha patroa estava nos jardins de inverno — e o que teria acontecido se o empregado não o tivesse chamado no andar de baixo.

— Senti como se estivesse me protegendo — respondi. — Porque ele queria me fazer mal.

Nella assentiu com firmeza, como faria se estivesse me conduzindo em um caminho pela floresta, incentivando-me a seguir adiante.

— E do que você estava se protegendo?

Engoli em seco, nervosa em dividir a verdade com ela; eu nunca tinha contado a Nella por que a sra. Amwell queria matar seu marido e por que eu a ajudei a fazê-lo. Mas tinha sido eu que havia feito a pergunta capciosa e, portanto, devia a ela minha própria história também.

— Ele tinha começado a me tocar de maneiras que eu não gostava.

Mais uma vez, ela assentiu lentamente.

— Sim, mas aprofunde-se um pouco mais nisso. O toque indesejado dele, por mais que lhe causasse repulsa... Por que era diferente, digamos, de um estranho na rua? Imagino que você não cogitaria um assassinato se um estranho passasse a mão em você, certo?

— Eu não confio na maioria dos estranhos na rua — retruquei. — Mas confiava no sr. Amwell. Até pouco tempo, ele não me dava motivo algum para não confiar nele. — Fiz uma pausa, desacelerando minha respiração, e pensei em Johanna. — Eu descobri que havia segredos naquela casa. Coisas que ele havia destruído, coisas que ele mantinha escondidas. Fiquei com medo de me tornar uma delas.

Satisfeita, Nella inclinou-se para a frente e acariciou meu pé.

— Primeiro vem a confiança. Depois, a traição. Não se pode ter uma sem a outra. Não se pode ser traído por alguém em quem não se confia. — Eu assenti, e ela se recostou de novo. — Eliza, o que você acabou de descrever é a mesma jornada angustiante de todas as mulheres para quem eu vendo veneno. E é, de fato, a mesma jornada que a minha.

Ela franziu a testa, como se estivesse resgatando uma memória há tempos enterrada.

— Não comecei a vender venenos sem motivo. Não é como se eu tivesse nascido uma assassina. Algo aconteceu comigo, muito tempo atrás. Um dia, eu me apaixonei. O nome dele era Frederick. — Ela parou de forma brusca, involuntariamente, e eu pensei que fosse parar de contar a história. Mas ela pigarreou e continuou: — Eu esperava ser pedida em casamento. Ele havia me prometido isso. Mas, infelizmente, Frederick era um ator e um mentiroso fantástico, e eu logo descobri que não era a única receptora dos seus afetos.

Engoli em seco e cobri minha boca com a mão.

— Como descobriu? — perguntei, sentindo-me privada dos escândalos e segredos normalmente reservados para meninas muito mais velhas que eu.

— É uma história triste, Eliza — respondeu ela, cutucando meu pé com o dela. — E você precisa me ouvir com muita atenção. Depois que prepararmos o pó de escaravelho de manhã, eu não quero vê-la na minha loja de novo. Esse é o meu trabalho, é o meu luto que engarrafo e distribuo. — Decepção e envolvimento me atingiram ao mesmo tempo, mas assenti para que ela continuasse.

Então, ela começou a contar sua história, e embora cada palavra parecesse emergir dolosamente à superfície como bolhas de fervura, também senti que contar aquilo era uma forma de alívio. Eu podia ter apenas doze anos, mas ao nos sentarmos juntas em meio aos rolos de feno, senti como se Nella me considerasse uma amiga.

— Minha mãe morreu quando eu era jovem — explicou ela. — Foi há duas décadas, embora a dor ainda esteja aqui, como um machucado. Você já viveu o luto alguma vez?

Fiz que não com a cabeça. Além do sr. Amwell, eu nunca tinha conhecido alguém que tivesse morrido.

Nella respirou fundo.

— É algo terrível, exaustivo e solitário. Um dia, no ápice da minha tristeza, um jovem rapaz chamado Frederick entrou na loja, que ainda não era de venenos, e me implorou para dar-lhe algo para sua irmã, Rissa, que induzisse o sangramento, pois as cólicas que ela sentia na barriga eram insuportáveis, e já havia se passado mais da metade de um ano desde a última vez que sua regra tinha descido.

Franzi o cenho. Não tinha certeza do que significava *regra*, mas independentemente do papel de Rissa na história, eu conseguia simpatizar com suas dores na barriga.

— Ele foi o primeiro homem a colocar os pés na minha loja — continuou Nella —, mas estava tão desesperado! E se Rissa não tivesse uma irmã ou uma mãe para enviar até a loja, como eu poderia rejeitá-lo? Então, dei a ele uma tintura de agripalma, um emenagogo.

— *Agripalma* — repeti. — É para gripe?

Nella sorriu e continuou a história, explicando que mais de um século antes, Culpeper — o grande curandeiro — acreditava que aquela erva trazia alegria para mães recentes e eliminava a melancolia, tão comum no período após o nascimento de uma criança.

— Mas, veja bem — continuou ela —, a agripalma também acalma o ventre e estimula a barriga a eliminar o que tem dentro dela. Por isso, deve ser ministrada com muito cuidado, e somente para as mulheres que tiverem certeza de que não estão grávidas.

Ela puxou uma palha do rolo de feno e começou a enroscá-la no dedo, como um anel.

— Na semana seguinte, Frederick retornou, vibrante e cortês, agradecendo-me por deixar sua irmã saudável de novo. Eu me vi completamente seduzida por ele, por razões que não entendi na época. Achei que fosse amor, mas hoje me pergunto se não era apenas o vazio da tristeza em busca de alguma emoção para tomar o peito e levar embora a sensação oca.

Ela suspirou.

— Frederick também parecia atraído por mim, e nas semanas que se seguiram ele prometeu que nos casaríamos. Cada dia que se passava, cada promessa, algo em meu coração voltava à vida. Ele me prometeu uma casa cheia de crianças e uma loja linda com janelas de vidro rosa, para carregar a memória da minha mãe. Imagine como aquilo me fez sentir... Do que eu poderia chamar, se não de amor? — Ela olhou para baixo, para as mãos, onde o fio de palha estava enroscado em um círculo perfeito ao redor do seu dedo. De repente, ela o soltou e ele caiu em seu colo.

— Eu logo engravidei. As pessoas podiam pensar que eu sabia como me prevenir de uma gravidez, mas não foi o que aconteceu. Apesar da minha tristeza, a nova vida dentro de mim me deu uma onda enorme de esperança. Nem tudo no mundo tinha dado seu suspiro final, como minha mãe. E quando contei a Frederick sobre o nosso bebê naquela manhã do início do inverno, ele pareceu muito contente. Disse que nos casaríamos na semana seguinte, logo depois do Dia de São Martinho, antes que pudessem notar que eu estava esperando um bebê. Você pode até ser jovem, Eliza, mas conhece o suficiente para saber que o sol não brilha tanto para uma criança nascida fora do casamento.

A preocupação se alastrou dentro de mim. Nella jamais havia mencionado uma criança, nem crescida nem nada; onde estava esse filho agora?

— Bem, como você deve suspeitar, minha gravidez não durou por muito mais tempo. É muito comum, pequena Eliza, mas isso não torna a situação menos terrível. Espero que você nunca tenha que viver essa experiência. — Ela puxou as pernas para perto do corpo e cruzou os braços, como se estivesse se protegendo do que ia dizer. — Aconteceu muito tarde da noite. Frederick ia viajar durante uma semana para visitar a família, e tínhamos passado a tarde toda juntos. Ele fez o jantar para nós dois, ajudou a consertar diversas prateleiras, leu para mim um poema que tinha escrito... uma tarde perfeita, ou assim pensei. Ele me deu um beijo demorado antes de ir embora e prometeu voltar na semana seguinte. — Nella estremeceu e ficou em silêncio por um instante. — Horas depois, as cólicas começaram, e perdi meu bebê. Nenhuma palavra consegue descrever a dor. Depois disso, tudo o que eu precisava era do conforto do abraço de Frederick. Acamada, esperei que a semana passasse, reprimindo minha tristeza até que ele retornasse e pudesse me ajudar a carregar aquele fardo. Mas ele não apareceu, nem depois da segunda semana, nem da terceira. Comecei a suspeitar que algo terrível tivesse acontecido e achei muito estranho que a noite em que eu havia passado mal, a noite em que eu perdera a nossa menininha, fora a última noite em que ele tinha aparecido.

"Frederick tinha familiaridade com muitas das prateleiras e gavetas da minha loja. E, como eu disse, até os remédios mais benignos podem ser mortais se ministrados em grandes quantidades. Eu conferi diversas garrafas que constavam em meus registros, e para o meu horror vi que a de agripalma não estava no nível que constava no livro. Frederick sabia das propriedades da planta, pois eu a enviara para sua irmã, Rissa. Eu me dei conta, então, de que ele tinha usado minhas próprias tinturas contra mim. Contra a nossa filha. Passamos tanto tempo juntos, e não era impossível que ele tivesse, de alguma maneira, disfarçado e me enganado para ingerir a agripalma durante o jantar. Nos dias seguintes, tive certeza de que a agripalma, designada para eliminar a melancolia e trazer alegria à alma de uma nova mãe, tinha levado o bebê do meu ventre.

A minha garganta ardia e apertava enquanto Nella falava. Eu queria perguntar como Frederick havia conseguido enganá-la — como ele poderia ter vasculhado as coisas dela, pingado uma única gota na comida ou na bebida sem que ela percebesse —, mas não queria que tudo aquilo se virasse contra ela, fazendo com que se sentisse pior do que já se sentia.

— Pequena Eliza, por fim, ouvi uma batida na minha porta. E quem você acha que tinha vindo me visitar?

— Frederick — falei, inclinando-me para a frente.

— Não. A irmã dele, Rissa. Só que... ela não era irmã. Ela me contou, sem hesitar, que era esposa dele.

Sacudi a cabeça, como se a lembrança de Nella estivesse acontecendo ali, diante dos meus olhos.

— Como... como ela sabia onde encontrar você? — gaguejei.

— Ela conhecia a loja da minha mãe para doenças de mulheres. Lembre-se, foi ela quem o enviou da primeira vez, quando precisava da agripalma com urgência. Ela também sabia que ele tinha uma *tendência*, podemos dizer, a ser mulherengo. Rissa me pediu que contasse a verdade. Isso aconteceu apenas quatro semanas depois que eu havia perdido meu bebê. Ainda estava sangrando, ainda sentia muita tristeza, então revelei a ela toda a história. Depois, ela me contou que eu não era a primeira amante dele e começou a me fazer perguntas sobre as garrafas e remédios nas minhas prateleiras. Contei a ela o que contei a você, que, em grandes quantidades, quase tudo era mortal. E para minha surpresa Rissa me pediu *nux vomica*, que pode ser usada em dosagens bem pequenas para tratar febre, e até uma praga. Mas é, na realidade, veneno de rato. A mesma coisa que matou seu patrão.

Nella abriu as mãos.

— Diante do pedido dela, hesitei por um instante, e então entreguei uma quantidade mortal, sem cobrar, e lhe ensinei a melhor forma de disfarçar o sabor. Assim como Frederick havia me dado veneno, instruí Rissa a fazer o mesmo. E foi desse jeito, menina, que tudo começou. Com Rissa. Com *Frederick*. Depois que Rissa foi embora, tive uma sensação de alívio dentro de mim. Vingança é o seu próprio remédio. — Ela tossiu um pouco. — Frederick estava morto no dia seguinte. Li nos jornais naquela semana. Os médicos alegaram insuficiência cardíaca.

A tosse de Nella ficou mais forte e se transformou em um acesso. Ela se curvou sobre o estômago, com a respiração rouca, por alguns minutos. Por fim, inclinou-se para a frente, ofegante.

— Minha mãe, minha filha, meu amor. E assim aconteceu, como um pequeno vazamento, lento e silencioso no início, os rumores começaram a se espalhar pela cidade. Eu não sei a quem Rissa contou primeiro, ou a quem essa pessoa contou em seguida, mas a teia de sussurros começou a se expandir. Em determinado momento, elas começaram a deixar cartas, e fui obrigada a construir uma parede na minha loja para permanecer invisível. Não tive coragem de fechar o local que carregava o legado da minha mãe, não importando o quanto eu o tivesse arruinado.

Ela bateu no feno ao seu lado.

— Eu sei o que é ver o seu filho se esvair do seu corpo pelas mãos de um homem. E por mais terrível que minha história seja, todas as mulheres enfrentam a maldade de um homem em algum nível. Até você. — Ela colocou uma mão no chão, ajeitando-se quando começou a tombar para o lado. — Eu sou uma boticária, e é meu dever fazer remédios para mulheres. E há anos elas vêm até mim, e vendo para elas o que desejam. Eu protegi os segredos delas. Carreguei o peso de seus fardos. Talvez se eu tivesse sangrado novamente depois da perda do bebê, se meu ventre não carregasse uma cicatriz, eu já tivesse parado há tempos. Mas a falta do sangramento todo mês é um lembrete constante da traição de Frederick e do que ele tirou de mim.

No meio da escuridão, franzi a testa, confusa. A falta do *sangramento*? Imaginei que ela tivesse se confundido por estar cansada.

Lentamente, Nella tombou para o lado, bocejando, fraca. Eu sabia que a história estava quase no fim, mas, embora ela parecesse exausta, eu estava completamente acordada.

— Eu não posso continuar para sempre, é claro — sussurrou ela. — Já estou no fim. E embora tenha pensado, no passado, que resolver a dor das pessoas diminuiria a minha, eu estava errada. A minha dor só piorou, e meus ossos incomodam e doem mais a cada semana. Tenho certeza de que fazer esses venenos está me destruindo por dentro, mas como posso destruir o que construí? Você ouviu Lady Clarence... Minha peculiaridade é conhecida.

Ela pigarreou e umedeceu os lábios.

— É um enigma esquisito — concluiu ela. — Por mais que eu tenha trabalhado para resolver as doenças das mulheres, não consigo curar a minha própria. Minha tristeza nunca foi embora, nem depois de vinte anos. — Nella falava tão baixo que eu mal podia ouvi-la, e imaginei se ela não tinha entrado numa espécie de pesadelo pacífico. — Para esse tipo de dor, não existe tintura alguma.

16

CAROLINE
Dias atuais, terça-feira

Quando entrei no saguão do La Grande, o pavor se alastrou em meu peito. Embora eu tivesse ocupado a minha mente com a boticária durante a maior parte da viagem de metrô até o hotel, agora a preocupação mais urgente — a chegada iminente do meu marido — afastava qualquer pensamento sobre o Beco do Urso, o frasco ou os documentos da biblioteca.

Considerando o tempo necessário para passar pela alfândega e pegar um táxi, parecia matematicamente impossível que James já estivesse no hotel. Mesmo assim, hesitei na frente do meu quarto, pensando se eu deveria bater na porta. *Só por desencargo.*

Não. Aquele era o meu quarto, a minha viagem. James é quem estava se intrometendo. Deslizei o cartão para abrir a porta e entrei.

Felizmente, o quarto estava vazio e tudo lá dentro era meu, apesar de estar mais organizado do que eu havia deixado. A roupa de cama branca limpinha havia sido encaixada com esmero debaixo do colchão, a copa tinha recebido canecas novas e… *merda.* Um vaso de pequenas hortênsias azuis lindas estava disposto sobre uma mesinha perto da porta.

Puxei o pequeno envelope de dentro do buquê de flores e o abri, na esperança de ser apenas uma mensagem de parabéns de algum de nossos pais.

Não era. O bilhete era curto, mas eu soube instantaneamente quem o tinha enviado. *Eu sinto muito*, ele começava assim, *e tenho que compensar muita coisa, explicar muita coisa. Eu sempre vou te amar. Até já. J.*

Revirei os olhos. James era um homem inteligente; quis fazer qualquer controle de danos antes de chegar, lançando mão de todos os recursos que podia para garantir que eu fosse ao menos abrir a porta do quarto para ele. Mas se achava que resolveríamos tudo em uma única conversa, tomando algumas mimosas, e em seguida debateríamos nosso itinerário romântico como havíamos planejado originalmente, ele estava completamente enganado.

Não me permiti sentir culpa. Eu podia até não estar perfeitamente feliz com a nossa vida, mas não tinha sido eu que havia jogado tudo pelo ralo.

Um pouco mais tarde, eu estava deitada na cama, bebendo água gelada, quando ouvi uma batida na porta. Instintivamente soube que era James. Podia sentir, assim como senti a excitação no corpo dele quando eu estava diante do altar na sua frente no dia do nosso casamento.

Respirei fundo e abri a porta, sentindo involuntariamente o cheiro dele: o aroma familiar de pinheiro e limão, fragrâncias sutis do sabonete artesanal de que ele tanto gostava. Tínhamos comprado o sabonete juntos em uma feira de rua alguns meses antes, nos dias em que eu passava meu tempo procurando dicas de fertilidade no Pinterest. As coisas pareciam tão mais fáceis naquela época.

James estava ali, diante de mim, com uma mala cinza-chumbo encostada na perna. Ele não sorria (nem eu), e se um azarado estivesse passando no corredor naquele exato instante, veria o encontro mais esquisito e desconfortável do mundo. Enquanto nos olhávamos feito dois idiotas, percebi que, até um segundo antes, parte de mim não acreditava que ele realmente apareceria em Londres.

— Oi — sussurrou ele com tristeza, ainda parado do outro lado do batente da porta. Embora estivéssemos separados apenas pela distância de um braço, parecia um oceano inteiro.

Abri um pouco mais a porta e fiz um gesto para que ele entrasse, como se fosse um ajudante trazendo minha bagagem. Enquanto ele entrava arrastando sua mala de rodinhas, eu me afastei para encher meu copo d'água.

— Você achou meu quarto — falei, olhando para trás.

James viu o vaso de flores sobre a mesa.

— Meu nome também está na reserva, Caroline. — Ele lançou alguns documentos de viagem, seu passaporte e uns recibos em cima da mesa ao lado das flores. Seus ombros estavam caídos e os olhos, marcados nos cantos. Eu nunca tinha visto James tão cansado.

— Você parece exausto — falei com a voz rouca. Minha boca tinha ficado seca.

— Não durmo há três dias. Exausto é pouco. — Ele tocou em uma das flores e passou o dedo no canto de uma pequena pétala azul sedosa. — Obrigado por me deixar entrar — disse ele, olhando para mim com os olhos cheios d'água. Eu só tinha visto James chorar duas vezes: uma na festa do nosso casamento, quando ele brindou com uma taça de champagne rosé em minha homenagem, sua nova esposa, e outra vez após o enterro do tio, enquanto caminhávamos na direção oposta do buraco que logo seria preenchido com terra.

Mas as lágrimas dele não me despertavam empatia. Eu não queria ficar perto de James, mal conseguia olhar para ele. Apontei para o sofá debaixo da janela, com os braços arredondados e estofado acolchoado. Não era para ser usado como cama, e sim como um espaço para relaxar e conversar e fazer amor tarde da noite — todas as coisas que James e eu não faríamos.

— Você devia descansar. Tem um cobertor extra no armário. O serviço de quarto é bem rápido também, caso esteja com fome.

Ele me lançou um olhar confuso.

— Você vai a algum lugar?

A luz do fim da manhã refletia dentro do quarto, espalhando listras amarelas pelo chão.

— Vou sair para almoçar — respondi, tirando meu tênis e calçando uma sandália baixa.

O hotel deixava uma lista com algumas sugestões em uma pasta em cima da mesa do quarto; tinha um restaurante italiano a algumas quadras de distância. Eu precisava de uma comida que acalentasse a alma, e talvez uma taça de Chianti. Sem falar que um restaurante italiano provavelmente teria uma iluminação mais escura. Perfeito para alguém como eu, que precisava de um local discreto para pensar, quem sabe até chorar. Ver James ali, em carne e osso, tinha formado um nó na minha garganta. Eu queria abraçá-lo tanto quanto queria sacudi-lo, fazer com que dissesse *por que* ele tinha acabado com nós dois.

— Posso ir com você? — Ele passou as mãos no queixo, escondido debaixo de uma barba que já estava três dias sem ser feita.

Eu sabia como a dor de cabeça causada pelo jet lag era terrível, e, apesar da minha raiva, senti pena dele. E, além disso, eu não tinha acabado de decidir que pararia de ignorar o desconforto e que olharia para dentro de mim? Devia começar tirando algumas coisas que estavam entaladas na garganta. Só esperava conseguir conter as lágrimas.

— Claro — murmurei, e então peguei minha bolsa e me encaminhei para a porta.

O restaurante Dal Fiume ficava a uma quadra do rio Tâmisa. A recepcionista nos conduziu até uma mesa pequena no canto do salão, longe de outros clientes; ela provavelmente achou que James e eu estávamos no nosso primeiro encontro, dada a distância óbvia que mantínhamos um do outro. Como se fosse noite, vários candeeiros antigos iluminavam o ambiente, e cortinas vermelhas pesadas envolviam o salão como um casulo. Em qualquer outro dia, eu teria achado o lugar intimista, mas hoje era simplesmente sufocante. Talvez aquela escolha tenha sido um pouco discreta *demais*, mas nós dois estávamos com fome e exaustos, e suspiramos ao nos sentar nas poltronas de couro, uma de cada lado da mesa.

Os cardápios cheios de opções eram uma boa distração, e por um tempo nenhum de nós dois falou uma palavra, exceto para a garçonete que nos trouxe água e, logo depois, duas taças de Chianti. Mas assim que ela serviu a taça na minha frente, eu me lembrei: minha menstruação. Ainda estava atrasada. Álcool. Gravidez.

Passei meu dedo pelo pé da taça, pensando no que deveria fazer. Eu não podia mandar voltar o vinho — James suspeitaria de algo, e eu não iria dividir isso com ele. Não ali, não naquele salão vermelho cretino que ameaçava asfixiar nós dois.

Pensei em Rose. Ela não tinha consumido álcool nas primeiras semanas de gravidez, antes de fazer um teste? A médica dela ainda não tinha preocupação alguma no estágio inicial.

Era suficiente para mim. Dei um gole de vinho, e então segui olhando o cardápio, mas sem ler nada do que estava escrito.

Alguns minutos depois, a garçonete anotou nosso pedido e levou os cardápios, e no mesmo instante eu senti falta da barreira protetora entre mim e James; não havia mais nada em que se concentrar, exceto um no outro. Estávamos sentados tão perto que eu conseguia ouvir a respiração dele.

Olhei diretamente para o meu marido, seu rosto ainda mais abatido naquela luz do que parecia mais cedo. Tentei não imaginar quando ele tinha feito a última refeição, pois parecia ter emagrecido alguns quilos. Tomei um gole de vinho para me encorajar e comecei:

— Eu estou com tanta raiva...

— Ouça, Caroline — ele me interrompeu, entrelaçando os dedos, como eu o via fazer ao telefone com clientes decepcionados. — Já está resolvido. Vamos transferi-la para outro departamento, e eu avisei a ela que, se entrar em contato comigo de novo, informarei ao RH.

— Ah, então a culpa é dela? O problema é dela? É você que está a poucos passos de virar sócio, James. Para mim, parece que o RH deve estar mais interessado no *seu* envolvimento. — Sacudi a cabeça, já frustrada. — E por que isso tem a ver com o seu *trabalho*? E o nosso casamento?

Ele suspirou e se inclinou para a frente.

— É lamentável que as coisas tenham vindo à tona desse jeito. — Uma escolha interessante de palavras; ele quis se isentar da responsabilidade. — Mas talvez não tenha sido tão ruim — acrescentou. — Talvez a gente possa extrair algo bom disso, para nós e para nossa relação.

— *Extrair algo bom disso* — repeti, chocada. — Que coisa boa você espera extrair disso?

A garçonete voltou com colheres enormes de massa, e as posicionou delicadamente diante de nós, e o silêncio entre os três era palpável e constrangedor. Ela logo saiu.

— Estou tentando ser sincero, Caroline. Estou aqui agora, dizendo a você que vou fazer terapia, vou investigar o meu ser a fundo, vou fazer o que for necessário.

Minha viagem sozinha a Londres tinha a intenção de ser uma sessão de terapia para mim — até, claro, James aparecer na porta do meu quarto de hotel. E a postura petulante dele estava me irritando ainda mais.

— Vamos começar com a investigação do seu ser agora mesmo — falei. — Por que você fez isso? Por que permitiu que a situação continuasse depois do evento? — Percebi que, apesar do meu desejo de saber os infames *o quê* e *como*, o que eu mais queria saber naquele momento era... *por quê*? Uma pergunta me atingiu de repente, algo que eu não tinha sequer considerado antes. — Você está com medo de ter um bebê? Foi por isso?

Ele olhou para baixo e sacudiu a cabeça em negação.

— De jeito nenhum. Eu quero um bebê tanto quanto você.

Um pequeno peso saiu de dentro de mim, mas a parte que queria resolver o problema desejava que ele dissesse sim; assim poderíamos segurar a verdade como um diamante, colocá-la diante da luz e lidar com a questão real.

— Então, por quê? — Resisti à vontade de entregar de bandeja a ele qualquer outra possibilidade, e levei a borda da taça de vinho de volta à minha boca.

— Acho que eu não estou completamente feliz — respondeu ele com a voz cansada, como se as palavras por si só o exaurissem. — Minha vida está tão estável, tão ridiculamente previsível.

— *Nossa* vida — corrigi.

Ele assentiu, concordando.

— Nossa vida, sim. Mas eu sei que você *quer* estabilidade. Você quer previsibilidade, e um bebê também precisa disso, e...

— *Eu* quero uma vida previsível? *Eu* quero uma vida estável?
— Sacudi a cabeça. — Não, você está muito enganado. Você não me apoiou quando eu quis me inscrever em Cambridge porque era longe demais. Você...
— Não fui eu que rasguei os papéis de inscrição — falou ele, com frieza na voz.

Irredutível, continuei:

— Você não quis ter filhos antes por causa do fardo de trabalhar muitas horas. Você me implorou para aceitar o emprego na fazenda porque era seguro, confortável.

James tamborilou os dedos na toalha branca.

— Foi você quem aceitou o emprego, Caroline, não eu.

Ficamos em silêncio enquanto a garçonete chegou com nossos pratos de massa. Observei a garçonete indo embora e reparei cuidadosamente na sua bunda perfeita e empinada, mas os olhos de James permaneceram vidrados em mim.

— Você nunca vai poder desfazer o que fez comigo — falei, empurrando meu prato intacto. — Você tem noção disso? Eu jamais vou esquecer. Vai ser uma cicatriz permanente em nós dois, se é que a gente vai conseguir ficar junto. Quanto tempo vamos levar para sermos felizes de novo?

Ele pegou um pedaço de pão do centro da mesa e colocou na boca.

— Isso é você quem decide. Eu já disse, a situação está encerrada. Foi um erro da minha parte, que estou me esforçando agora para consertar com você, minha esposa.

Imaginei cinco ou dez anos no futuro. Se James de fato permanecesse fiel a mim, talvez a outra mulher pudesse, algum dia, ser nada além de um erro do passado. Afinal de contas, uma vez eu tinha ouvido dizer que quase a metade dos casamentos enfrentam a infidelidade em algum momento. Mas recentemente eu tinha me dado conta de que aquela mulher não era a única fonte de infelicidade na minha vida. Ali, sentados um de frente para o outro à mesa, pensei em compartilhar meus sentimentos com ele, porém não conseguia mais enxergá-lo como um aliado a quem eu podia confidenciar meus pensamentos. Ele permanecia um adversário, e me senti protetora das verdades que tinha começado a descobrir na viagem.

— Eu vim para Londres para pedir desculpas — afirmou James.

— Não me importo com o resto da viagem. Os planos originais não importam. Por mim, podemos ficar no quarto e pedir comida chinesa.

Levantei minha mão no alto para que ele parasse de falar.

— Não, James. — Não importa o quanto ele estivesse vulnerável, os sentimentos dele eram a menor das minhas preocupações. Afinal, meus próprios sentimentos ainda estavam absolutamente destruídos. — Eu não estou nem um pouco feliz por você ter vindo até Londres sem me perguntar antes. Eu vim até aqui para processar o que você fez, e sinto como se você tivesse me perseguido. Como se não tivesse me dado sequer o direito de fugir.

Ele me encarou, perplexo.

— Como se eu tivesse perseguido você? Eu não sou um predador, Caroline. — Ele desviou os olhos e pegou o garfo, o rosto ficando vermelho. Colocou uma garfada enorme na boca, mastigou rápido e pegou mais uma. — Você é minha esposa e está em um país estrangeiro, sozinha, pela primeira vez na vida. Tem noção de como fiquei preocupado? Ladrões, ou algum tarado que percebesse que você está sozinha...

— *Minha nossa*, James, me dê algum crédito. Eu tenho bom senso. — Minha taça de vinho estava vazia, e fiz um gesto para que a garçonete trouxesse mais. — Se quer saber, está dando tudo certo. Não tive problema algum até agora.

— Que bom — admitiu ele, com o tom mais doce. Ele limpou os cantos da boca com um guardanapo. — Você está certa. Eu deveria ter perguntado se você acharia bom eu vir. Desculpe por não ter feito isso. Mas estou aqui agora, e a passagem de avião em cima da hora me custou três mil dólares. Um segundo voo de volta para casa não seria mais barato que isso.

Três mil dólares?

— Tudo bem — falei com os dentes trincados, ainda mais irritada por ele ter gastado aquele dinheiro todo em uma passagem de avião que sequer deveria ter comprado. — Podemos, então, concordar que, pelos menos nos próximos dias, vou ter tempo e espaço? Eu ainda tenho muita coisa para processar.

Embora eu já tivesse processado o suficiente para ver o quanto minha versão antiga havia sido enterrada, pensei, com tristeza.

Ele abriu a boca e suspirou.

— Mas deveríamos conversar sobre as questões difíceis, certo?

Sacudi minha cabeça lentamente.

— Não. Eu quero ficar sozinha. Você pode dormir no sofá do quarto, mas é o máximo que vai acontecer. Eu vim nessa viagem sozinha por um motivo.

Ele fechou os olhos, completamente decepcionado.

— Tudo bem — concluiu, afastando o prato com a metade da comida ainda. — Vou voltar para o quarto. Estou exausto. — Ele puxou algumas notas de vinte da carteira, deslizou-as para mim sobre a mesa e se levantou.

— Descanse — sugeri, meus olhos fixos na cadeira vazia dele.

Ele beijou o topo da minha cabeça antes de partir, e enrijeci na cadeira.

— Vou tentar — respondeu ele.

Não me virei para vê-lo partir. Em vez disso, terminei minha massa e minha segunda taça de Chianti. Após alguns minutos, vi a tela do meu celular acender em cima da mesa. Franzi a testa e li a nova mensagem de um número desconhecido.

Oi, Caroline! Fiz uma pesquisa um pouco mais apurada depois que vc saiu e consegui algumas infos na nossa base de dados de manuscritos. Pedi alguns materiais, vai levar uns dias. Quanto tempo vc fica na cidade? Bjs, Gaynor

Eu me ajeitei na cadeira e imediatamente enviei uma mensagem de volta para ela.

Oi! MUITO obrigada. Fico mais uma semana. Que tipo de doc?
Parece promissor?

Apoiei meus cotovelos na mesa, esperando uma resposta. Enquanto estávamos pesquisando juntas na biblioteca, ela tinha explicado que os manuscritos podem ser escritos à mão ou em material impresso. Será que ela havia localizado mais uma carta, mais uma "confissão no leito de morte" sobre a boticária? Abri a mensagem de resposta dela no instante em que chegou.

Os dois docs são boletins — uma espécie de periódico. Datados de 1791. Não fazem parte da nossa coleção digitalizada e pré-1800, e é por isso que não encontrei antes. Os metadados dizem que um dos docs inclui uma imagem. Quem sabe? Te mantenho informada!

Botei o telefone de lado. Uma novidade intrigante, claro, mas, enquanto eu olhava para o prato de James deixado pela metade e para o guardanapo sujo jogado em cima da mesa, assuntos mais importantes prendiam minha atenção. A garçonete ofereceu uma última taça de vinho e não aceitei; duas taças durante o almoço eram mais do que suficientes. Eu precisava parar e pensar por uns minutos apesar do ruído constante das conversas ao meu redor.

Segundo James, sua infidelidade vinha de um lugar de insatisfação com a natureza estável e previsível das nossas vidas. Era possível que estivéssemos igualmente descontentes com a rotina estagnada, e que as coisas tivessem finalmente chegado a um limite? E se fosse esse o caso, o que significava para o nosso desejo de ter um bebê num futuro imediato? Não acho que criança alguma gostaria de ter nós dois como pais no momento.

Um filho também precisaria de um lar estável, de um bom sistema escolar e de pelo menos um pai com renda. Não havia dúvidas de que nossa vida tinha se resumido a isso, mas tanto James quanto eu tínhamos compartilhado nossa insatisfação com os caminhos que havíamos escolhido. Onde na lista estava o *nosso* contentamento, a *nossa* alegria? Era uma atitude egoísta colocar nossa felicidade na frente das necessidades de outro ser humano, um ser que sequer existia?

Cercada pelos antigos prédios de tijolo de Londres, objetos misteriosos e mapas obsoletos, fui lembrada de por que, tanto tempo atrás, eu tinha me apaixonado por literatura britânica e pela obscuridade da história. A estudante jovem e aventureira que existia dentro de mim tinha começado a vir à tona novamente. Assim como o frasco que eu havia resgatado da lama, comecei a desenterrar algo que estava adormecido dentro de mim. E por mais que eu quisesse responsabilizar James por me manter nos Estados Unidos, na fazenda, eu não podia colocar a culpa toda nele; afinal de contas, como ele havia dito, era eu que tinha rasgado a inscrição do programa de pós-graduação de Cambridge. Era eu que tinha aceitado a oferta de emprego dos meus pais.

Sendo sincera, eu me perguntava se querer um bebê tinha sido um caminho subconsciente de mascarar a verdade: de que nem tudo na minha vida tinha sido como eu imaginava e que eu não vivia à altura do meu potencial. E, o pior de tudo, tinha medo de sequer tentar.

Enquanto eu ansiava pela maternidade, focando minha atenção total no meu *quem sabe um dia*, que outros sonhos tinham sido enterrados ou perdidos? E por que eu tinha esperado viver uma crise existencial para finalmente me fazer aquela pergunta?

17

ELIZA

9 de fevereiro de 1791

Como Nella prometera, as carruagens voltaram a circular ao raiar do dia. Pegamos a primeira que seguia para Londres. O veículo estava vazio, com exceção de nós duas, viajantes sujas e acabadas com nossos sacos de tecido imundos repletos de escaravelhos, muitos dos quais ainda vivos e quase sufocados dentro das bolsas amarradas com força.

Nenhuma das duas falou muito durante a viagem. No meu caso, era por conta do cansaço — eu mal tinha pregado o olho —, mas Nella tinha dormido bem, eu sabia, pois roncara alto durante a maior parte da noite. Talvez ela tenha permanecido em silêncio pelo constrangimento do que havia me revelado: seu amor por Frederick, o bebê fora do casamento, a perda terrível. Será que ela estava envergonhada de ter compartilhado demais da sua vida comigo, uma menina que ela pretendia mandar embora e não ver nunca mais?

A carruagem nos deixou na Fleet Street, e de lá caminhamos até a loja de Nella pela rua cheia de lama, passando por uma livraria, uma prensa de jornal e uma modista. Li um anúncio de extração dentária em uma janela — três xelins, incluindo uma dose de whisky de cortesia. Eu me retraí, virando o olhar para duas mulheres jovens em vestidos matinais de tons pastel que passaram por nós, os rostos pálidos cobertos de maquiagem. Ouvi parte da conversa delas — algo sobre a borda de renda de um novo par de sapatos — e percebi que uma das mulheres carregava uma sacola de compras.

Olhei para minha própria sacola, repleta de criaturas rastejantes. A importância da nossa tarefa iminente despertava terror em mim. Comprar os ovos para o sr. Amwell não me assustara tanto quanto aquilo; um guarda jamais questionaria uma menina com ovos. Mas, agora, um olhar rápido para as nossas sacolas de pano revelaria um conteúdo esquisito, de fato, e certamente despertaria um questionamento. Eu não tinha uma explicação pronta e resisti à vontade de olhar para trás na rua de pedras, pois alguém poderia estar seguindo nossos passos. A possibilidade de ser presa deve ser um fardo e tanto; como Nella carregava aquele peso todos os dias?

Seguimos caminhando rapidamente, dando voltas em cavalos amarrados e afastando galinhas, e eu não tinha muito a fazer além de temer a prisão iminente enquanto apressava o passo.

Finalmente chegamos à loja, e nunca na minha vida eu me sentira tão agradecida por estar em um beco vazio ocupado por nada além de sombras e ratos. Entramos pelo depósito da frente, seguimos até a porta escondida, e Nella imediatamente acendeu o fogo. Lady Clarence chegaria à uma e meia da tarde, e não tínhamos tempo a perder.

O cômodo esquentou em alguns minutos; suspirei aliviada por sentir o calor no rosto. Nella tirou nabos, maçãs e vinho da bancada e colocou-os em cima da mesa.

— Coma — disse ela.

Enquanto eu devorava a comida, faminta, ela continuou andando pela sala, coletando pilões, bandejas e baldes.

Comi tão rápido que uma dor de estômago terrível começou a se espalhar pela minha barriga. Eu me encolhi, na esperança de esconder dos ouvidos de Nella o barulho e os roncos que surgiam de dentro de mim, imaginando por um instante se, por acaso, ela havia *me* envenenado. Afinal, seria uma maneira conveniente de se livrar de mim. O pânico ocupou meu peito conforme a pressão aumentava, mas a sensação aliviou-se com um arroto.

Nella jogou a cabeça para trás, dando uma risada, a primeira vez que eu via alegria verdadeira em seus olhos desde que nos conhecemos.

— Está se sentindo melhor? — perguntou ela.

Assenti, reprimindo minha própria risada.

— O que está fazendo? — questionei, limpando um pedaço de maçã da boca. Ela tinha pegado uma das sacolas de escaravelhos e agora a chacoalhava intensamente.

— Estou deixando os bichos tontos — respondeu ela —, ou pelo menos os que ainda estão vivos. Vamos colocá-los nesse balde primeiro, pois não é fácil controlar uma centena de escaravelhos tentando se salvar, todos ao mesmo tempo.

Peguei a outra sacola, imitando o que ela havia feito, e chacoalhei os escaravelhos com toda a minha força. Eu podia ouvi-los batendo dentro da sacola e, sinceramente, senti um pouco de pena deles.

— Agora jogue-os aqui dentro. — Ela deslizou o balde na minha direção com o pé. Desamarrei cuidadosamente o cordão da parte de cima da sacola, trinquei os dentes e a abri. Eu ainda não tinha olhado com atenção dentro dela e temi o que iria encontrar.

Estimei que metade dos escaravelhos já estariam mortos — eles pareciam pedras, só que com olhos e perninhas —, e a outra metade mostrou um pouco de resistência quando os despejei, com seus corpos preto-esverdeados se amontoando dentro do balde de latão. Nella despejou sua sacola em seguida, e então levantou o balde, caminhou até o fogão e colocou-o em cima da grade sobre o fogo.

— Agora vai torrá-los? É simples assim? — perguntei.

Ela sacudiu a cabeça em negação.

— Ainda não. O calor do fogo irá matar os que ainda estão vivos, mas nós não podemos torrá-los nesse balde, ou vamos acabar servindo algo como um ensopado de escaravelho.

Eu inclinei minha cabeça, confusa.

— Um ensopado?

— Os escaravelhos têm água dentro do corpo, assim como você e eu. Eliza, você já trabalhou em uma cozinha. O que acontece se colocar uma dúzia de peixes em uma panela pequena sobre o fogo? Os peixes de baixo vão ficar crocantes e sequinhos, como seu patrão devia gostar?

Fiz que não com a cabeça, entendendo finalmente.

— Não, ficariam empapados e molhados.

— E você consegue imaginar como se transforma um peixe empapado e molhado em um pó? — Ao ver meu sorriso, ela continuou. — O mesmo ocorre com esses escaravelhos. Eles irão cozinhar no vapor se forem todos colocados no fogo juntos. Vamos torrá-los em uma panela bem maior, um punhado por vez, para garantir que fiquem crocantes e secos.

Um punhado por vez, pensei comigo mesma. *E são mais de cem escaravelhos?* Isso deve demorar tanto tempo, ou mais, do que a colheita desses bichinhos.

— E depois que ficarem crocantes?

— Depois, um por um, iremos moê-los com um pilão, até que o pó esteja tão fino que uma pessoa não consiga enxergá-lo dentro da água.

— Um por um — repeti.

— Um por um. E é por isso que é melhor que Lady Clarence não chegue antes do combinado, pois vamos usar até o último segundo para terminar a tarefa.

Lembrei-me do momento em que Nella jogou seu pó de escaravelho dentro do fogo, causando uma erupção de chama verde; que coragem ela deve ter tido para jogar o trabalho de um dia inteiro pelos ares. Até agora, não havia ficado claro para mim por que ela era tão contra assassinar a amante de um lorde — por que ela resistia tanto à ideia da morte de uma mulher.

Imaginei como o dia que tínhamos pela frente seria tedioso e me forcei a ficar animada. Nella havia dito que não me queria na loja depois que terminássemos o trabalho. Mas talvez, se meu desempenho fosse muito bom, ela pensasse melhor e me deixasse ficar. A ideia me deu forças, pois o sangramento quente e vermelho da minha barriga tinha finalmente cessado, deixando o rastro de uma sombra acobreada, e isso só podia significar uma coisa: o espírito do sr. Amwell tinha decidido sair do meu corpo e me esperar do lado de fora. Mas onde? Só havia um lugar possível, o lugar para onde ele sabia que eu retornaria: a solitária casa dos Amwell, na Warwick Lane.

Ah, eu realmente preferia ficar torrando milhares de escaravelhos do que colocar meus pés de volta na residência do meu patrão morto. Quem poderia saber de que forma horrorosa ele se manifestaria da próxima vez?

Faltando doze minutos para a chegada da Lady Clarence, uma tempestade terrível caiu lá fora. Mas mal nos demos conta, pois estávamos inclinadas sobre os almofarizes, moendo os escaravelhos no pó mais fino possível.

Se Nella pretendia me mandar embora antes que a Lady Clarence retornasse, agora devia ser um pensamento distante; seria impossível que ela terminasse a tarefa sem a minha ajuda. Faltando seis minutos, Nella me pediu para escolher um recipiente — qualquer frasco do tamanho adequado serviria, ela me instruiu, e permaneceu com a cabeça abaixada, olhos focados e suor escorrendo nos braços enquanto batia o pilão com força contra o almofariz.

Uma e meia da tarde, Lady Clarence chegou, nem um segundo atrasada. Nenhuma cortesia foi feita na chegada dela. Quando entrou na loja, seus lábios estavam duros e os ombros, bem eretos.

— Está tudo pronto? — perguntou ela. Pingos de chuva escorriam pelo seu rosto como lágrimas.

Nella estava varrendo debaixo da mesa enquanto eu despejava cuidadosamente o restante do pó dentro de um frasco de barro claro que havia encontrado no armário debaixo da bancada. Eu tinha acabado de fechar o frasco, e a rolha ainda estava quente dos meus dedos quando Nella respondeu que sim enquanto eu passava gentilmente, com a maior delicadeza possível, o frasco para as mãos da Lady Clarence. Ela o apertou contra o peito no mesmo instante, escondendo-o debaixo do casaco. Eu não me importava com a pessoa que iria ingerir aquele pó, pois minha lealdade não era tão rígida quanto a de Nella. Não pude evitar o orgulho que sentia dentro do peito por conta das muitas horas que passamos preparando o pedido. Eu não me lembrava de já ter me sentido tão orgulhosa, nem mesmo após escrever longas cartas para a sra. Amwell.

Lady Clarence passou uma nota de dinheiro para Nella. Não consegui ver o valor, mas também pouco me importava.

Quando ela se virou para ir embora, Nella pigarreou.

— A festa ainda será hoje à noite? — perguntou ela. Em sua voz, havia um fio de esperança, e eu suspeitava de que ela estivesse rezando para que todo o plano fosse por água abaixo por conta do tempo ruim.

— Você acha que eu teria corrido até aqui na chuva se não fosse? — retrucou Lady Clarence. — Ah, não seja tola — acrescentou ela, vendo o semblante de Nella. — Não será você que colocará o pó na bebida da srta. Berkwell. — Ela fez uma pausa, pressionando os lábios. — Eu só rezo para que ela beba tudo bem rápido e que possamos acabar logo com isso.

Nella fechou os olhos como se aquelas palavras a deixassem enjoada.

Depois que a Lady Clarence foi embora, Nella andou lentamente até onde eu estava sentada na mesa, acomodou-se na sua cadeira e puxou o livro de registros para si. Molhou a pena na tinta com uma lentidão que eu nunca tinha visto dominá-la, como se o fardo daquelas horas tivesse, finalmente, a atingido. Imaginei as incontáveis poções venenosas que ela já havia preparado, e ainda assim aquela poção específica pesava tanto em seu coração. Eu não conseguia entender.

— Nella — falei —, você não deveria se sentir tão mal. Ela teria arruinado a sua vida se você não preparasse os escaravelhos.

Ao meu ver, Nella não tinha feito nada errado. De fato, ela tinha acabado de salvar *inúmeras* vidas, incluindo a minha. Como não conseguia enxergar isso? Nella hesitou ao ouvir as minhas palavras, com a pena ainda nas mãos. Mas sem responder nada, pousou a ponta da pena no pergaminho e começou a escrever.

Srta. Berkwell. Amante e prima do Lorde Clarence.
Cantáridas. 9 de fevereiro de 1791. Aos cuidados da esposa do Lorde, Lady Clarence.

Na última palavra, ela segurou a pena no papel e suspirou, e eu tive certeza de que estava prestes a chorar. Por fim, colocou a pena de lado, e uma sequência de trovões ecoou em algum lugar lá fora. Ela se virou para mim, com os olhos sombrios.

— Minha querida menina, é só que... — Ela hesitou, pensando bem nas palavras que diria. — É só que eu nunca senti essa sensação antes.

Comecei a tremer, como se um arrepio tivesse invadido o cômodo.

— Que sensação?

— Uma sensação de que algo muito, muito errado está prestes a acontecer.

No momento de silêncio que se seguiu — pois eu não sabia como responder àquela afirmação assustadora —, eu me convenci de que um mal sem nome e invisível havia atingido a nós duas. Será que o espírito do sr. Amwell tinha começado a assombrá-la também? Meus olhos se fixaram no livro gasto e cor de vinho que ainda pousava sobre a mesa. *O livro de magia*. Nella tinha dito que aquele livro era para parteiras e curandeiras, mas dentro da contracapa havia o endereço da livraria onde fora comprado — um local onde eu provavelmente encontraria mais volumes sobre o mesmo assunto.

Se o meu medo do espírito do sr. Amwell era motivo suficiente para ir à livraria, a sensação de Nella de um mal iminente era motivo para nos apressarmos.

O som abafado de chuva permanecia; a tempestade ainda não tinha parado. Se Nella realmente me mandasse embora, eu passaria uma noite longa e encharcada nas ruas sujas de Londres. Eu não voltaria para a casa dos Amwell, ainda não, e duvidava que teria coragem de entrar na surdina no galpão de um estranho, como Nella costumava fazer.

— Pretendo ir à livraria amanhã de manhã, assim que a chuva parar — eu disse a ela, apontando para o livro de magia.

Ela levantou as sobrancelhas para mim, um olhar cético que eu começava a reconhecer.

— Você ainda quer procurar uma poção para retirar os espíritos da casa?

Fiz que *sim* com a cabeça, e Nella deu um resmungo baixinho, e então cobriu um bocejo com a mão.

— Pequena Eliza, é hora de você ir embora. — Ela se aproximou de mim, com pesar nos olhos. — Você deve voltar para a casa dos Amwell. Sei que está com muito medo, mas eu lhe garanto que seu temor é desnecessário. Talvez quando você adentrar a porta e declarar que voltou, qualquer reminiscência do espírito do sr. Amwell, real ou imaginária, se liberte, assim como seu coração pesaroso.

Olhei para ela, sem palavras. Eu sempre soube de uma possível dispensa, mas quando ela a declarou mal pude acreditar que ela tivera a ousadia de me mandar embora com tanta facilidade — e no meio da chuva. Afinal de contas, eu tinha moído mais escaravelhos do que ela; ela não poderia ter feito nada daquilo sem mim.

Eu me levantei da minha cadeira, o peito quente e retumbante, e senti um início infantil de lágrimas se formando.

— Você n-não quer mais me ver — gaguejei, deixando um soluço escapar, enquanto percebia de repente que eu não estava triste por estar sendo expulsa daquele lugar, e sim por nunca mais ver minha nova amiga.

Pelo menos eu soube que ela não era feita de pedra, pois Nella se levantou da cadeira, veio até mim e me envolveu em um abraço apertado.

— Eu não desejo a você uma vida de despedidas, como a que eu vivo. — Ela tirou meu cabelo do rosto com o dorso da mão. — Mas você é uma menina boa e eu não sou o tipo de companhia para você. Agora vá, por favor. — Ela pegou o livro de magia de cima da mesa e entregou-o nas minhas mãos. E então, de forma abrupta, se afastou, andou até o fogo e não olhou mais para mim.

Mas, enquanto eu saía pela porta escondida e me afastava dela para sempre, não consegui evitar e olhei para trás uma última vez. O corpo de Nella estava curvado sobre o calor do fogo, como se ela fosse se permitir cair dentro dele, e em meio à sua respiração de exaustão, eu tive certeza de ouvi-la chorando.

18

CAROLINE
Dias atuais, terça-feira

Naquela noite, depois de escurecer, saí do quarto do hotel no maior silêncio possível, com cuidado para não acordar James, que dormia profundamente no sofá. Deixei um bilhete objetivo ao lado da TV — *Saí para jantar. C* —, e desejei que ele não acordasse e visse o bilhete tão cedo.

Fechei a porta delicadamente, esperei com impaciência o elevador vazio e apressei o passo para sair do saguão do hotel. Sob meus pés, o chão de mármore reluzia como um espelho, polido e brilhoso. Procurei meu próprio reflexo, o rosto iluminado com uma animação destemida que eu não sentia havia anos. Peguei uma maçã e uma garrafa d'água de cortesia em cima de uma mesa no saguão e guardei na minha bolsa transpassada, mas não saquei o telefone nem um mapa; eu já havia feito aquele caminho a pé antes.

Por conta da hora, as ruas não estavam movimentadas como no dia anterior; havia poucos carros e pouquíssimos pedestres. Caminhei rapidamente até o Beco do Urso mais uma vez, o ar do fim de tarde calmo e frio ao meu redor enquanto eu passava pelas mesmas latas de lixo e embalagens de fast-food que tinha visto de manhã cedo, cada objeto congelado no tempo, como se nem uma brisa tivesse passado por ali desde a minha última visita.

Com a cabeça baixa, andei até o fim da viela e fiquei quase surpresa ao ver aquilo de novo: o portão de aço apoiado dos dois lados em pilares de pedra, a clareira com mato alto e — estiquei meu pescoço para enxergar sobre o portão —, sim, a porta. Ela já tinha ganhado uma nova importância, por causa do tempo que eu tinha passado examinando os mapas antigos com Gaynor na Biblioteca Britânica. Eu me senti como se conhecesse alguns segredos daquela área: que ali perto existia uma pequena rua de passagem de pedestres chamada Beco dos Fundos; e que logo no final dela havia um local chamado Fleet Prison; e até a Farringdon Street, a avenida principal a alguns passos dali, tinha um nome diferente. Será que tudo havia se reinventado ao longo dos anos? Estava começando a parecer que todas as pessoas, todos os lugares, carregavam uma história não contada repleta de verdades há tempos enterradas, que jaziam logo abaixo da superfície.

Naquela manhã, eu tinha ficado aliviada com a existência das janelas dos prédios que circundavam o Beco do Urso, caso o encanador resolvesse se aproximar demais. Mas agora eu não queria ser vista, por isso saí do hotel depois de escurecer. O céu estava um cinza-chumbo, somente um pequeno vestígio dos últimos raios de sol irradiando do oeste. Algumas janelas dos edifícios nos arredores estavam com as luzes acesas, e dentro de um dos prédios eu conseguia ver mesas e computadores e um painel da bolsa de valores com letras e símbolos em vermelho piscando pela tela. Felizmente, nenhum funcionário fazia hora extra lá dentro.

Olhei para baixo. Na base do portão trancado havia uma pequena placa vermelha e branca que eu não tinha visto de manhã: NÃO ULTRAPASSE. ORD. 739-B. Eu me arrepiei de nervoso.

Esperei um minuto; não houve nenhum som nem movimento além de uma dupla de pardais esvoaçando. Apertei a alça da minha bolsa, pisei na base bamba do pilar de pedra e me ergui até o topo, me equilibrando de forma precária. Se tivesse algum momento para mudar de ideia, seria agora. E, mesmo assim, eu *ainda* podia inventar uma desculpa ou explicação. Mas uma vez que passasse minhas pernas para o outro lado e pulasse dentro do terreno, já era. Invasão era invasão.

Mantendo meu centro de gravidade baixo para não escorregar, girei o corpo de um jeito esquisito para que minhas pernas ficassem do outro lado. E, então, olhando uma última vez para trás, pulei.

Foi uma aterrissagem firme e silenciosa, e se tivesse fechado os olhos, poderia ter me convencido de que nada havia mudado — exceto, é claro, o fato de eu ter infringido a lei. Mas a decisão já tinha sido tomada.

Apesar do escuro, eu me agachei um pouco e atravessei a distância da clareira em alguns passos largos, encaminhando-me para o arbusto que ficava exatamente na frente da porta. Os galhos, sem flores nem botões, estavam cobertos de folhas verde-amarronzadas que pinicavam e de espinhos grandes. Xinguei baixinho, peguei meu telefone dentro da bolsa e liguei a lanterna. Ajoelhei na terra, usando a mão para afastar com cuidado os galhos espinhosos.

Um espinho afiado espetou a palma da minha mão e a levantei rapidamente: estava pingando sangue, então levei a ferida à boca para parar o sangramento, enquanto usava a lanterna para olhar melhor por trás do arbusto. Os tijolos avermelhados da fachada do prédio estavam desgastados pelo tempo, e uma hera verde manchada tinha se estabelecido em diversas partes, mas logo atrás do arbusto estava a porta de madeira que eu tinha visto de manhã.

A adrenalina tomou conta do meu corpo. Desde que havia saído do hotel, até ali no começo da noite, parte de mim acreditava que aquele momento não aconteceria de verdade. Talvez o Beco do Urso estivesse fechado para obras, ou estaria escuro demais para conseguir enxergar a porta, ou eu simplesmente perderia a coragem e iria embora. Mas agora eu estava dentro da clareira, fosse em função da minha coragem ou da minha estupidez, e a porta ficava a alguns centímetros de distância. Não vi cadeado algum, só uma única dobradiça amassada no canto esquerdo. Um belo empurrão parecia o bastante para abri-la.

Minha respiração ficou mais rápida. Sinceramente, eu estava com medo. Vai saber o que havia atrás daquela porta. Como a personagem principal de um filme de terror, tive certeza de que o certo a fazer era correr dali. Mas estava cansada de fazer a coisa *certa*, cansada de escolher o caminho prático, responsável e sem riscos.

Já era hora de fazer o que eu *queria* estar fazendo.

Eu ainda estava apegada à fantasia de que iria resolver o mistério da boticária. Após debater com James sobre meu trabalho na hora do almoço — e nosso futuro instável —, não conseguia deixar de pensar na oportunidade que se apresentaria se eu descobrisse algo histórico atrás daquela parede. A minha motivação ia muito além da abertura da porta daquele prédio; quem sabe eu estivesse abrindo a porta para uma nova carreira, a carreira que eu desejava havia tanto tempo.

Sacudi a cabeça para espantar aquela ideia. Além do mais, o encanador tinha dito que a porta provavelmente daria em um porão antigo. As chances de que toda a descoberta fosse um anticlímax e que eu estaria comendo uma fatia de pizza dali a vinte minutos eram enormes. Olhei na direção do portão, na esperança de que fosse fácil escalar o pilar de pedra do lado de dentro.

Cheguei à conclusão de que seria melhor usar as costas e os ombros em vez das minhas mãos desprotegidas para empurrar os galhos com espinhos. Recuei com cuidado para trás do arbusto, conseguindo me manter praticamente ilesa, coloquei as mãos na porta gelada de madeira e hesitei. Acalmei minha respiração, me preparando para o que poderia encontrar do outro lado, e forcei a porta para dentro.

Ela se mexeu um pouquinho, o suficiente para que eu soubesse que não estava trancada. Dei um segundo empurrão, depois um terceiro, e então coloquei o pé contra a porta e fiz toda a força que consegui com minha perna direita. Por fim, a porta desencaixou com um rangido. Fiz uma careta ao perceber, tarde demais, que não teria como colocá-la de volta na mesma posição quando eu terminasse.

Com a porta aberta, uma atmosfera seca e amadeirada tomou conta de mim, e alguns insetos, incomodados em seu marasmo, fugiram. Levantei meu telefone para observar rapidamente a abertura oca e escura, e suspirei de alívio; nenhum rato, nenhuma cobra, nenhum cadáver.

Dei um passo incerto adiante, arrependida de não ter levado uma lanterna de verdade. Mas, de novo, eu realmente não achava que chegaria tão longe. Conferi o recurso de lanterna no meu telefone para ver se havia uma maneira de aumentar a luminosidade, e xinguei quando vi o topo do canto direito na minha tela: minha bateria, que estava cheia quando saí do hotel, agora tinha cinquenta e cinco por cento. Aparentemente, a lanterna usava muita bateria.

Apontei a luz para a abertura escura, apertando os olhos para identificar um corredor que se estendia na minha frente. Parecia um corredor baixo ou um porão, como o encanador havia dito. O local tinha somente alguns metros de largura, mas não consegui determinar a profundidade, por causa da pouca luz.

Conferi a porta para garantir que ela não fecharia por algum motivo, e dei mais alguns passos adiante, iluminando o caminho à frente.

Em um primeiro momento, não pude evitar a decepção que se instalou em mim; não havia muito para ver. O corredor tinha um chão de terra batida com algumas pedras espalhadas e não apresentava nenhum maquinário, ferramenta nem mais nada que os donos do prédio achassem necessário guardar lá dentro. Mas pensei novamente nos mapas que Gaynor tinha me mostrado pela manhã e na forma como o antigo Beco dos Fundos saía em um caminho sinuoso do Beco do Urso, que virava a partir de diversos ângulos de noventa graus, quase como degraus. Mais à frente, pude ver que o caminho mal iluminado fazia suas próprias curvas; e, embora eu não tivesse desejo algum de me aventurar nos fundos daquele corredor, meu coração acelerou dentro do peito.

Não havia dúvidas de que aquele era o Beco dos Fundos — ou pelo menos o que havia restado dele.

Sorri, orgulhosa de mim mesma, imaginando o que Alf Solteiro diria se estivesse ali. Ele provavelmente se apressaria, em busca de objetos antigos.

Antes mesmo que eu pudesse ver, senti uma rajada de ar passando por mim e levantei a luz na direção dela. Outra porta estava entreaberta logo à frente, o ar de dentro do cômodo sendo sugado para fora, provavelmente pelo vácuo que eu havia criado ao abrir a porta de entrada. Meus ombros se arrepiaram, e pulei com o toque sutil de um fio de cabelo no meu pescoço. Cada músculo do meu corpo estava tenso, pronto para correr ou gritar — ou olhar mais de perto.

Até o momento, minha invasão tinha me levado a uma jornada bastante imprevisível. Eu sabia que a porta externa existia e suspeitava que ela levasse a um corredor sinuoso — uma rua encoberta de construções, de acordo com Gaynor — e senti que havia uma boa chance de que o corredor não fosse tão interessante quando eu entrasse.

Até então, tudo era verdade. Mas e *aquela* porta? Ela não aparecia no mapa.

Eu queria desesperadamente espiar lá dentro, e disse a mim mesma que era a única coisa que faria ali. A porta já estava entreaberta — nada de chutes e empurrões —, então resolvi apontar a lanterna do meu telefone para dentro do cômodo, olhar rapidamente ao redor e ir embora. E, também — chequei a bateria do celular, que estava em trinta e dois por cento —, eu não tinha muito tempo para me prolongar, a não ser que quisesse ficar no escuro.

— *Nossa* — comentei comigo mesma quando adentrei o cômodo, certa de que eu estava oficialmente louca. Aquilo não era algo normal que as pessoas faziam, certo? Eu sequer saberia dizer se ainda estava ali pela boticária. Eu estava pesquisando a história dela ou tinha me tornado uma dessas pessoas que se embrenham em aventuras imprudentes em busca de adrenalina após uma grande perda?

Se algo acontecesse comigo — se eu escorregasse ou fosse picada por um animal ou pisasse em alguma tábua solta —, ninguém sequer saberia. Ficaria ali, estirada morta sem ser descoberta por sabe-se lá quanto tempo, e James com certeza acharia que eu o tinha deixado para sempre. Essa percepção, somada ao meu telefone que morria rapidamente, dificultou que o batimento do meu coração se acalmasse. Resolvi, então, olhar lá dentro e ir embora.

Empurrei a segunda porta completamente. Ela deslizou com facilidade na dobradiça, que não estava empenada e enferrujada como a da porta externa e parecia ter permanecido bastante seca e intacta. Logo após o batente, movi meu telefone de forma circular na frente do corpo para enxergar o que havia lá dentro. O cômodo era pequeno, uns três metros quadrados, e o chão estava imundo, assim como todo o resto do aposento. Não havia nenhum caixote, nenhuma ferramenta, nenhuma instalação antiga. Nada.

Mas na parede dos fundos... havia algo diferente. Enquanto as paredes dos dois lados do cômodo eram de tijolos, similares à parte externa do prédio, a parede dos fundos era feita de madeira. Algumas prateleiras estavam pregadas nela, como se um dia tivesse sido uma biblioteca ou um armário. Dei alguns passos adiante, curiosa para ver se havia alguma coisa nas prateleiras: livros antigos ou utensílios, qualquer vestígio esquecido do passado. Mais uma vez, quase nada de interessante. A maioria das prateleiras estava empenada e quebrada, e algumas haviam despencado completamente e estavam estiradas no chão perto do centro do cômodo.

E, ainda assim, havia algo estranho naquela estrutura. Eu não conseguia encostar nela, então recuei e considerei a parede de prateleiras como um todo. Uma lembrança do passeio de caça a relíquias voltou à minha cabeça, as palavras misteriosas de Alf Solteiro: *vocês não estão procurando por algo tanto quanto estão procurando pela inconsistência das coisas, ou pela ausência.* Franzi a testa, certa de que havia algo peculiar no que eu via agora. Mas o que era?

Percebi, logo de cara, que a maior parte das prateleiras caídas no chão vinha de uma seção específica da parede — do lado esquerdo. Naquele lado, em vez de estarem seguras, a maioria das prateleiras estava entulhada e despencada no chão. Dei um passo à frente, usando minha lanterna para inspecionar a parede. Somente uma prateleira do lado esquerdo permanecia intacta, então eu a sacudi; a prateleira balançou com facilidade na minha mão, tão solta que tive certeza de que dava para arrancá-la sem grandes dificuldades. Por que será que a parte esquerda da parede tinha ficado sem as prateleiras? Era como se elas não tivessem sido instaladas corretamente, ou a estrutura por trás fosse inadequada...

Fiquei sem reação quando me dei conta, cobrindo a boca com a mão. O espaço onde as prateleiras haviam sido retiradas era quase da minha altura e pouco mais largo do que eu. Instintivamente, dei um passo para trás.

— Não — falei, involuntariamente, a palavra ecoando naquele pequenino espaço. — Não, não, não. Não pode ser. — E ainda assim, eu soube no minuto em que as palavras saíram da minha boca que eu tinha encontrado algo. Uma porta escondida.

Para os homens, um labirinto. A primeira frase do bilhete do hospital surgiu na minha memória, e entendi, de repente, o que significava: aquela porta, se de fato levasse a algum lugar, deveria permanecer fechada como a estrutura de um armário. Se alguém hoje — talvez a vigilância de um prédio — tivesse algum motivo para entrar ali, certamente perceberia a estranheza, como eu tinha percebido. Mas ao ver as prateleiras despencadas bem na minha frente, ficava claro que nenhuma alma pisava ali havia décadas. E que ninguém tinha descoberto, muito menos aberto, aquela porta interna.

Eu me agachei e procurei uma maçaneta, mas não achei nada. Apoiei a mão direita contra a parede, saltando ao sentir a textura pegajosa e grudenta de uma teia de aranha nos dedos. Resmunguei, limpei minha mão na calça e usei a lanterna do telefone para iluminar a prateleira intacta e solitária. E então, vi: debaixo da prateleira havia uma pequena alavanca, visível somente por causa da madeira desgastada. Eu a troquei de posição e dei mais um empurrão na parede.

Com nada mais que um leve rangido, como se estivesse agradecida por finalmente ser descoberta, a porta escondida deslizou para o lado e se abriu.

Com uma mão trêmula contra a parede, agarrei meu telefone com a bateria morrendo e o levantei. Na minha frente, o feixe de luz perfurou a escuridão. E então, em silêncio, chocada e incrédula, absorvi o que estava diante de mim: tudo o que havia sido perdido e enterrado muito tempo atrás.

19

ELIZA

10 de fevereiro de 1791

Acordei numa manhã seca e límpida ao som de uma carruagem, suas rodas de ferro batendo contra a rua de pedra. Eu tinha dormido a uma rua de distância da loja de Nella, debaixo da cobertura de proteção nos fundos da Passagem de Bartlett. Era um local mais úmido e menos confortável do que o galpão onde eu havia descansado duas noites antes, mas ainda assim melhor do que meu quarto quente na casa mal-assombrada dos Amwell.

Assim que acordei, fiquei apreensiva para saber se as dores do sangramento da barriga haviam passado — se o espírito do sr. Amwell, não mais enganado, tinha retornado para dentro de mim. Mas não foi o caso. As dores não voltaram durante um dia inteiro e o fio de sangue tinha se reduzido a quase nada. E embora isso me deixasse feliz, eu tinha certeza de que o sr. Amwell estava esperando por mim em algum lugar. Aquela ideia me irritava; ele até podia ter sido meu patrão no passado, mas agora não era mais. Eu não era um brinquedo dele, sua diversão na morte.

Também pensei na festa da Lady Clarence na noite anterior. Se tudo tivesse saído conforme o planejado, àquela altura a srta. Berkwell deveria estar morta. Uma visão assustadora, mas me lembrei do que Nella havia me dito sobre traição e vingança como remédio. Talvez agora, sem a presença indesejável da srta. Berkwell,

Lady Clarence conseguisse achar uma solução para recuperar seu casamento e ter um bebê.

Com o corpo fraco, eu me levantei do chão e ajeitei minhas anáguas, que estavam encardidas e precisavam ser lavadas. Passei a mão sobre a capa do livro dentro do bolso do meu vestido: o livro de magia. Localizar o endereço indicado na contracapa era minha principal tarefa, pois eu não tinha mais no que depositar esperanças, e nenhuma outra maneira de livrar a casa dos Amwell dos fantasmas.

Comecei a traçar meu caminho até a livraria na Basing Lane. A noite mal dormida tinha me deixado um pouco selvagem, como um animal. Minhas mãos tremiam e uma dor de cabeça latejava atrás dos meus olhos conforme as pessoas se moviam perto de mim numa neblina úmida. Garotos levando recados corriam em suas carroças, peixeiros expulsavam as gaivotas e um senhor idoso batia no dorso do seu cabrito com uma vara frouxa. Meus dedos dos pés empurravam o bico dos meus sapatos apertados e desconfortáveis, e eu não conseguia ignorar a tentação momentânea de voltar para casa, ou mesmo de ir ao escritório de cadastro de empregados, onde a sra. Amwell havia me encontrado da primeira vez. Eu era cem vezes mais qualificada agora do que naquela época. Primeiro, eu era letrada; sabia ler e escrever, e havia sido empregada por uma família rica. Certamente minhas habilidades seriam valorizadas em algum outro lugar, em uma casa que não estivesse repleta de espíritos desassossegados.

Pensei nisso enquanto caminhava até a livraria de magia, mas a ideia rapidamente se esvaiu quando me lembrei dos muitos motivos que me faziam não cogitar ir embora — o maior deles, a minha devoção à sra. Amwell. Ela voltaria de Norwich em algumas semanas, e até lá eu esperava já ter expulsado o sr. Amwell e Johanna da casa de uma vez por todas. Ademais, eu não podia imaginar outra menina escrevendo as cartas da minha patroa. Considerava aquela uma tarefa muito especial, reservada somente a mim.

E um espírito também conseguia se movimentar; se o espírito do sr. Amwell tinha conseguido me encontrar e me seguir até a loja de Nella, o que o impediria de me assombrar por toda a cidade?

Nem mesmo ir embora de Londres e voltar para Swindon resolveria o problema, pois era impossível fugir de algo que podia levitar e atravessar paredes. Se eu não podia fugir do espírito dele, tinha que descobrir um jeito de dissipá-lo.

Havia tanto em risco, e me livrar do espírito do sr. Amwell era tudo o que importava para mim agora. Então, fiquei aliviada quando finalmente cheguei a Basing Lane, torcendo para que eu encontrasse a livraria com facilidade. Mas minha alegria não durou muito; meus olhos observaram cada uma das vitrines — um armarinho, uma padaria, entre outras lojas — e fechei a cara. A livraria não estava lá. Andei mais uma quadra, refiz meus passos e até olhei nas lojas do outro lado da rua. Enquanto procurava, eu me sentia acometida por inúmeros desconfortos: lágrimas escorrendo dos olhos, ar gelado queimando minha garganta, uma bolha estourada ardendo na sola do meu pé.

Quando cheguei novamente ao fim da Basing Lane, o barulho do vento passando entre os prédios chamou minha atenção. No fim da rua havia uma viela estreita, e de um dos lados havia um prédio com uma placa de madeira: Loja de Livros e Brinquedos. Não podia acreditar; a livraria, pela qual eu havia passado diversas vezes, estava escondida atrás de outras vitrines, como se quisesse ficar disfarçada. Se Nella estivesse ali, teria ficado decepcionada por eu não ter desvendado o mistério antes.

Segurei a maçaneta e entrei na loja. Não era um local grande, mais ou menos do mesmo tamanho da saleta de estar da sra. Amwell, e estava deserta, salvo por um único homem no balcão, com o rosto enfiado nas páginas de um livro grosso. A cena me deu um momento para observar o local ao meu redor, que era constituído por diversas prateleiras de bugigangas e brinquedos empoeirados na parte da frente da loja e uma pequena área de livros nos fundos, atrás do atendente. A loja era úmida e tinha cheiro de fermento, provavelmente por causa da padaria que havia ali perto. Fechei a porta e o sino tocou baixinho.

O atendente olhou para mim por cima dos óculos, erguendo a sobrancelha.

— Como posso ajudá-la? — Sua voz falhou na última palavra. Ele era jovem, apenas alguns anos mais velho do que eu.

— Os livros — respondi, apontando na direção das prateleiras. — Posso dar uma olhada neles?

Ele assentiu e voltou a atenção para o próprio livro. Atravessei o salão em apenas quatro ou cinco passos. Ao me aproximar das prateleiras, vi que cada uma delas tinha uma pequena placa indicando o assunto. Entusiasmada, eu as li: HISTÓRIA E ARTES MÉDICAS E FILOSOFIA. Olhei tudo rapidamente, imaginando se o livro de magia das parteiras estaria na seção de Artes Médicas ou se também haveria uma prateleira com livros sobre o oculto.

Fui até uma segunda estante de livros. Eu me agachei para visualizar melhor as pequenas placas nas prateleiras próximas ao chão, e quase engasguei; ali, no nível mais baixo, na única prateleira menor, havia uma placa que dizia ARTES DE MAGIA. Não havia mais do que uma dúzia de volumes sobre o assunto, e eu pretendia inspecioná-los um a um. Comecei com o livro na extrema esquerda, abrindo-o nas minhas mãos, mas me arrepiei ao ver as imagens impressas nas primeiras páginas: pássaros pretos enormes com espadas gigantescas enfiadas em seus corações; triângulos e círculos em uma variedade de padrões esquisitos; e uma passagem extensa escrita em uma língua que eu não entendia. Eu o devolvi cuidadosamente ao seu lugar, na esperança de ter um pouco mais de sorte a seguir.

O livro seguinte tinha a metade do tamanho do primeiro, tanto em altura quanto em largura, com a lombada macia e cor de areia. Folheei diversas páginas até encontrar o título, impresso em uma fonte pequena e uniforme: *Feitiços para a dona de casa moderna*. Fiquei feliz em descobrir que ele parecia ser escrito todo em inglês — nada de símbolos estranhos —, e as primeiras páginas revelavam uma quantidade considerável de "receitas" do dia a dia, embora não ensinassem a fazer um pudim ou um ensopado:

Elixir para eliminar a tendência à mentira em uma criança

Mistura para designar o sexo de um neném dentro do útero

Tintura para criar grandes fortunas em quinze dias

Mistura para reduzir a idade no corpo de uma mulher

E assim elas seguiam, uma mais estranha que a outra, mas acreditei que era possível achar algo útil dentro daquele livro. Encontrei uma posição mais confortável para me sentar e encaixei as pernas debaixo do corpo. Continuei lendo todas as receitas, atenta para não pular nenhuma, e em busca principalmente de algo que se referisse a espíritos ou fantasmas.

Preparo para apagar uma memória, específica ou geral

Poção para despertar afeto por um objeto de desejo, mesmo que inanimado

Elixir para restabelecer a respiração nos pulmões de um bebê falecido

Fiz uma pausa, arrepios se formando na minha pele ao sentir uma respiração quente na minha nuca.
— Minha própria mãe usou esse feitiço — falou uma voz jovem, meros centímetros atrás de mim.
Com vergonha do livro que segurava, eu o fechei.
— Desculpe — continuou ele, se afastando de mim. — Eu não quis assustá-la.
Era o atendente da loja. Eu me virei para encará-lo, vendo com mais clareza as espinhas em seu queixo e as olheiras marcando seus olhos.
— Tudo bem — murmurei, com o livro jogado em cima das pernas.
— Então, você é uma bruxa? — perguntou ele, um sorriso irônico no canto dos lábios.
Sacudi a cabeça, sem graça.
— Não, sou apenas uma curiosa.
Satisfeito com a resposta, ele assentiu.
— Eu sou Tom Pepper. É um prazer recebê-la aqui na loja.

— O-obrigada — gaguejei. — Eu sou Eliza Fanning.

E, embora eu quisesse muito abrir o livro novamente e continuar minha pesquisa, achei que Tom, assim de perto, não me parecia tão desagradável aos olhos.

Ele olhou para o livro.

— Eu não estava mentido, sabe? Este livro era da minha mãe.

— Então a sua mãe era uma bruxa?

Eu só estava brincando, mas ele não riu, como eu esperava que acontecesse.

— Ela não era uma bruxa, não. Mas perdeu seus bebês, um após o outro, nove antes de mim, e, em meio ao desespero, usou o elixir da página que você acabou de fechar. Posso? — Ele apontou para o livro, esperou pelo meu consentimento e o pegou do meu colo. Folheou até a página que eu tinha acabado de ler e apontou para ele. — "Elixir para restabelecer a respiração nos pulmões de um bebê falecido" — ele leu em voz alta. E então, olhou para mim e acrescentou: — Segundo meu pai, eu nasci morto, como todos os outros bebês. Esse feitiço me trouxe de volta à vida. — Ele ficou tenso, como se aquela revelação lhe fosse dolorosa. — Se minha mãe ainda estivesse viva, ela poderia lhe contar tudo pessoalmente.

— Eu sinto muito — sussurrei, com nossos rostos próximos.

Ele passou a língua nos lábios e olhou para a frente da loja.

— Esta loja é do meu pai. Ele abriu depois que minha mãe morreu. A parte da frente, por onde você entrou... Todos aqueles brinquedos pertenciam a ela. Coisas que ela colecionou para os bebês ao longo dos anos. Quase tudo ali nunca foi tocado nem usado.

Não pude evitar a pergunta:

— Quando sua mãe morreu?

— Logo depois que eu nasci. Na mesma semana, na verdade.

Cobri minha boca com a mão.

— Então você foi o primeiro bebê dela que sobreviveu, e ela não...

Tom roeu uma das unhas.

— Alguns dizem que essa é a maldição da magia. O motivo pelo qual livros como esse que você está segurando deveriam ser queimados. — Franzi a testa, sem entender o que ele queria dizer, e

Tom continuou: — Segundo a crença de muitas pessoas, a maldição da magia é que para cada recompensa há uma grande perda. Para cada feitiço que dá certo há alguma outra coisa, no mundo real e natural, que dá completamente errado.

Olhei para o livro nas mãos dele. Eu levaria bastante tempo, algumas horas, no mínimo, para ler lodos os feitiços contidos ali. E, mesmo assim, quem garante que eu encontraria algo que me fosse útil?

— Você acredita na maldição da magia? — perguntei.

Tom hesitou.

— Não sei no que acredito. Só sei que esse livro é muito especial para mim. Eu não estaria aqui se não fosse por ele. — Ele colocou o livro delicadamente no meu colo. — Gostaria que você ficasse com ele. Pode até levar de graça, se quiser.

— Ah, eu posso pagar por ele, claro. — Coloquei minha mão suada no bolso, vasculhando em busca de uma moeda.

Ele estendeu a mão, mas não tocou em mim.

— Eu prefiro que ele fique com alguém de quem eu gosto do que com um estranho.

De repente, fiquei com calor, quase indisposta, e meu estômago se revirou.

— Obrigada — falei, abraçando o livro próximo ao corpo.

— Só me prometa uma coisa — pediu ele. — Se encontrar um feitiço que funcione dentro dele, serão dois com a eficiência comprovada. Prometa que vai passar aqui e me contar.

— Prometo — respondi, descruzando as pernas já dormentes para me levantar. Por mais que eu não quisesse ir embora, não tinha desculpa para ficar. Ao me encaminhar para a porta, eu me virei no último instante. — E se eu testar um feitiço e ele não der certo?

Isso pareceu pegá-lo de surpresa.

— Se o feitiço não der certo... Bem, então não se pode confiar no livro, e você precisará voltar para trocar por outro. — Seus olhos brilharam de um jeito malicioso.

— Então, de qualquer jeito...

— Eu lhe verei em breve. Tenha um bom dia, Eliza.

Saí pela porta com uma sensação de tontura, sentindo algo estranho e novo, que eu nunca havia sentido nos meus doze anos de vida. Era um sentimento diferente e desconhecido, mas tive certeza de que não era fome nem cansaço, pois nenhuma dessas coisas deixava meus passos tão leves e meu rosto tão quente. Eu me apressei na direção oeste, passando pelo lado sul do jardim da igreja de St. Paul, e parei em um banco na frente tranquila e silenciosa da igreja. Um local onde eu podia ler cada um dos feitiços e, quem sabe, encontrar algum para realizar na casa dos Amwell mais tarde.

Com toda minha vontade, desejei encontrar o feitiço perfeito dentro daquele livro de talvez-magia. Algo que não só mandasse os espíritos da casa embora e consertasse tudo o que estava fora do lugar, como também que me permitisse dar uma boa notícia para Tom Pepper assim que possível.

20

NELLA

10 de fevereiro de 1791

O demônio que havia decidido, tempos atrás, se alojar em meu corpo — triturando e deformando meus ossos, endurecendo minhas articulações, apertando os dedos ao redor dos meus punhos e quadril — tinha finalmente começado a subir para minha cabeça. E por que ele não faria isso? A cabeça era feita de ossos, exatamente do mesmo tipo encontrado nas mãos e no peito. É tão suscetível quanto qualquer outra parte.

Mas, enquanto aquele demônio infligia rigidez e calor nos meus dedos e no meu punho, na minha cabeça ele tomava outra forma: uma agitação, um tremor, uma batida persistente dentro de mim, *pá pá pá*.

Algo estava se aproximando. Eu tinha certeza.

Será que viria de dentro de mim e meus ossos se dissolveriam e se transformariam em uma massa dura, deixando-me paralisada no chão da minha loja? Ou viria de fora, balançando na minha frente como uma corda de enforcamento?

Senti saudade de Eliza no momento em que a mandei embora e, agora, enquanto eu colhia folhas de manjericão, a falta da companhia dela era persistente e duradoura como os resíduos nos meus dedos. Será que eu tinha sido cruel em dispensá-la, apesar de considerar seus medos frívolos? Eu realmente não acreditava que a residência dos Amwell estivesse tomada por fantasmas, como Eliza demonstrava — mas as minhas crenças tinham alguma importância se não era eu quem dormia lá?

Imaginei como ela se sentiu voltando à casa dos Amwell na noite passada com o vestido sujo das nossas atividades juntas, as luvas encardidas e um livro bobo de magia que não poderia, de maneira alguma, expulsar fantasmas que só existiam na imaginação fértil dela. Eu esperava que, com o tempo, Eliza aprendesse a substituir pensamentos tolos por problemas reais do coração: um marido para amar, filhos para alimentar, todas as coisas que eu nunca tive. E rezava para que a menina acordasse renovada naquela manhã e nunca mais pensasse em mim. Por mais que eu sentisse saudade da sua conversa agradável, esse era um sentimento com o qual eu estava bastante acostumada. Não seria um problema.

Eu já estava no quarto ramo de manjericão quando uma comoção repentina ocorreu no depósito na frente da loja: um grito desesperado, e então um murro incessante de um punho fechado contra a parede escondida de prateleiras. Espiei pelo buraco e vi a Lady Clarence, seus olhos arregalados como uma coruja. Em função do meu mau presságio no dia anterior, eu não podia dizer que estava totalmente surpresa pela visita sem aviso dela. Ainda assim, seu comportamento me assustou.

— Nella! — gritou a mulher, sacudindo as mãos. — Olá? Você está aí?

Abri a porta rapidamente e a arrastei para dentro, não mais intimidada pelas fivelas brilhosas de prata dos seus sapatos e as bordas enfeitadas do seu vestido de tafetá. Mas ao olhar para ela percebi que o tecido da barra da sua saia estava sujo, como se ela tivesse feito grande parte do caminho a pé.

— Eu tenho menos de dez minutos — disse ela, quase caindo nos meus braços —, inventei um pretexto para sair, algo sobre a casa.

Fiquei confusa com aquelas palavras sem sentido, e isso certamente transpareceu na expressão do meu rosto.

— Ah, algo saiu totalmente errado — afirmou ela. — Meu Deus, eu nunca mais...

Enquanto ela secava os olhos e se engasgava nas próprias palavras, minha mente era tomada de possibilidades. Será que ela havia descartado o pó por acidente? Será que tinha passado o pó nos olhos ou nos lábios? Procurei por bolhas ou bolsas de pus no rosto dela, mas não vi nada.

— Shhh — falei, acalmando-a. — O que aconteceu?

— Os escaravelhos — ela soluçou, como se tivesse engolido algo amargo. — Os escaravelhos. Eles desandaram.

Eu mal podia acreditar no que estava ouvindo. Os escaravelhos não tinham causado nenhum efeito? Eu tinha certeza de que Eliza e eu tínhamos ido ao local correto e coletado os escaravelhos venenosos, e não seus similares azulados que não faziam mal algum. Entretanto, estava tão escuro naquele dia, como eu podia ter tanta convicção? Eu deveria ter testado alguns deles para ver se causavam a familiar queimadura na pele antes de torrá-los.

— Ela ainda está viva? — perguntei, com a mão no pescoço. — Eu lhe garanto, era para eles serem fatais.

— Ah! — Ela riu, um sorriso maldoso em seu rosto, lágrimas enormes descendo pelas suas bochechas. Eu não conseguia entender nada. — Ela está vivíssima.

Meu coração acelerou por um momento. Embora tomada pelo choque de que meu veneno pudesse ter falhado, eu estava imensamente aliviada pela mulher não ter morrido por minha causa. Talvez aquilo me desse uma nova chance de mudar a cabeça da Lady Clarence. Mas, enquanto pensava sobre isso, um nó se formou no meu estômago. E se a Lady Clarence achasse que eu tinha lhe dado um veneno falso? E se ela planejasse denunciar minha loja para as autoridades, como havia ameaçado a princípio?

Instintivamente, recuei na direção do meu livro de registros, mas ela continuou falando.

— Foi *ele*. Meu marido. — Ela deixou escapar um lamento e cobriu o rosto com as mãos. — Ele está morto. Lorde Clarence está morto.

Fiquei boquiaberta.

— Mas... como? — gaguejei. — Você não viu sua empregada dar o veneno para a amante?

— Não ponha a culpa em mim, mulher — retrucou ela. — Minha empregada colocou o pó no licor de sobremesa de figo, conforme o planejado. — Lady Clarence se jogou na cadeira e respirou fundo enquanto contava a história para mim. — Foi depois do jantar. A srta. Berkwell, de alguma forma, sentou-se distante de mim, e o meu marido, Lorde Clarence, estava à minha direita. Vi do outro lado da mesa a srta. Berkwell dar um gole, um único gole, no licor de figo da sua linda taça de cristal. Em alguns segundos, ela colocou a mão no pescoço, com um sorriso lascivo no rosto. Começou a cruzar e descruzar as penas... Eu vi tudinho, Nella! Eu vi claramente o que estava acontecendo com ela, mas comecei a temer que alguém me pegasse olhando, então virei para a esquerda e comecei a conversar com minha querida amiga Mariel, e ela me contou tudo sobre sua visita recente a Lyon, e continuou falando, até que, logo depois, eu me atrevi a olhar de novo para a srta. Berkwell.

Lady Clarence respirou fundo, sua garganta fazendo barulho.

— Mas ela tinha sumido, e o meu marido também, e a taça de cristal tinha ido junto com eles. Eu não podia acreditar que não tinha visto a cena acontecendo, que ele tinha saído da mesa com ela e eu tinha perdido tudo. Naquele momento, tive certeza de que nunca mais veria a cara dela de novo, e imaginei os dois correndo para a biblioteca ou de novo para a casa das carruagens pela última vez. Aquilo me confortou, sabe.

Enquanto ela contava a história, permaneci imóvel, visualizando tudo diante dos meus olhos: a mesa de jantar cheia de pudins e vestidos de gala, o licor de figo, o pó verde fino escondido nas sombras viscosas da bebida.

— E então eu comecei a ficar ansiosa — Lady Clarence continuou —, pensando que talvez tudo estivesse acontecendo um pouco rápido demais, e fiquei preocupada que, no estado de luxúria em que ela se encontrava, talvez pudesse deixar o licor de lado e não beber a quantidade necessária. — Ela fez uma pausa e olhou ao redor. — Posso beber um pouco de vinho para acalmar meus nervos, por favor?

Apressei-me até a bancada, servi uma taça e repousei-a na frente dela.

— Eu entrei em pânico, Nella, e pensei em procurá-los, confrontá-los, pedir a ela para se juntar às outras mulheres na sala de estar. Em vez disso, permaneci congelada na minha cadeira enquanto Mariel continuava falando sobre Lyon, e eu rezava para que, a qualquer momento, meu marido voltasse para a sala de jantar e me dissesse que algo terrível havia acontecido com sua querida prima. — Lady Clarence olhou para o chão e, de repente, passou os braços ao redor de si, tremendo.

— E então eu vi um fantasma aproximando-se do corredor. O fantasma da srta. Berkwell. Ah, eu quase gritei! Engoli meu berro, graças a Deus, aquilo seria muito estranho para os convidados da festa. Mas logo percebi que não era fantasma coisa nenhuma. Era ela, em carne e osso. Eu sabia pela marca em seu pescoço, vermelha e inchada, como se os lábios do meu marido tivessem acabado de passar por ali.

Ela soltou um pequeno gemido.

— Ela apareceu com um olhar tão assustado. Ela é tão jovem e tão pequenina. Quase desmaiou nos braços da primeira pessoa que viu, o irmão do Lorde Clarence, que é médico. Imediatamente, ele correu pelo corredor de onde ela tinha vindo. Havia pessoas em todo canto, correndo para lá e para cá em um caos total. Do fundo do corredor, perto da biblioteca, ouvi gritos e choros, algo sobre o coração dele ter parado, e corri para vê-lo. Ele ainda estava vestido, graças a Deus. E como eu havia suspeitado, em uma mesinha ao lado do sofá estava a taça de cristal vazia. Ele deve ter bebido tudo. Ah, Nella, eu não sabia que as coisas aconteceriam assim, tão rápido!

— Eu disse a você que a metade do frasco mataria em uma hora. Quanto tinha na taça?

O olhar de angústia no rosto da Lady Clarence desapareceu, transformando-se em algo como culpa.

— Acho que minha empregada usou tudo o que havia no frasco. — Ela começou a chorar, inclinando-se para a frente na cadeira, enquanto eu ficava boquiaberta, incrédula; estava explicado porque ele havia morrido em questão de minutos.

Mas Lady Clarence parecia tão perturbada com o comportamento da srta. Berkwell após o acontecido quanto estava com seu marido morto.

— Você acredita que, enquanto eu estava lá, olhando para o corpo morto dele, a srta. Berkwell se aproximou de mim, me abraçou e começou a chorar? "Ah, Lady Clarence", a garota lamentou, com cheiro de figo saindo da boca, "ele era como um pai para mim!" Achei uma coisa doentia de se dizer, e quase tive coragem de perguntar se ela gostava de rolar com o próprio pai também!

Lady Clarence soltou uma risada de ódio, os olhos exausto após contar sua história.

— E agora eu sou viúva de um homem rico e nunca mais vou precisar de nada, exceto da única coisa que tanto desejo, um filho. Como isso dói até para dizer! Eu nunca terei um filho, Nella, nunca!

Aquela era uma afirmação com a qual eu também me identificava. Mas algo sobre a história dela começou a me deixar intrigada, a me preocupar.

— Você disse que o irmão dele, o médico, foi o primeiro a encontrá-lo?

Ela assentiu.

— Sim, um homem bom. Ele declarou meu marido morto menos de cinco minutos depois que a srta. Berkwell entrou na sala de jantar apavorada.

— E ele não pareceu preocupado com a taça vazia ao lado do sofá?

Lady Clarence sacudiu a cabeça, confirmando que não.

— Ele perguntou sobre a taça, e a srta. Berkwell respondeu prontamente que era dela. Ela disse que eles estavam na biblioteca para que ele pudesse mostrar a ela a tapeçaria nova, uma vez que ela declarou certo interesse recente pelas artes têxteis. E ela não podia confessar que eles haviam compartilhado o copo, não é mesmo? Pois isso deixaria claro que os dois estavam fazendo mais do que observando a *arte* dele.

— E o frasco? — perguntei. — Você escondeu em algum lugar ou o destruiu?

— Ah, sim. Minha empregada guardou-o em uma prateleira nos fundos do porão. Somente a cozinheira teria motivos para vasculhar o local. Eu vou descartá-lo assim que conseguir entrar lá sem ser vista. Talvez hoje à noite.

Respirei fundo e soltei um suspiro de alívio, grata pelo fato de que o frasco permanecia escondido. Mas, mesmo que fosse encontrado, nem tudo estaria perdido; era por esse mesmo motivo que os vidros e frascos da minha loja não tinham marca alguma, exceto pela pequena gravura de um urso.

— Embora não seja possível me rastrearem — afirmei —, é melhor livrar-se dele imediatamente.

— O quanto antes — respondeu ela, culpada. — De toda forma, achei curioso você gravar um desenho no vidro. — Ela limpou delicadamente o nariz, recompondo-se. Uma vida inteira de boas maneiras não podia ser esquecida com tanta facilidade.

— Somente um urso pequenino — falei, apontando para uma pequena caixa em uma prateleira próxima. — Como aquele. Tantos frascos são parecidos. Imagine se alguém estivesse prestes a colocar uma gota do frasco errado, e a pessoa errada... — Parei de falar, envergonhada pelo que quase tinha saído da minha boca, dada a história que ela acabara de contar.

Mas ela não pareceu perceber, franzindo a testa e caminhando até a prateleira. Ela sacudiu a cabeça.

— Meu frasco tem essa imagem, mas tem mais uma coisa também. — Ela levantou o frasco e virou-o de lado. — Não, esses não são iguais. Meu vidro tem alguma coisa do outro lado. Palavras, se não me engano.

Um barulho baixinho veio da minha barriga, e deixei escapar uma risada nervosa.

— Não, você deve estar enganada. Quais palavras eu ousaria escrever em um recipiente de veneno?

— Eu lhe garanto — afirmou a Lady Clarence. — Tem algo escrito nele. Letras pontudas, como se tivessem sido gravadas no barro à mão.

— Um arranhão, talvez? Ou terra, sujeira. — Sugeri, sentindo a pressão no meu estômago subindo para o peito.

— *Não* — insistiu ela, com irritação em sua voz. — Sei reconhecer palavras. — Ela lançou um olhar incomodado para mim e olhou novamente para o frasco.

Embora eu estivesse escutando o que ela dizia, não estava ouvindo completamente; o *pá pá pá* era tão alto, e a história que a Lady Clarence acabara de contar não me parecia meu único problema. Como se eu mesma tivesse acabado de bebericar da taça de cristal de cantáridas, engasguei ao dizer o nome dela:

— Eliza.

Uma memória começou a se formar. Na tarde anterior, logo antes da Lady Clarence buscar o veneno, Eliza havia selecionado o frasco que conteria o pó. Eu não tinha prestado atenção ao recipiente que ela havia escolhido, pois qualquer um ao alcance das mãos estava gravado com o desenho do urso e nada mais. Somente aqueles lá no fundo do armário da minha mãe estavam marcados com outra coisa.

— Eliza, sim, onde ela está hoje? — perguntou Lady Clarence, sem saber da tempestade que se formava dentro de mim.

— Preciso encontrá-la imediatamente — falei. — O armário... — Mas não consegui dizer mais nada, tampouco me explicar para Lady Clarence, pois eu não conseguia pensar em outra coisa além de correr para Warwick Lane, onde ficava a residência dos Amwell. Ah, eu estava rezando para que ela estivesse lá! — E você — falei para a Lady Clarence —, vá agora! Pegue o frasco imediatamente e traga-o para...

— Seus olhos parecem com os de um animal — resmungou ela. — O que está acontecendo?

Mas eu já estava a caminho da porta, e ela me seguiu logo atrás. Quando pisei do lado de fora, não senti o frio batendo na minha pele nem os sapatos apertados nos meus tornozelos inchados. Logo adiante, um bando de pássaros alçou voo; até eles estavam com medo de mim.

Em determinado momento, Lady Clarence seguiu seu caminho — para recuperar o frasco, assim eu esperava. Continuei andando, subindo a Ludgate Street, a catedral erguendo-se acima de mim.

A residência dos Amwell estava bem próxima, apenas algumas quadras adiante.

Conforme me aproximava de Warwick Lane, vi uma pequena silhueta encurvada, sentada em um banco à frente, perto do cemitério. Será que meus olhos estavam me pregando uma peça? Meu coração acelerou enquanto eu via a maneira leve e brincalhona com que a figura misteriosa virava as páginas do livro em seu colo. Eu estava perto da casa dos Amwell; não era uma possibilidade absurda encontrar Eliza por ali.

Minha esperança logo se confirmou: com toda certeza era ela. Menos de uma hora antes, eu temia que a menina estivesse amedrontada e pesarosa, mas não parecia ser o caso. Conforme me aproximava, vi que, de fato, enquanto ela examinava o livro, havia um sorriso largo em seu rosto, tão puro e alegre como uma flor.

— Eliza! — gritei quando estávamos a alguns metros de distância.

Ela virou a cabeça na minha direção. Fechou o sorriso e depois abraçou o livro junto ao peito, mas aquele não era o exemplar que eu havia dado a ela. Era menor, e a capa de uma cor mais clara.

— Eliza, escute-me, pois é muito urgente.

Cheguei perto dela e lhe dei um abraço hesitante, embora ela tenha permanecido rígida em meus braços. Havia algo diferente na menina; ela não estava feliz em me ver. Naquela manhã, desejei ser apenas uma lembrança distante para ela, e agora eu me via ofendida por isso. E aquele sorriso dela um segundo antes? O que tinha acontecido que a deixara em tal estado de alegria?

— Você precisa voltar à loja comigo, menina, pois há algo que tenho que lhe mostrar. — Na verdade, eu precisava que *ela* mostrasse para *mim* exatamente de qual armário havia tirado aquele frasco.

Seu olhar era frio, ilegível, mas suas palavras não foram:

— Você me mandou embora. Lembra?

— Eu lembro, sim, mas também lembro de lhe dizer que eu temia que algo terrível estivesse prestes a acontecer, e aconteceu. Quero lhe contar o que houve, mas... — Olhei para um homem que passava perto de nós e baixei o tom da minha voz. — Não pode ser aqui. Venha comigo, eu preciso da sua ajuda.

Ela apertou o livro ainda mais forte ao peito.

— Está bem — murmurou, olhando para as nuvens pretas que se formavam no céu.

Caminhamos de volta até a loja, Eliza em silêncio ao meu lado, e senti que ela não só estava confusa com a minha abordagem repentina, mas também irritada por eu ter tirado sua atenção do que quer que a estivesse ocupando naquele momento. Ao nos aproximarmos da loja, eu esperava encontrar Lady Clarence lá dentro, de volta com o frasco amaldiçoado nas mãos. E de fato, se a cena fosse essa, minha pergunta para Eliza seria desnecessária. Mas será que eu realmente poderia mandá-la embora de novo em um período tão curto?

Mas isso não teve importância, pois a loja estava vazia e Lady Clarence ainda não havia retornado. Sentei-me à mesa, fingindo calma, e não perdi tempo.

— Você se lembra de colocar o pó da Lady Clarence em um recipiente?

— Sim, senhora — respondeu Eliza prontamente, suas mãos apoiadas com delicadeza no colo, como se fôssemos duas estranhas. — Assim como você pediu, peguei um frasco de um tamanho apropriado no armário.

— Mostre-me — pedi, com um leve tremor na voz. Segui Eliza, um, dois, três passos pelo pequeno cômodo, e ela se ajoelhou, abriu um armário baixo e debruçou seu pequeno corpo lá dentro. Ela alcançou lá no fundo e apertei minha barriga, com medo de vomitar.

— Aqui atrás — disse ela, sua voz distorcida pelo eco dentro do armário de madeira. — Havia outro igualzinho a ele, eu acho...

Fechei os olhos, o terror finalmente crescendo dentro de mim e tomando minha garganta, minha língua. Aquele armário, onde Eliza encontrava-se com a metade do corpo dentro, estava cheio de coisas da minha mãe, incluindo tesouros dos quais eu não suportaria me desfazer, antigos remédios que eu não mais precisava e, sim, um pavoroso sim, diversos de seus recipientes velhos que eu tinha certeza de que estavam gravados com o endereço da sua loja de remédios um dia tão famosa.

O endereço *desta* loja, que não tinha mais uma boa reputação.

O pequeno corpo de Eliza deslizou para fora do armário, e em sua mão havia um recipiente claro — de cerca de dez centímetros de altura, um só de um par, *Beco dos Fundos, nº 3* escrito à mão na lateral. Sem que ela dissesse uma palavra, eu sabia que o outro par estava no porão da casa da Lady Clarence. Uma queimação ácida e familiar subiu na minha garganta e apoiei a mão na bancada para me equilibrar.

— Era igual a esse — concluiu Eliza, sua voz como um sussurro, seus olhos baixos. — O recipiente com o pó era como esse. — Lentamente, e com coragem, ela olhou para mim. — Eu fiz algo errado, Nella?

Embora minhas mãos quisessem estrangulá-la, como ela poderia saber? Tinha sido um terrível mal-entendido. O cômodo era cheio de prateleiras, e não tinha sido culpa minha mandar que ela escolhesse um recipiente? Não tinha sido culpa minha trazer a menina para dentro de uma loja de venenos, em primeiro lugar? Portanto, resisti à vontade de estapear seu rosto envergonhado, e em vez disso eu a abracei.

— Você não leu o que estava escrito no recipiente, menina? Você não viu as palavras escritas nele?

Ela começou a chorar e se engasgou com muco e lágrimas.

— Mal parecem palavras — ela deu um soluço. — Veja só, somente alguns rabiscos confusos. Eu mal consigo ler direito o que diz. — E embora ela tivesse razão, e o escrito fosse antigo, quase ilegível, continuava sendo um erro grotesco da parte dela.

— Mas você só conhece as palavras que copia, certo? — falei.

Ela assentiu levemente.

— Ah, eu sinto muito, Nella! O que diz aqui? — Ela forçou os olhos ao tentar ler as palavras no recipiente. Segui lentamente as linhas que desapareciam das palavras, passando o dedo pelas voltas gordas do número 3 e da letra *B*.

— Beco, três... — Ela fez uma pausa, pensando. — Beco dos Fundos, nº 3. — Ela colocou o frasco em cima da bancada e se jogou nos meus braços. — Será que um dia vai me perdoar, Nella? — Seus ombros balançavam enquanto ela soluçava, aos prantos, as lágrimas pingando no chão. — Se for presa, a culpa será toda minha! — concluiu ela em meio aos soluços.

— Shhh — sussurrei. — Shhhhh. — Enquanto eu a ninava para a frente e para trás, lembrei-me da bebê Beatrice. Fechei os olhos e apoiei meu queixo na cabeça de Eliza, e pensei em como minha própria mãe tinha feito aquilo quando ficara muito doente; em como ela me confortava quando eu tinha certeza de que seu fim estava próximo. Eu tinha chorado tanto, com meu rosto afundado em seu pescoço. — Não serei presa — falei para Eliza, embora não estivesse certa daquilo. O Lorde Clarence estava morto, e a arma do crime, com meu endereço, ainda estava no porão da casa dele.

O *pá pá pá* não havia me deixado, e o demônio dentro da minha cabeça ainda não tinha sumido. Continuei ninando Eliza para a frente e para trás, acalmando suas lágrimas, pensando nas mentiras que minha mãe havia me contado sobre sua doença e sua severidade depois que ficou doente. Ela tinha jurado que viveria por mais muitos e muitos anos.

E ainda assim, ela tinha morrido em apenas seis dias. Como resultado, passei a vida toda lutando contra a brutalidade daquela tristeza, a incompletude daquilo. Por que minha mãe não me contou a verdade e usou seus últimos dias para me preparar para uma vida solitária?

As lágrimas de Eliza começaram a secar. Ela soluçou uma, duas vezes, e então sua respiração se acalmou enquanto eu a embalava.

— Tudo vai ficar bem — sussurrei, tão baixinho que mal podia ouvir minhas próprias palavras. — Tudo vai ficar bem.

Duas décadas depois da morte da minha mãe, eu me via reconfortando uma criança exatamente como minha mãe havia feito comigo. Mas com que finalidade? Por que íamos tão longe para proteger a mente frágil das crianças? Estávamos apenas roubando a verdade delas — e a chance de lidarem com aquilo antes que a tragédia as devastasse com um murro brutal.

21

CAROLINE
Dias atuais, quarta-feira

Dentro do Beco dos Fundos, no porão de um antigo prédio, a porta escondida se abriu, revelando um pequeno espaço atrás de uma parede de prateleiras despencadas. Levantei meu celular e iluminei o local, com a mão encostada na parede, sentindo um desequilíbrio repentino. Estava tão escuro naquele cômodo-dentro--de-um-cômodo, mais escuro do que qualquer outro lugar em que eu já estivera.

Meu único feixe de luz revelava os detalhes ao meu redor: várias prateleiras na parede, envergadas com o peso de recipientes de vidro leitosos e opacos; uma mesa de madeira com uma perna quebrada inclinada no meio do cômodo; e logo à minha direita havia uma bancada com uma balança de metal e o que pareciam ser caixas ou livros espalhados em uma superfície plana. O cômodo era muito semelhante a uma antiga farmácia — exatamente o tipo de lugar em que uma boticária teria uma loja.

Meu telefone apitou. Estranhei e olhei para a tela. *Merda.* A bateria estava em catorze por cento. Eu estava tremendo e horrorizada e radiante, e não conseguia pensar direito, mas estaria ferrada se permanecesse naquele lugar sem luz para me guiar até a saída.

Decidi que era melhor me apressar.

Com as mãos trêmulas, desliguei a lanterna do celular e abri a câmera, liguei o flash e comecei a tirar fotos. Era a única coisa lógica que conseguia pensar em fazer naquele momento, uma vez que havia encontrado algo que, sinceramente, poderia ser notícia internacional. "Turista em Londres desvenda mistério de assassinato de duzentos anos atrás", diria a manchete. "Depois retorna para casa para iniciar terapia de casal e começar nova carreira." Balancei a cabeça; se havia um momento para ser racional, era agora. Além disso, eu não tinha desvendado coisa alguma.

Fotografei o máximo que consegui, o cômodo ia ganhando cada vez mais vida sob a luz forte do flash. Quando tirei as primeiras fotos, o flash proporcionou uma visão rápida e fracionada do local: pensei ter visto um fogão a lenha em um canto, e uma única caneca ao lado, debaixo da mesa. Mas, após as primeiras fotos, o flash da câmera foi deixando pontos brancos flutuantes na minha vista; o efeito me desorientou e, logo, eu mal conseguia ficar em pé.

Nove por cento. Jurei ir embora quando a bateria chegasse a três por cento e pensei na melhor maneira de usar o que restava dela. Olhei novamente para minha direita e tirei uma foto da bancada — o flash me ajudou a confirmar que eram livros, e não caixas, que estavam espalhados em cima dela —, e então abri o livro maior, que estava deitado bem ali. Algumas das palavras nele pareciam ser escritas à mão, mas eu não tinha certeza. Na total escuridão, abri o livro em páginas aleatórias e tirei fotos delas. Eu também devia estar cega, pois não fazia ideia do que estava fotografando. Será que o texto sequer era em inglês?

Dentro do livro, as páginas de pergaminho eram finas como um lenço e as manuseei com o máximo de delicadeza possível, xingando quando a ponta de uma delas rasgou completamente. Virei para a parte de trás do livro e tirei mais algumas fotos, e então o fechei e empurrei para o lado, pegando outro livro. Abri na primeira página, apertei o botão da câmera do meu telefone e… *droga. Três por cento.*

Resmunguei, loucamente frustrada com aquela descoberta inacreditável e o pouco tempo que eu tinha tido para explorá-la. Como a lanterna acabava com a bateria do telefone, eu me dei sessenta segundos para sair dali, talvez até menos. Abri a lanterna novamente, saí do cômodo e fechei a porta escondida o máximo que consegui.

E então fiz o caminho de volta, atravessando rapidamente o primeiro cômodo e saindo pelo corredor. Logo adiante, o brilho sutil da luz da lua adentrava pela terceira e última porta.

Como esperado, meu telefone morreu segundos depois que pisei do lado de fora. Ainda escondida atrás do arbusto espinhoso, fiz o meu melhor para deixar a porta externa na posição original, mas tive certeza de que fizera um péssimo trabalho. Empurrei um pouco de terra e folhas com as mãos e ajeitei de forma irregular a base da porta, para dar a impressão de não ter sido tocada. E, então, saí de trás do arbusto e olhei para trás para ver meu trabalho; a porta certamente não parecia tão arrumada quanto quando eu a encontrei, mas não levantava suspeitas. Eu só podia torcer para que ninguém estivesse prestando tanta atenção naquela área quanto eu.

Corri de volta até o portão trancado e me lancei em um dos pilares, não sem uma boa dose de força e deixando a respiração ofegante. Passei minhas pernas por cima do pilar e pulei para o outro lado. Limpei as mãos na calça e olhei para as janelas de vidro acima de mim. Nada se movia; pelo que me parecia, ninguém sabia que eu estava ali, tampouco o que eu havia feito.

É de se imaginar que a boticária tenha permanecido um mistério; a porta do local era bem escondida atrás de uma parede de prateleiras, e somente a passagem de dois séculos tinha deteriorado a estrutura o suficiente para que eu a encontrasse. Além de um pouco de imprudência e infração da lei da minha parte. Mas, se antes houvesse qualquer dúvida sobre a existência dela, agora tinha se dissipado.

Deixei o Beco do Urso ciente de que tinha acabado de cometer meu primeiro crime. Eu tinha terra debaixo das unhas e meu celular descarregado estava cheio de fotos incriminadoras. E, ainda assim, eu não sentia culpa. Pelo contrário, estava tão ansiosa para conectar meu telefone no carregador e olhar as fotos que tive que resistir à vontade de correr até o hotel.

Mas e *James*? Ao entrar em silêncio no quarto, na esperança de não acordá-lo, fui tomada pela decepção. Ele estava acordado no sofá, lendo um livro.

Não dissemos nada um ao outro, e eu me deitei na cama e pluguei o celular no carregador. Bocejei, minha adrenalina transformando-se em uma fadiga dolorosa, e espiei James. Ele parecia completamente absorvido pelo livro, tão acordado quanto eu estava antes de dormir na noite anterior.

O mal do fuso horário.

Frustrada, virei de costas para ele. As fotos teriam que esperar até de manhã.

Acordei com o barulho da água do chuveiro e um fio de luz abrindo caminho pela cortina e batendo no meu rosto. A porta do banheiro estava entreaberta e vapor saía lá de dentro. No sofá, James tinha dobrado e repousado seu cobertor com esmero ao lado do travesseiro.

Peguei meu celular — completamente carregado — e resisti ao desejo de mergulhar imediatamente nas fotos. Em vez disso, afundei meu rosto no travesseiro, tentando ignorar minha bexiga cheia, contando os minutos para James sair do hotel e eu poder começar meu dia em paz.

Enfim, ele saiu do banheiro, vestindo nada além de uma toalha bege ao redor da cintura. Aquilo era tão normal, ver meu marido quase pelado, mas ainda assim algo dentro de mim ficou tenso. Eu não estava pronta, nem agora nem tão cedo, para o "normal". Virei meu rosto para o outro lado.

— Jantou tarde ontem à noite — disse ele do outro lado do quarto. — Algo de bom?

Balancei a cabeça em uma negativa.

— Só comprei um sanduíche e fui dar uma caminhada. — Não era do meu feitio falar pequenas mentiras inofensivas, mas não ia contar a ele, nem a ninguém, o que eu de fato tinha feito na noite anterior. Além do mais, ele tinha mentido para mim durante meses sobre algo muito pior.

Atrás de mim, James tossiu forte. Ele foi até o sofá, inclinou-se e pegou uma caixa de lenços de papel do chão. Eu não tinha visto a caixa antes, mas devia ter ficado ao lado dele durante a noite toda.

— Não estou me sentindo cem por cento — disse ele, cobrindo a boca com um lenço e tossindo de novo. — Minha garganta está doendo também. Deve ser o ar seco do avião, acho. — Ele abriu a mala e tirou uma camiseta e uma calça jeans, e então deixou a toalha cair no chão enquanto se vestia.

Mantive os olhos longe do corpo nu dele. Olhei para o vaso de flores sobre a mesa perto da porta e notei que algumas tinham começado a murchar levemente. Com as mãos em cima do edredom, percebi a terra da noite anterior debaixo das minhas unhas e escondi as mãos debaixo da coberta.

— Quais são seus planos para hoje? — Desejei em silêncio que ele planejasse explorar a cidade ou ir a um museu ou simplesmente... sair do quarto. Eu só queria ficar sozinha ali com meu telefone, a placa de Não Perturbe pendurada na porta.

— A Torre de Londres — respondeu ele, passando o cinto ao redor da cintura. *A Torre de Londres*. O castelo antigo era um dos pontos turísticos em que eu estava mais interessada, era onde as Joias da Coroa estavam guardadas, mas agora parecia um museu infantil comparado ao que eu havia descoberto na noite passada, escondido atrás do Beco do Urso.

James tossiu novamente e deu tapinhas no peito com a palma da mão.

— Você por acaso tem algum remédio de gripe? — perguntou ele.

Minha nécessaire com produtos de higiene estava no banheiro, cheia de maquiagem, fio dental, desodorante e alguns óleos essenciais. Eu sabia que tinha alguns comprimidos de Tylenol em casa, mas não achei que valia a pena usar o espaço extra para trazer todos os remédios possíveis para qualquer doença.

— Sinto muito — respondi. — Tenho óleo de eucalipto, serve? — Há tempos, esse era meu remédio toda vez que eu sentia que um resfriado estava se instalando; um dos ingredientes do Vick VapoRub, o eucalipto era uma maravilha para congestão nasal e tosse. — Está na bolsa branca em cima da bancada — concluí, apontando para o banheiro.

Quando James voltou para o banheiro, um barulhinho chamou minha atenção: meu celular, apitando sobre algo trivial, um lembrete desnecessário de que a descoberta da noite passada estava a centímetros do meu rosto. Meu coração começou a bater forte dentro do peito enquanto James procurava o óleo no banheiro.

Ele saiu de lá fazendo uma careta.

— Negócio forte.

Assenti, concordando; mesmo de alguns metros de distância, dava para sentir o cheiro pungente e medicinal do óleo.

Como ele estava vestido e parecia pronto para sair, fiz meu melhor para evitar qualquer chance de prolongar a conversa.

— Vou tentar dormir mais um pouquinho — falei, mexendo os pés debaixo do lençol. — Aproveite o passeio.

Ele assentiu lentamente, com um olhar triste no rosto, e hesitou, como se quisesse dizer algo. Mas não disse. Pegou a carteira e o celular e saiu pela porta do quarto.

No instante em que a porta se fechou, voei na direção do meu celular.

Digitei a senha e olhei as fotos. Lá estavam elas, cerca de duas dúzias. Abri as primeiras; eram imagens do cômodo — a mesa, o fogão —, mas fiquei decepcionada ao ver que estavam tremidas. Soltei um palavrão, com medo de que todas estivessem do mesmo jeito. Mas, quando cheguei nas fotos do livro tiradas de perto, respirei aliviada; aquelas estavam boas. A atmosfera dentro do cômodo estava empoeirada, e supus que o flash da câmera não tivesse sido capaz de passar pelas partículas minúsculas para focar algo além do que aparecia no fundo.

Saltei de susto ao ouvir um barulho do lado de fora da porta. Larguei o telefone e corri até o olho mágico, em tempo de ver um funcionário do hotel com uma prancheta passando direto. Ele não estava vindo para o meu quarto, mas aquilo me lembrou de colocar a placa de Não Perturbe.

De volta na cama, abri novamente as fotos e analisei o primeiro retrato do livro. Prendi a respiração e usei dois dedos para dar um zoom e mexer para os lados. Sentei-me na cama, completamente impressionada com o que estava diante de mim.

As palavras no livro eram, de fato, escritas à mão, e tinham pontos de tinta acumulada e espalhada pela página. O texto estava cuidadosamente alinhado em fileiras, e cada entrada era feita em um formato similar, com o que pareciam ser nomes e datas. Um diário ou algum tipo de registro, talvez? Fui para a foto seguinte. Era similar à primeira, embora a tinta estivesse mais escura, mais pesada, como se outra pessoa tivesse escrito aquela página. Passei para a foto seguinte, e para a próxima, minhas mãos tremendo em cada troca. Eu não tinha certeza sobre o tema daquele livro, mas tinha convicção do valor histórico imensurável que ele carregava.

A maioria das fotos do livro estava boa, embora as pontas de algumas estivessem estouradas, deixando as bordas brancas e ilegíveis. Mas, apesar disso, eu me deparei com outra frustração enlouquecedora: eu não conseguia entender grande parte do texto. Não só parecia escrito em taquigrafia, mas a caligrafia era tão inclinada — e algumas linhas foram escritas tão apressadamente —, que trechos do texto poderiam estar em outro idioma. Em uma foto, consegui decifrar somente um pedaço de uma das linhas de cima:

Garr t Chadw k. Malr bone. Op o, prep. pastilha 17 ago 1789. Aos cui ados da sra. Ch wick, esposa.

Enquanto meu cérebro lutava para preencher as letras que faltavam e dar sentindo ao texto, eu me senti brincando de um daqueles jogos de completar palavras. Mas após alguns minutos percebi que as letras v, s e d — que inicialmente eram indistinguíveis — faziam uma determinada volta, e minha mente começou a reconhecê-las, e consegui decifrar as páginas subsequentes:

Sr. Frere S uthwark. F lhas de tabaco, prep. óleo 3 mai 1790. Aos cuid dos da sra. Am er, irmã, amiga da sra. M nsfield.

Sra. B. Bell. Folha de framb esa, amassada em pomada. 12 mai 1790.

Charlie Turner, May air, tintura de NV. 6 jun 1790. A/c sra. Apple, cozinheira.

Apoiei o queixo na mão, lendo algumas entradas novamente, a frustração crescendo dentro de mim. Folhas de framboesa? Tabaco? Não havia nada perigoso naquilo, embora eu tenha ouvido uma vez que nicotina era tóxica em grandes quantidades. Será que era a quantidade de um elemento não venenoso que o tornava mortal? E quanto a algumas outras referências no livro — como *tintura de NV* — bem, eu não fazia a menor ideia do que aquilo significava.

Tentei decifrar a maneira como as entradas eram formatadas também. Cada uma era iniciada com um nome, depois com um ingrediente listado — perigoso ou não —, seguido de uma data. Algumas entradas incluíam um segundo nome no final, com a designação *aos cuidados de*. Presumi que isso significava que o primeiro nome era o receptor pretendido do ingrediente, e o segundo era a pessoa que o tinha comprado de fato. Portanto, Charlie Turner, por exemplo, ia ingerir a *tintura de NV* — seja lá o que isso fosse —, que provavelmente tinha sido adquirida pela sra. Apple.

Peguei uma caneta e meu caderno na mesa de cabeceira e escrevi alguns tópicos para pesquisar depois:

Quantidade de ingredientes não venenosos para matar
Ópio — pastilha?
Tabaco — óleo?
Tintura de NV — o que é NV?

Passei os quinze minutos seguintes na cama, de pernas cruzadas, escrevendo loucamente perguntas e palavras, algumas familiares, outras, não. *Beladona*. Não era uma planta? *Trombeta*. Nunca ouvi falar. *Acônito*. Não faço ideia do que seja. *Dracma, bolus, cerato, teixo, elixir*. Anotei todos eles.

Passei para outra foto e levei um susto quando meus olhos se depararam com uma palavra conhecida, sem dúvida, por ser mortal: *arsênico*. Anotei no meu caderno e acrescentei um asterisco ao lado.

Ampliei o zoom na imagem, na esperança de decifrar o restante das palavras naquela linha, quando ouvi outro barulho do lado de fora.

Congelei. Parecia que alguém tinha parado bem na frente da porta. Xinguei silenciosamente seja lá quem fosse; a pessoa não viu a placa de Não Perturbe? E então ouvi o cartão deslizar pela porta. James já tinha voltado? Escondi o telefone debaixo do travesseiro.

Um instante depois, James entrou no quarto — e eu soube imediatamente que havia algo muito, muito errado. O rosto dele estava pálido e úmido, sua testa pingava e suas mãos tremiam bastante.

Instintivamente, levantei da cama e corri até ele.

— Meu Deus — falei ao me aproximar; eu podia sentir o cheiro de suor e de algo mais, algo doce e ácido. — O que houve?

— Estou bem — respondeu ele, correndo para o banheiro. Ele se apoiou na pia, respirando fundo. — Deve ter sido a comida italiana de ontem. — Ele se olhou no espelho na frente da pia e fez contato visual comigo, atrás dele. — Está tudo uma merda, Caroline. Primeiro você, depois isso. Eu vomitei lá fora, no meio da calçada — continuou ele. — Acho que preciso tirar tudo isso de dentro de mim. Tudo bem se... — Ele fez uma pausa, engolindo algo. — Tudo bem se eu ficar sozinho no quarto só um pouco, até que tudo isso saia do meu corpo?

Não hesitei nem por um segundo.

— É claro que sim. — Há anos eu sabia que James odiava vomitar na frente dos outros. E, sinceramente, eu também queria privacidade. — Mas você tem certeza de que está bem? Precisa de um suco ou de alguma coisa?

Ele fez que não com a cabeça e começou a fechar a porta do banheiro.

— Vou ficar bem, prometo. Só me dê um instante.

Assenti, calcei meu sapato, peguei minha bolsa e joguei meu caderno lá dentro. Coloquei uma garrada d'água do lado de fora da porta do banheiro e disse a James que voltaria em breve para ver como ele estava.

Então me lembrei de um café que ficava a uma quadra do hotel e segui para lá, na intenção de terminar de olhar as fotos no telefone.

Mas, assim que saí do hotel, recebi uma ligação. Não reconheci o número e pensei que pudesse ser James ligando do quarto, portanto atendi rapidamente:

— Alô?

— Caroline, é a Gaynor!

— Ah, caramba, oi, Gaynor. — Parei no meio da calçada, e um pedestre me lançou um olhar irritado.

— Desculpe por ligar tão cedo, mas os manuscritos sobre os quais lhe falei ontem à noite chegaram. Você consegue me encontrar na biblioteca, tipo, agora? Tecnicamente não estou trabalhando hoje, mas passei aqui para verificar os documentos. Você não vai acreditar.

Fechei os olhos, tentando lembrar o que ela tinha dito ontem sobre os documentos. Havia acontecido tanta coisa nas últimas vinte e quatro horas que as mensagens dela tinham sido assumidamente relegadas para o fundo da minha cabeça, devido à aventura da noite passada... e agora o estado de saúde de James.

— Desculpe, Gaynor, não consigo ir até aí agora, preciso ficar nesta parte da cidade, caso... — Eu me interrompi. Apesar da nossa longa sessão de pesquisa juntas, eu ainda não conhecia Gaynor o suficiente para sair falando sobre o meu marido infiel que estava vomitando no quarto do hotel. Na verdade, eu sequer tinha contado a ela que tinha um marido, não tínhamos conversado sobre nossas vidas pessoais. — Não consigo ir até aí agora. Mas estou indo tomar um café, quer me encontrar? Você pode trazer os documentos com você?

Eu ouvi a risada dela do outro lado da linha.

— Tirar os documentos da biblioteca é uma bela maneira de perder meu emprego, mas posso fazer cópias. Além disso, estou precisando de um café.

Concordamos em nos encontrar dali a meia hora no café perto do meu hotel, e esperei em uma mesa pequena no canto, comendo um croissant de framboesa e analisando as fotos do livro da boticária o máximo que podia.

Quando Gaynor entrou pela porta de vidro da cafeteria, travei meu celular e fechei meu caderno, lançando-os em segurança dentro da bolsa. Lembrei a mim mesma de agir tranquilamente; não podia deixar escapar que sabia nada a mais sobre a boticária do que sabia ontem, quando estava na biblioteca. Eu mal a conhecia, e compartilhar aquela informação revelaria não só que eu tinha infringido a lei, mas que também tinha alterado o que poderia ser um local histórico valioso. Como funcionária da Biblioteca Britânica, era possível que ela fosse obrigada, por seu compromisso profissional, a me denunciar.

Comi o último pedaço do meu croissant, a ironia ainda pairando sobre mim; eu tinha vindo para Londres porque estava magoada com os segredos de outra pessoa, e agora era *eu* quem tinha segredos.

Gaynor sentou-se na cadeira ao meu lado e inclinou-se para a frente, animada.

— Isso aqui é... inacreditável — começou ela, tirando uma pasta de uma bolsa grande. Sacou duas folhas de papel, cópias em preto e branco do que pareciam ser reportagens de um jornal antigo, divididas em diversas colunas, com uma manchete lá em cima. — Os jornais têm datas de apenas dois dias de diferença. — Ela apontou para o topo de uma das páginas. — O primeiro é de 10 de fevereiro de 1791, e o segundo é de 12 de fevereiro de 1791. — Ela pegou o primeiro jornal, do dia 10 de fevereiro, e se recostou na cadeira para olhar para mim.

Observei o jornal de perto e fiquei chocada.

— Você se lembra de ontem — explicou Gaynor —, quando escrevi para você que um dos documentos continha uma imagem? A imagem é essa. — Ela apontou para o meio da página, embora aquilo fosse desnecessário; meus olhos já estavam cravados nela. Era o desenho de um animal, tão rudimentar que parecia algo feito por uma criança na areia, mas eu não tinha dúvida alguma de que já tinha visto aquela imagem antes.

A imagem era a de um urso — idêntico ao urso pequenino gravado no frasco azul-claro que eu havia retirado da lama do rio Tâmisa.

22

ELIZA
10 de fevereiro de 1791

Já passava das oito horas da noite, e embora Nella tivesse trabalhado incessantemente durante as últimas horas, ela não me deixava ajudar. Em vez disso, dedicava-se à tarefa de empurrar as rolhas para dentro dos frascos o máximo que conseguisse, encher as caixas vazias com a maior quantidade de coisas que coubesse e esfregar algumas de suas tigelas com todo afinco. Ela arrumou e organizou tudo como se estivesse de partida — se não permanentemente, pelo menos por um bom tempo —, e tudo por causa do meu erro descabido.

De todos os erros, pequenos e grandes, que eu tinha cometido nos meus doze anos de vida, acreditava que pegar o frasco do armário de baixo tivesse sido o maior deles. Como eu não tinha visto o endereço gravado no frasco? Eu nunca tinha feito uma besteira tão grande, nunca na minha vida toda.

Ah, como eu queria voltar no tempo. E pensar que em algum momento fui meramente *inútil* para Nella. Agora aquilo seria um sonho; por causa do meu erro, talvez eu tenha condenado a ela e a todos nós dentro das páginas do livro de registros. Pensei novamente nos tantos nomes que eu havia traçado no livro alguns dias antes. Tinha reforçado a tinta para preservar e proteger o nome das mulheres, dar a elas um lugar na história, assim como Nella havia explicado. Mas eu temia que não estivesse preservando-as e protegendo-as coisa alguma. Em vez disso, o meu erro com o recipiente poderia expor as inúmeras mulheres marcadas ali. Poderia até arruiná-las.

Tentei pensar em maneiras práticas de consertar meu erro, mas não consegui encontrar nenhuma. Somente uma volta no tempo poderia consertá-lo, mas isso parecia uma coisa assustadora de se pedir, até mesmo para a magia.

E, ainda assim, Nella não tinha me mandado embora. Será que ela planejava me matar? Ou me forçaria a pagar pelo meu erro? O cômodo onde estávamos sentadas, sem dizermos nada, estava pesado com a frustração dela. Eu planejava ficar o mais quieta possível para não piorar tudo, e me encolhi de vergonha perto do fatídico armário, abraçando meu corpo, com apenas três coisas na minha frente: o livro de magia caseira de Tom Pepper, aberto no meu colo; o livro de magia das parteiras, de Nella, do lado; e uma vela quase se apagando. Eu não tinha coragem de pedir a Nella uma vela nova, e logo seria obrigada a colocar os livros de lado e... faria o quê? Dormiria com a cabeça apoiada na parede de pedra? Esperaria Nella sentenciar minha punição?

Levantei o pedacinho de vela sobre a página aberta na minha frente. À luz fraca, as palavras impressas do livro de magia de Tom Pepper pareciam dançar e se mover pela folha, e precisei fazer um grande esforço para focar uma única linha do texto. Aquilo me deixou muito frustrada; se havia algum momento para confiar na magia, que aplicada com habilidade tinha dado vida ao bebê natimorto Tom, era agora. Eu precisava encontrar um feitiço para reparar tudo aquilo, e tinha que ser logo. Durante a tarde eu procurara uma poção para me livrar do espírito de um homem, mas agora desejava me livrar do fardo que havia colocado, sem querer, sobre Nella e eu e muitas outras mulheres: a ameaça de prisão, condenação e quem sabe até execução.

Sublinhando com o dedo, li cada uma das frases e continuei a transcrever a lista de feitiços do livro de Tom.

Óleo de transparência, vis-à-vis jogando cartas

Efervescência para safra estendida da primavera

Tintura para reverter má sorte

Em meio ao barulho de Nella martelando um prego em uma caixa de madeira, meus olhos brilharam. *Tintura para reverter má sorte*. Bem, eu podia garantir que nenhuma boa sorte tinha vindo ao meu encontro nos últimos dias. Minhas mãos começaram a tremer, e a chama da vela tremia junto, enquanto eu lia o feitiço, que dizia ser mais poderoso que "qualquer arma, qualquer tribunal, qualquer rei". Analisei os ingredientes necessários — peçonha e água de rosas, penas amassadas e raízes de samambaia, dentre outros — e engoli em seco, a sensação de febre crescente. Eram coisas estranhas, sim, mas a loja de Nella era cheia de coisas estranhas. Eu já sabia da existência de dois dos ingredientes, a água de rosas e as raízes de samambaia, nas prateleiras dela.

Mas e os outros? Não havia como sair da loja desapercebida; como eu poderia conseguir os ingredientes de que precisava, e ainda por cima prepará-los conforme o livro indicava? Eu teria que revelar meus planos a Nella, pois não havia outra forma...

De repente, ouvi mais um barulho alto. Um minuto antes, eu acreditava que fossem as marteladas de Nella, mas agora vi que ela tinha abaixado o martelo. Entendi o que estava acontecendo e quase deixei minha vela cair; alguém estava batendo à porta.

Nella, trabalhando perto do fogo, olhou para a porta com seu jeito calmo. Ela não deixava transparecer nenhum medo, não parecia nervosa. Será que ela desejava que fosse a polícia? Talvez um fim para tudo aquilo seria um belo alívio. Permaneci congelada de terror. Se um policial aparecesse para prendê-la, o que seria de mim? Será que Nella revelaria o que eu tinha feito com o sr. Amwell? Eu nunca mais veria minha mãe nem minha patroa de novo, nunca teria a chance de contar a Tom Pepper sobre o feitiço que eu queria tentar...

E se a pessoa da porta fosse alguém ainda pior? Pensar nos olhos fundos do sr. Amwell e na ideia do fantasma branco e nebuloso dele apertou meu coração. Talvez ele tivesse cansado de esperar e tivesse finalmente vindo ao meu encontro.

— Nella, espere... — falei.

Ela me ignorou. Sem hesitar em seus passos, Nella aproximou-se da porta e a abriu. Eu fiquei tensa, coloquei o livro de magia de Tom Pepper de lado e debrucei-me para enxergar a entrada. Só havia uma pessoa em meio às sombras. Respirei de alívio, pois certamente um policial não apareceria sozinho.

A visitante, coberta por um tecido preto largo, vestia um capuz sobre o rosto. Seus sapatos estavam sujos de lama — o odor me atingiu imediatamente: urina de cavalo e terra batida —, e de onde eu estava sentada, do outro lado do cômodo, a convidada parecia uma sombra trêmula.

Ela estendeu as mãos cobertas com luvas pretas. Ali havia um frasco: o frasco que eu tinha enchido ontem com o pó mortal de escaravelho. Demorei um momento para entender realmente o que acontecia diante de mim. O frasco! A sentença de morte de Nella não mais existia!

A visitante desenrolou o tecido preto do rosto, e levei um susto ao reconhecê-la. Era Lady Clarence. Nunca me senti tão aliviada ao ver alguém em toda minha vida.

Nella apoiou uma mão na parede para se equilibrar.

— Você está com o frasco — disse ela, sua voz pouco mais alta que um sussurro. — Nossa, como temi que isso não acontecesse... — Ela se inclinou para a frente, a outra mão no peito, e achei que fosse cair de joelhos. Levantei-me depressa e fui na direção nela.

— Vim o mais rápido que pude — falou Lady Clarence. Um grampo estava frouxo em sua nuca, pronto para cair a qualquer momento. — Pode imaginar a confusão que está na casa. Eu nunca tinha visto tanta gente no mesmo lugar. É como se outro jantar estivesse prestes a acontecer, apesar de um pouco mais sombrio dessa vez. E as perguntas que eles insistem em fazer! Os advogados são os piores. Foi atividade demais para minha empregada, ela pediu as contas. Hoje de manhã, antes do amanhecer, lá se foi ela, sem dizer uma palavra. Só disse ao cocheiro que tinha se demitido e planejava deixar a cidade. Acho que não posso culpá-la, dados os últimos acontecimentos. Ela de fato participou da situação toda, colocando o pó dentro da taça da srta. Berkwell. Mas me deixou com grandes problemas.

— Caramba! — exclamou Nella, mas ouvi apatia em sua voz; ela não ligava nem um pouco para a empregada da Lady Clarence nem para o sumiço dela. Pegou o frasco, girou-o nas mãos e deixou escapar um suspiro. — Sim, é esse mesmo. Exatamente esse. Você me salvou da ruína, Lady Clarence.

— Sim, sim, eu lhe disse que me livraria dele, e trazê-lo até aqui foi um sacrifício e tanto, mas seu olhar à tarde me deixou muito assustada. Tudo está bem agora, acredito, e não vejo motivos para permanecer aqui nem mais um segundo além do necessário, já que está ficando tarde e não tive um momento sequer para chorar.

Nella ofereceu a ela um chá antes de ir embora, mas Lady Clarence recusou.

— Mais uma coisa — disse ela, olhando rapidamente para mim e depois passando os olhos pelo pequeno cômodo, sem os luxos com os quais ela devia estar acostumada. — Eu não sei exatamente o acordo que tem com a menina, mas caso queira considerar a minha proposta, por favor, lembre-se de que agora estou em busca de uma nova empregada. — Ela gesticulou na minha direção como se eu fosse um móvel. — Ela é mais jovem do que eu gostaria, mas nem tanto assim, e é bastante obediente, do tipo que fica com a boca fechada, certo? Gostaria de preencher a vaga até o final da semana. Por favor, avise-me assim que possível. Como eu disse, fico na Caster Lane.

Nella respondeu rapidamente:

— O-obrigada por nos avisar — agradeceu ela. — Eliza e eu vamos conversar sobre isso. Uma mudança pode ser boa ideia.

Lady Clarence assentiu e encaminhou-se para a saída, deixando Nella e eu sozinhas.

Nella repousou o frasco sobre a mesa e afundou-se na cadeira, deixando de lado a necessidade de organizar e empacotar tudo. Olhei para o livro de magia de Tom Pepper, ainda no chão; a vela ao lado tinha finalmente se apagado.

— Bem — começou Nella —, não estamos mais enfrentando uma crise. Você pode passar a noite aqui por conta desse acontecimento fortuito. De manhã, sugiro que pense na ideia de visitar a Lady Clarence. Pode ser um bom posto para você, se ainda estiver com medo da casa dos Amwell.

A casa dos Amwell. Aquelas palavras me lembravam de que nem todas as maldições sobre mim tinham se esvaído com a devolução do frasco. O erro que tinha colocado Nella em perigo podia estar resolvido, mas isso me deixava na mesma posição em que eu estava mais cedo. E eu não desejava um posto na casa da Lady Clarence; eu não confiava nela, e ela era fria. Eu só queria voltar a trabalhar para minha patroa. E isso significava voltar para a casa dos Amwell, e então a importância da tintura para reverter má sorte ainda existia. Das centenas de feitiços que eu tinha lido no livro, esse era o único que, com um pouco de imaginação, parecia capaz de fazer sumir o espírito persistente do sr. Amwell.

Grata por ter um lugar para dormir, meu coração agora batia ansioso pela tintura. Mas, se eu pretendia realizar o feitiço, precisava contar a Nella meus planos, na esperança de que ela me deixasse usar seus ingredientes, ou eu teria que pensar em uma maneira para conseguir todos eles sem que ela soubesse — como Frederick havia feito, tempos atrás.

Mas mesmo se eu escolhesse a primeira opção, aquele exato momento não parecia ser o ideal; nós duas estávamos cansadas, e Nella parecia tão exausta que seus olhos estavam vermelhos. Agora, precisávamos de algumas horas de sono.

O amanhã logo chegaria, e então eu encontraria uma forma de fazer a coisa que chamavam de magia. Guardei o livro debaixo da minha cabeça e usei-o como um travesseiro improvisado. Quando caí no sono, não pude evitar sonhar com o garoto que o dera para mim.

23

NELLA

11 de fevereiro de 1791

Se os venenos que eu havia preparado e as mortes que eles haviam causado estavam de fato apodrecendo meu corpo por dentro, eu tinha certeza de que a morte do Lorde Clarence tinha acelerado o processo. Será que era possível que a consequência sobre mim aumentasse de acordo com a fama da vítima?

Era de alguma relevância que Lady Clarence tivesse devolvido o maldito frasco, pois a crise imediata dos frascos fora revertida, mas o apodrecimento lento dentro de mim, não. Um fio de sangue espesso na minha garganta tinha surgido no último dia, e por mais que eu desejasse culpar as noites passadas no campo catando escaravelhos, eu temia que fosse algo pior: que aquilo que havia se alastrado pelos meus ossos e cérebro tivesse alcançado meus pulmões.

Como amaldiçoei o dia em que a Lady Clarence deixara sua carta com cheiro de rosa no barril de cevada! E como era enlouquecedor que nenhuma das minhas poções pudesse resolver o meu problema. Eu não sabia o nome da doença, tampouco o remédio para curá-la.

Não podia ficar sentada na minha loja por nem mais um segundo, transformando-me em pedra e, além do mais, eu precisava de um bloco de banha. Embora não tenha tido coragem de mandar Eliza embora imediatamente após a visita da Lady Clarence, na manhã seguinte eu não tinha escolha. Enquanto me preparava para ir ao mercado, eu disse à menina, de uma vez por todas, que era hora de ela partir.

Eliza me perguntou quanto tempo eu pretendia ficar fora.

— Não mais de uma hora — respondi, e ela me implorou para deixar que descansasse por mais trinta minutos, relatando uma dor de cabeça profunda em função da ansiedade do dia anterior. De fato, eu mesma sofria de uma dor de cabeça terrível, então dei a ela um pouco de óleo de erva prunela para ser passado nas têmporas e disse que poderia descansar os olhos por mais alguns minutos. Nós nos despedimos e ela me garantiu que já teria ido embora quando eu voltasse.

Reuni minhas forças e segui na direção da Fleet Street. Mantive minha cabeça baixa, com medo de, como sempre, alguém me olhar nos olhos e desvendar os segredos que eu guardava, cada assassinato tão claro quanto a taça de cristal da qual o Lorde Clarence havia bebido até sua morte. Mas ninguém sequer olhou para mim. Ao longo da avenida, uma vendedora ambulante oferecia quitutes feitos com limão, e um artista desenhava caricaturas alegres. O sol começava a sair de trás de uma nuvem, o calor atingindo meu pescoço cansado e dolorido, e ao meu redor eu ouvia o barulho seguro e tranquilo de uma conversa. Não pude deixar de pensar que era um bom dia, ou pelo menos melhor que o anterior.

Ao passar por uma banca de jornal, eu me vi enroscada entre um garotinho e sua mãe. Ela tinha acabado de comprar o jornal e agora tentava vestir o casaco no menino enquanto ele corria em círculos ao redor dela, fazendo uma brincadeira. Como eu estava de cabeça baixa, não consegui ver direito, e tampouco evitar a colisão, e me vi no meio do caminho da criança.

— Ai! — exclamei. Minha sacola voou para a frente e bateu forte na cabeça do menino. Atrás dele, sua mãe ergueu o jornal e deu uma bela palmada com o objeto no bumbum da criança.

Sob o ataque de duas mulheres, incluindo uma estranha, o garoto se rendeu:

— Tudo bem, mamãe — disse ele, e estendeu os braços como um passarinho depenado, esperando seu casaco. A mãe, vitoriosa, entregou o jornal à pessoa mais perto dela, que por acaso era eu.

O jornal da noite anterior, intitulado *The Thursday Bulletin*, caiu aberto nas minhas mãos. Era fino, diferente dos robustos *The Chronicle* ou *The Post*, e olhei para baixo com desinteresse, esperando que fosse devolvê-lo à mulher assim que ela tivesse uma mão livre. Mas um encarte, um anúncio impresso de maneira intempestiva, havia sido encaixado ali, e meu olho capturou diversas palavras no canto.

Como uma ameaça em tinta preta, as palavras diziam: "Polícia procura pelo assassino do Lorde Clarence".

Congelei, relendo as palavras e cobrindo minha boca para tentar não vomitar em cima das páginas. Meu estado emocional devia estar me pregando peças. Lady Clarence devolvera o frasco e tudo estava perfeitamente bem — certamente ninguém era suspeito de assassinato. Por quê? Eu devo ter lido errado. Forcei-me a tirar os olhos da página e olhar para outra coisa — o chapéu roxo enfeitado com um laço que estava na cabeça da senhora do outro lado da rua, ou o brilho ofuscante do raio de sol batendo nas janelas verticais das lojas das modistas atrás dela —, e então voltei meus olhos para a página.

As palavras não tinham mudado.

— Senhorita — disse uma voz doce. — *Senhorita.* — Ergui os olhos e vi a mãe, segurando a mão do seu filho, agora obediente e resplandecente em seu casaco grosso, esperando que eu lhe devolvesse o jornal.

— S-sim — gaguejei. — Sim, aqui está. — Entreguei o periódico, tremendo ao passá-lo dos meus dedos para os dela. A mulher me agradeceu e se afastou, e virei-me imediatamente para o vendedor da banca. — *The Thursday Bulletin* — pedi. — Você tem mais exemplares?

— Sim. — Ele me deu um dos dois exemplares que ainda restavam em cima da mesa.

Entreguei a ele uma moeda, enfiei o jornal dentro da bolsa e corri para longe, antes que meu rosto estampado pelo terror me traísse. Mas, enquanto eu corria para Ludgate Hill, apertando o passo o máximo que conseguia, finalmente comecei a temer o pior. E se as autoridades estivessem na minha loja naquele instante? A pequena

Eliza, ela estava lá sozinha! Agachei-me entre duas latas de lixo ao lado de um prédio, abri o jornal e li o mais rápido que pude. Tinha sido impresso durante a noite; a tinta estava fresca.

A princípio, achei a reportagem tão impossível de acreditar que me perguntei se eu não tinha recebido um papel em algum tipo de peça na qual eu atuava como participante involuntária. E talvez eu pudesse me convencer de que tudo aquilo não passava de uma peça de teatro, se os detalhes não se encaixassem tão perfeitamente.

A empregada da casa, dizia o encarte, tinha se demitido do seu posto, como Lady Clarence havia contado — mas ela devia ter feito a conexão com a morte repentina do Lorde Clarence, pois foi à polícia com uma cópia em cera de um dos frascos gravados da minha mãe. Com a revelação, quase gritei; não importava que o frasco estava agora em segurança na minha loja, pois a empregada tinha feito uma maldita cópia dele! Ela deve ter feito isso antes da Lady Clarence buscar o recipiente no porão. Talvez a empregada tenha ficado com medo de levar o frasco em si, correndo o risco de ser descoberta e considerada uma ladra.

Segundo a reportagem, a cópia em cera revelava um conjunto parcialmente legível de letras — *Be u s* — e um único desenho do tamanho de um polegar, que para a polícia parecia um urso apoiado nas quatro patas. A empregada da casa contou à polícia que sua patroa, Lady Clarence, a havia instruído a colocar o conteúdo do frasco dentro do licor de sobremesa que acabou sendo ingerido por Lorde Clarence. A empregada achou que era um adoçante; só mais tarde percebeu que se tratava de um veneno.

Continuei lendo e levei minha mão ao pescoço. As autoridades foram à casa da Lady Clarence na noite anterior — deve ter sido logo após ela devolver o frasco, o que explicava a tinta recente da inserção às pressas —, mas a mulher negou veementemente a acusação da empregada, insistindo não saber de veneno nem de frasco algum.

Ao virar a página, li que a identificação da *origem* do veneno agora era de importância urgente, uma vez que a "pessoa que o confeccionou" (a essa altura, deixei escapar mais um grito) poderia ajudar a resolver o impasse entre a história da Lady Clarence e a da sua empregada. A polícia esperava que, em troca de considerável clemência, a pessoa identificasse quem tinha, de fato, comprado o veneno usado para matar o Lorde Clarence.

E ainda por cima, a especificidade absoluta de tudo aquilo! Não era para o Lorde Clarence ter sofrido uma morte certeira e repentina. Era para a srta. Berkwell beber as cantáridas, e ela havia escapado ilesa da situação toda — ela não era nem suspeita da morte do seu amante, seu nome sequer era mencionado na reportagem. Eu tinha lamentado a possibilidade da morte dela o tempo todo, mas meu Deus, como as coisas tinham virado a seu favor!

No final, havia uma imagem tosca: uma cópia feita à mão da impressão em cera fornecida pela empregada. Se o recipiente em si mal era legível, o desenho do desenho certamente não seria melhor. Aquilo, se nada mais, me proporcionou um momento de calma.

Desviei o olhar da página. Meus dedos quentes e úmidos tinham manchado a tinta em diversos lugares, e a pele da minha axila e das minhas partes íntimas estava molhada. Fiquei parada no beco estreito entre as duas latas de lixo, respirando fundo, sentindo o cheiro da decadência.

Cheguei à conclusão de que havia duas possibilidades: eu podia voltar para minha loja e apagar todas as velas, para que a polícia não localizasse o Beco dos Fundos, nº 3, e confiar no meu último disfarce — a parede de prateleiras — para proteger a mim e aos segredos guardados lá dentro. Mas mesmo que a parede me protegesse, por quanto tempo eu resistiria à minha implacável doença? Alguns dias, talvez. E eu não queria morrer trancada dentro da loja da minha mãe! Já tinha estragado a reputação dela o suficiente com todos aqueles assassinatos; precisava arruinar ainda mais com a decomposição do meu corpo?

A segunda possibilidade, é claro, era de que a parede de prateleiras não me protegesse. Por mais segura que tivesse me sentido nos últimos anos, o endereço da minha loja nunca havia sido exposto de forma tão escancarada. O disfarce não era infalível; a polícia podia chegar com cachorros a tiracolo, e eles com certeza farejariam meu medo por trás da parede. Se as autoridades conseguissem entrar e me prendessem, que legado seria preservado de dentro da prisão? A memória duradoura da minha mãe era delicada o suficiente; lembranças dela vinham facilmente à minha mente enquanto eu circulava pela minha loja, mas essas preciosidades não iriam comigo para a prisão de Newgate.

Sem contar que eu não iria sozinha; imaginava que os policiais logo prenderiam as tantas outras mulheres cujos nomes constavam no meu livro de registros. Mulheres que eu pretendia ajudar, confortar, logo estariam ao meu lado atrás das grades, e seríamos acompanhadas apenas pelos olhares indesejados dos guardas da prisão.

Não, eu me recusava. Não aceitaria qualquer uma das possibilidades, pois havia outra alternativa.

A terceira e última alternativa era fechar a loja, deixar o livro de registros guardado em segurança atrás da parede falsa e acelerar minha própria morte: mergulhar nas profundezas congelantes do rio Tâmisa, tornar-me uma das sombras da ponte Blackfriars. Eu já tinha pensado naquilo inúmeras vezes, mais recentemente enquanto atravessava o rio com a bebê Beatrice nos braços, ao olhar as ondas batendo contra os pilares esbranquiçados de pedra e sentir a camada de névoa no nariz.

Será que minha vida inteira tinha me levado àquele destino, ao momento fatídico quando a água fria envolveria meu corpo e me puxaria para baixo?

Mas *a criança*. Eliza estava na loja, exatamente onde eu a tinha deixado, e eu não podia deixá-la sozinha para sofrer a inquisição de um policial que poderia descobrir a pista até o Beco dos Fundos, nº 3. E se Eliza ouvisse uma comoção, espiasse pela porta e expusesse involuntariamente o que estava por trás da parede falsa? Ela já tinha cometido um erro grave; se cometesse outro e ficasse cara a cara com um policial raivoso, eu não tinha o direito de pedir à pobre criança para defender tudo o que eu havia feito.

Mal tinha se passado quinze minutos desde que eu a deixara. Coloquei o jornal dentro da bolsa, saí do beco e segui de volta para minha loja de venenos. Eu não podia escolher uma morte como essa. Pelo menos, não agora.

Eu tinha que voltar para ela. Eu tinha que voltar para a pequena Eliza.

Eu a ouvi antes de vê-la, e a fúria cresceu dentro de mim. Sua falta de cuidado ao fazer tanto barulho poderia ter nos arruinado, se o desenho no jornal não o tivesse feito primeiro.

— Eliza — sussurrei, fechando a porta de correr atrás de mim. — Eu posso ouvi-la fazendo barulho do outro lado da cidade. Você não tem...

Mas prendi a respiração ao ver a cena diante de mim: em cima da mesa no centro do cômodo, Eliza estava sentada diante de vários frascos, garrafas e folhas amassadas de todas as cores, separadas em tigelas distintas. Devia haver umas duas dúzias de recipientes.

Ela olhou para mim, com o pilão na mão, um olhar de concentração fixo em sua testa. A bochecha estava pintada de pigmento vermelho — rezei que fosse apenas pó de beterraba — e os fios de cabelo na sua testa se espalhavam em todas as direções, como se ela estivesse fervendo água no fogo. Por um momento, fui levada a uma mesma cena trinta anos antes, mas era eu atrás da mesa e minha mãe que me observava, seu olhar paciente, porém levemente irritado.

A memória durou somente um instante.

— O que é tudo isso? — perguntei, com medo de que as folhas amassadas espalhadas pela mesa, pelo chão e pelos instrumentos pudessem ser mortais. Se fossem, a limpeza de toda aquela bagunça virulenta seria pavorosa.

— Eu... eu estou fazendo alguns chás — ela gaguejou. — Lembra-se da primeira vez que eu vim aqui? Você me deu... ah, chamava valeriana, acho. Aqui, eu achei um pouco. — Ela puxou um frasco avermelhado em sua direção. Instintivamente, olhei para a terceira prateleira da parte inferior da parede de trás; o local onde a valeriana deveria ficar estava de fato vazio. — E aqui, tem também água de rosas e hortelã. — Ela empurrou os frascos para a frente.

O que eu poderia fazer com aquela criança ignorante? Ela não tinha noção das coisas?

— Eliza, não toque em mais nada. Como você tem certeza de que nenhuma dessas coisas pode lhe matar? — Corri até a mesa, meus olhos vasculhando cada frasco. — Vai me dizer que saiu pegando coisas das prateleiras sem ter nenhum conhecimento do que elas podem lhe causar? Ai, céus, quais você experimentou?

O pânico cresceu dentro de mim quando comecei a pensar nos antídotos para os meus venenos mais letais, curas que poderiam ser rapidamente misturadas e ministradas.

— Ouvi com bastante atenção nesses últimos dias — disse ela. Franzi a testa, sem acreditar que eu tinha precisado de coisas como água de rosas e peçonha e raízes de samambaia, o último claramente marcado na caixa de madeira equilibrada de maneira precária na ponta da mesa. — E eu também olhei alguns dos seus livros ali. — Ela apontou para os livros, mas eles pareciam intactos, o que significava que Eliza estava mentindo ou que ela tinha as habilidades de um ladrão com bastante prática. — Preparei alguns chás aqui, para experimentarmos. — Com coragem, ela empurrou duas xícaras de chá na minha direção, uma delas transbordando de um líquido de cor índigo forte e o outro, um marrom-claro que lembrava o interior de um penico. — Antes que eu vá embora de vez — acrescentou ela, com a voz tremendo.

Eu não tinha interesse algum em seus chás e pretendia dizer isso a ela, mas lembrei que Eliza não tinha lido a reportagem do jornal, que me deixara tão nervosa. Agora, mais do que nunca, eu precisava permanecer cautelosa e discreta, e seria prudente começar a arrumar a loja de uma vez por todas. Embora eu não tivesse o intuito de voltar ali, não podia suportar a ideia de deixar tudo bagunçado.

— Escute com bastante atenção, garota. — Larguei a sacola do mercado, vazia exceto pelo jornal. — Você precisa ir embora. Neste exato momento, sem nenhum segundo a perder.

A mão dela parou em cima de uma pilha de folhas amassadas. Contrariada e desolada, e pela primeira vez pareceu a criança que eu nunca tinha visto antes. Ela olhou para o armário onde o recipiente estava guardado, aquele que Lady Clarence havia devolvido.

Como Eliza deve ter ficado confusa com a minha contundência e necessidade repentina de pressa.

Mesmo assim, eu não contaria a ela meus motivos — não contaria a ela o que sabia. Eu queria, mesmo naquele momento, protegê-la.

Inclinei a cabeça, lamentando por nós duas. Desejei poder enviá-la para a casa da Lady Clarence, mas sabendo que as autoridades estavam lá, fazendo perguntas, era perto demais do perigo.

— Por favor, volte para a casa dos Amwell, menina. Sei que está com medo, mas você precisa partir. Ficará segura lá, prometo.

Cercada de folhas amassadas e respingos coloridos, Eliza olhou para os frascos e garrafas na sua frente enquanto pensava no meu pedido. Por fim, ela assentiu e disse:

— Eu vou. — E então, segurou algo que não consegui ver o que era e guardou-o dentro do vestido. Não me importei o suficiente para questioná-la; deixei que a menina levasse o que quisesse. Preocupações maiores me aguardavam.

Afinal de contas, nossas próprias vidas estavam em jogo.

24

CAROLINE
Dias atuais, quarta-feira

Nos fundos do café, Gaynor e eu nos debruçamos sobre a mesa, as duas reportagens sobre a boticária abertas na nossa frente. Os artigos foram publicados em um jornal chamado *The Thursday Bulletin*, que, de acordo com a explicação de Gaynor, não era um periódico com ampla circulação e só existiu entre 1778 e 1792. Segundo a pesquisa rápida que ela havia feito naquela manhã, o jornal acabou devido à falta de financiamento, e o arquivo da biblioteca continha somente uma fração dos assuntos publicados, nenhum deles digitalizado.

— Então como você encontrou isso? — perguntei a ela, dando um gole no meu café.

Gaynor sorriu.

— Nossas datas estavam todas erradas. Se o bilhete do hospital era de fato uma confissão no leito de morte, o autor provavelmente estava fazendo referência a algo que havia acontecido antes em sua vida. Então, pesquisei os manuscritos e expandi minha busca para o fim de 1700. Também acrescentei a palavra-chave *veneno*, que parecia lógico para uma boticária que ajudava a matar pessoas. A pesquisa resultou nesta reportagem, e é claro que eu reconheci a imagem do urso imediatamente.

Gaynor ergueu o jornal mais antigo, datado de 10 de fevereiro de 1791. A manchete dizia "Polícia procura pelo assassino do Lorde Clarence".

Como Gaynor já tinha lido, ela foi até o balcão pedir um café com leite enquanto eu pegava o artigo e o lia rapidinho. Quando ela retornou, eu já tinha me movido para a ponta da cadeira, boquiaberta.

— Isso é escandaloso! — eu disse a ela. — Lorde Clarence, Lady Clarence, uma empregada servindo um licor de sobremesa em um jantar... Tem certeza de que isso é verdade?

— Certeza absoluta — respondeu Gaynor. — Conferi os registros paroquiais do Lorde Clarence. Lá está confirmado, a data de morte foi registrada em 9 de fevereiro de 1791.

Apontei para a imagem na reportagem outra vez.

— Então a empregada fez uma cópia em cera do urso no frasco, e... — Passei meus dedos sobre a imagem impressa. — E é o mesmo urso que aparece no meu frasco.

— Exatamente o mesmo — confirmou Gaynor. — Quanto mais eu penso nisso, mais faz sentido. Se a boticária realmente fazia venenos para diversas mulheres, talvez o urso fosse algo como a logomarca dela, que colocava em todos os seus frascos. Nesse caso, seu achado no rio ainda é incrível, mas menos casual do que achamos em princípio.

Gaynor levantou o jornal e leu novamente uma parte.

— E aqui as coisas ficam um pouco complicadas para a nossa querida boticária. A cópia em cera não continha somente a imagem de um urso. Tinha algumas letras também. — Ela apontou para a seção que indicava que a polícia estava tentando decifrar as letras *Be u s*.

— A polícia suspeitava que fosse parte de um endereço. Obviamente, nós sabemos pelo bilhete do hospital que as letras significavam Beco do Urso. Mas no momento dessa publicação, a polícia não sabia disso. — Gaynor tirou a tampa do seu copo para que o café com leite esfriasse, e prendi a respiração, lembrando-me da porta que eu tinha adentrado na noite anterior. Eu suspeitava que *Be u s* não fosse Beco do Urso. Provavelmente era *Beco dos Fundos*, a passagem que dava no cômodo secreto da boticária.

— Parece loucura que ela colocasse o próprio endereço nos frascos, não acha? — Gaynor deu de ombros. — Vai saber o que se passava pela cabeça dela. Talvez tenha sido um erro impruden-

te. — Ela segurou a segunda reportagem. — De qualquer forma, eu também trouxe o outro jornal comigo, e é este que identifica a mulher como uma boticária. E pior ainda, uma *boticária assassina*. Eu suspeito que logo após a publicação da primeira reportagem...
— Gaynor interrompeu a fala. — Bem, vamos dizer que foi o início do fim para ela.

Franzi a testa.

— O início do fim?

Gaynor virou a segunda reportagem para mim, datada de 12 de fevereiro de 1791. Mas eu não consegui ler, pois meu telefone, que estava em cima da mesa caso James ligasse, começou a tocar. Olhei para a tela e meu coração disparou quando vi que era ele.

— Oi. Você está bem?

Primeiro ouvi a respiração ofegante dele, e então uma inspiração lenta seguida de uma expiração trêmula e sibilante.

— Caroline — disse ele, com a voz tão baixa que eu mal conseguia ouvi-lo. — Eu preciso ir para o hospital. — Coloquei a mão na boca, certa de que meu coração tinha parado. — Tentei discar 911, mas não funciona aqui.

Fechei os olhos, lembrando vagamente do panfleto na mesa de entrada do hotel com o número de emergência do Reino Unido. Mas naquele momento de pânico desorientado eu não conseguia me lembrar.

A sensação de vertigem veio seguida do pânico que crescia dentro de mim; o café, barulhento com as conversas e o chiado de uma máquina de café expresso, estava me tirando do eixo.

— Chego em um instante — falei rápido, deslizando da cadeira e pegando minhas coisas. — Preciso ir — falei a Gaynor, minhas mãos tremendo bastante. — Desculpe, é o meu marido. Ele está doente. — De repente, meus olhos se encheram de lágrimas. Apesar do que eu sentira em relação a James naqueles últimos dias, agora eu estava tão apavorada que minha boca ficou seca; eu não conseguia nem engolir saliva. No telefone, James parecia estar com dificuldade para respirar.

Gaynor olhou para mim, confusa e preocupada.

— Seu *marido*? Meu Deus, sim, claro, vá. Mas... — Ela pegou as duas reportagens e as entregou para mim. — Leve isso com você. Essas cópias são suas.

Agradeci, dobrei as páginas ao meio e as joguei dentro da minha bolsa. E então, desculpando-me uma última vez, saí apressada pela porta e comecei a correr para o hotel, lágrimas quentes finalmente surgindo e escorrendo pela minha bochecha pela primeira vez desde que eu tinha chegado em Londres.

Quando entrei no quarto, o cheiro me atingiu primeiro: o odor doce e ácido que eu tinha sentido nele mais cedo. *Vômito*.

Lancei minha bolsa no chão, ignorando a garrafa d'água e o caderno que caíram do lado de fora, e corri para o banheiro. Encontrei James deitado de lado, em posição fetal, branco como um papel, o joelho encostado no peito, tremendo loucamente. Ele deve ter tirado a camiseta em algum momento, porque ela estava amassada perto da porta, ensopada de suor. De manhã, eu não conseguia suportar vê-lo sem camisa, mas agora eu me ajoelhei ao lado dele e coloquei a mão na sua barriga.

Ele olhou para mim com os olhos cheios d'água, e um grito ecoou da minha garganta. Havia sangue em sua boca.

— James — gritei. — Meu Deus.

Foi quando olhei dentro do vaso sanitário. Mais do que simplesmente vômito, parecia que alguém tinha espalhado tinta guache vermelha. Cambaleando, corri até o telefone do quarto e pedi para a recepção ligar para uma ambulância. Desliguei e corri de volta para o banheiro. Era evidente que aquilo não era uma intoxicação alimentar da comida do restaurante italiano. Mas eu não tinha conhecimento médico algum; como James havia evoluído de uma simples tosse hoje de manhã e agora estava vomitando sangue? Algo não fazia sentido.

— Você comeu alguma coisa depois que saiu hoje de manhã? — perguntei.

Deitado no chão do banheiro, ele sacudiu a cabeça, fraco.

— Não. Eu não comi nada hoje.

— Não bebeu água, nada? — Talvez ele tenha bebido algo que não deveria, ou...

— Só o óleo que você me deu, que tenho certeza de que já deve ter saído de mim há muito tempo.

Franzi a testa.

— Não havia nada para sair. Era para você esfregar no peito, como fez outras vezes antes.

James sacudiu a cabeça de novo.

— Eu perguntei se você tinha remédio de gripe e você disse que não, que tinha óleo de mandioca ou algo assim.

Eu fiquei branca.

— Eucalipto?

— Sim, isso — ele gemeu, limpando a boca com a mão. — Eu tomei, do mesmo jeito que faria com um remédio de gripe.

O frasco estava do lado da pia, e a etiqueta dele era bem clara: o óleo tóxico era somente para uso tópico. Não deveria ser ingerido. E se o perigo não fosse óbvio o suficiente, a etiqueta também dizia que a ingestão podia causar convulsão ou morte em crianças.

— Você *bebeu* isso? — perguntei, incrédula, e James assentiu.

— Quanto? — Mas antes que ele respondesse, levantei o frasco na direção da luz. Felizmente, não estava vazio, nem na metade. Mas ainda assim, ele tinha dado um gole grande daquilo? — James, essa porra é tóxica!

Ele respondeu, abraçando os joelhos mais perto do peito:

— Eu não sabia — murmurou ele em uma voz doce. Aquilo era tão patético, eu queria deitar no chão ao lado dele e pedir desculpas, apesar de não ter feito nada de errado.

Ouvi uma batida abrupta na porta e um grito do outro lado.

— Médico — disse uma voz masculina.

Os minutos seguintes foram um borrão. Os paramédicos me pediram que me afastasse enquanto avaliavam James. Além de dois gerentes do hotel que apareceram do nada, devia ter umas dez pessoas no quarto, um carrossel de rostos preocupados.

Uma jovem usando um uniforme azul-marinho engomado ficou ao meu lado — *La Grande* estava bordado em sua camiseta — e me ofereceu chá, biscoito e até uma bandeja de sanduíche. Recusei tudo, enquanto tentava ouvir os sotaques britânicos pesados que pairavam pelo ar com todos que se esforçavam para cuidar do meu marido. Eles faziam uma pergunta atrás da outra para ele, e só consegui entender algumas.

Os paramédicos pegaram um equipamento de uma bolsa pesada de pano: uma máscara de oxigênio, um medidor de pressão arterial e um estetoscópio. O banheiro do hotel parecia uma sala de emergência, e ver aquele equipamento foi como um tapa na minha cara enquanto eu me perguntava, pela primeira vez, se James corria risco de morte. *Não*, balancei a cabeça, *nem comece. Isso não vai acontecer. Eles não vão deixar.*

Quando vim a Londres sem James na nossa viagem de "aniversário" de casamento, eu esperava uma crise emocional, mas não daquele tipo. Agora, com minhas próprias feridas ainda tão abertas, eu me via rezando desesperadamente para que meu marido não morresse no chão daquele banheiro na minha frente, mesmo que tivessem me ocorrido ideias obscuras e passageiras de matar alguém nos minutos após saber que ele estava tendo um caso.

E, então, James contou aos paramédicos sobre o óleo de eucalipto, e um deles levantou o frasco para olhar, assim como eu tinha feito.

— O frasco tem 40ml, mas ainda está na metade — anunciou o paramédico em uma voz autoritária. — Quanto você bebeu?

— Só um gole — murmurou James enquanto alguém colocava uma luz dentro do seu olho.

Um dos paramédicos repetiu isso no telefone que segurava na orelha:

— Hipertensão, sim. Vômito significativo. Sangue, sim. Nada de álcool nem de outros remédios. — Todos pararam por um instante, e imaginei que alguém do outro lado da linha estivesse digitando informações em uma base de dados, talvez para determinar os métodos de tratamento urgentes.

— Há quanto tempo isso foi ingerido? — perguntou o paramédico a James, segurando uma máscara de oxigênio no rosto de meu marido. Ele deu de ombros, mas vi em seus olhos que ele estava apavorado, confuso e lutando para respirar.

— Entre duas horas e meia a três horas atrás.

Todo mundo olhou para mim, como se pela primeira vez tivessem notado minha presença.

— Você estava com ele quando o líquido foi ingerido?

Assenti.

— E o óleo pertence a você?

Novamente, fiz que sim.

— Certo. — O paramédico voltou-se para James. — Venha conosco.

— Pa-para o hospital? — perguntou James, levantando a cabeça levemente do chão. Conhecendo James, eu sabia que ele não queria ir, que queria ficar bom num passe de mágica, insistindo que estava bem e que só precisava de alguns minutos.

— Sim, para o hospital — confirmou o paramédico. — Embora o risco de convulsão provavelmente já tenha passado a essa altura, a supressão do sistema nervoso central é comum durante algumas horas após a ingestão, e a ocorrência de mais sintomas sérios tardios não é incomum. — O médico virou-se para mim. — Esse negócio é muito perigoso — afirmou ele, segurando o frasco. — Se tiver crianças em casa, sugiro jogar isso fora. Não é a primeira vez que cuido da ingestão acidental de óleo de eucalipto.

Como se eu não estivesse me sentindo culpada e sem filhos o suficiente.

— Sr. Parcewell. — No banheiro, um dos paramédicos sacudiu o ombro de James. — Sr. Parcewell, senhor, fique comigo — disse o médico novamente, com a voz alta.

Corri de volta para o banheiro e vi que a cabeça de James estava caída para um dos lados e seus olhos estavam revirados. Ele estava inconsciente. Eu me lancei na direção dele, mas uma mão me segurou.

De repente, um turbilhão de coisas aconteceu: mensagens inteligíveis transmitidas em rádios, barulho de aço enquanto uma maca era trazida do corredor. Vários homens levantaram meu marido do chão, seus braços pendurados para o lado do corpo. Comecei a chorar, e os funcionários do hotel correram para o corredor, abrindo espaço; até eles pareciam amedrontados, e a mulher de uniforme azul-marinho tremia levemente, ajeitando seu uniforme. Um silêncio sombrio dominou o quarto enquanto os paramédicos, bem treinados, fizeram o rápido trabalho de colocar James na maca e tirá-lo do banheiro.

Eles levaram James às pressas pelo corredor, na direção dos elevadores. Em questão de segundos, o quarto estava vazio, só restando eu e um único médico. Um instante atrás, ele estava em um telefonema no canto do quarto, perto da janela. Agora, ajoelhou-se no chão perto da mesa e abriu o zíper frontal de uma bolsa grande de tecido.

— Eu posso ir com ele na ambulância? — perguntei em meio às lágrimas, já me encaminhando para a porta.

— Você pode ir conosco, sim, senhora. — Isso me deu um certo conforto, embora algo em seu tom de voz calmo me preocupasse, e ele parecia hesitante em me olhar nos olhos. E então, prendi a respiração. Ao lado da bolsa do médico, vi meu caderno, que tinha caído aberto em uma das páginas de anotações que eu havia feito naquela manhã. — Levarei isso comigo — disse ele, pegando o caderno do chão. — Temos dois policiais esperando no hospital. Eles gostariam de conversar com a senhora.

— Po-policiais? — gaguejei. — Não estou entendendo...

O médico olhou para mim. E então, com um movimento firme da mão, ele apontou para minha letra no topo da página do caderno:

Quantidade de ingredientes não venenosos para matar.

25

ELIZA
11 de fevereiro de 1791

Nella havia planejado se ausentar durante uma hora, então fiquei apavorada quando ela retornou em menos de trinta minutos. Era tempo suficiente para encontrar e misturar os ingredientes necessários para a tintura para reverter a má sorte, mas não o bastante para arrumar a bagunça e guardar os frascos de volta nas prateleiras.

Quando entrou, ela me viu com as mãos sujas e dois chás quentes, que só serviam de disfarce, bem como ela me ensinou — algo para mostrar caso ela voltasse mais cedo, pois eu não queria que ela soubesse que eu tinha usado seus frascos para fazer uma magia. Os chás quentes eram para enganá-la, e não pude deixar de me sentir como Frederick, que também tinha misturado tinturas pelas costas de Nella. Mas ele queria usá-las contra ela, e eu não faria mal algum a Nella.

Algo parecia preocupá-la e, apesar da bagunça com que se deparou, ela não ficou brava comigo como eu esperava. Ofegante, afirmou que eu precisava ir embora de uma vez por todas e me implorou para voltar para a casa dos Amwell.

Mas aquilo não importava. A maior parte do meu trabalho estava concluída. Alguns instantes antes de ela entrar na loja, eu tinha colocado a poção recém-misturada em dois frascos, ambos encontrados ao lado dos outros recipientes vazios, na bancada. Achei prudente preparar dois frascos, caso um caísse no chão e quebrasse. Com apenas dez centímetros de altura, os recipientes eram idênticos em tudo, exceto na cor. Um era da cor de um dia claro — um azul translúcido e clarinho — e o outro, um rosa pastel.

Conferi duas, três vezes: os frascos só tinham a marca da imagem do urso — nenhuma palavra. Estavam agora escondidos dentro do meu vestido, agarrados ao meu peito.

Nella pareceu aliviada quando concordei em fazer o que ela desejava e ir embora da loja. Mas eu não pretendia voltar imediatamente à casa dos Amwell, como ela acreditava. Segundo o livro de magia, a tintura precisava curar por sessenta e seis minutos, e fazia apenas quatro que eu tinha terminado de misturá-la, exatamente à uma da tarde. Por isso, não podia voltar para a casa dos Amwell. Ainda não.

Ofereci-me para limpar a bagunça que havia feito, mas ela fez que não com a cabeça, falando que era uma tarefa inútil, dada a situação. Embora eu não soubesse exatamente o que ela queria dizer com isso, coloquei minhas mãos no peito, onde os frascos estavam guardados. Em breve, eu esperava que as coisas voltassem ao normal. Em poucas semanas, minha patroa retornaria de Norwich e poderíamos retornar aos nossos dias longos e confortáveis juntas em sua saleta, livres do sr. Amwell — de todas as formas.

E, assim, pela segunda vez em dois dias, Nella e eu nos separamos. Na minha cabeça, não havia dúvidas de que, depois daquele dia, eu nunca mais a veria. Ela não me queria ali, e se a magia da tintura desse certo ou não, seria imprudente voltar. Apesar da despedida da minha nova amiga, meu coração estava leve — os frascos estavam frios contra minha pele e cheios de possibilidades —, e eu não estava tão triste como da última vez que nos despedimos. Não chorei, e até Nella parecia distraída, como se seu coração não estivesse mais tão dolorido.

Ao nos abraçarmos uma última vez, chequei o relógio atrás dela. Oito minutos haviam se passado. Guardei o livro de magia de Tom Pepper em um bolso interno do meu vestido. Embora a tintura estivesse misturada e eu não precisasse mais do livro, eu não podia nem pensar em me separar daquele presente. E eu pretendia, em algum momento, muito em breve, voltar à loja dele. Talvez pudéssemos folhear o livro e tentar fazer outra magia juntos. A ideia deixou a ponta dos meus dedos dormente.

Apesar de não poder retornar à casa dos Amwell com a minha tintura pela próxima hora, segui na direção oeste, pois o caminho para a casa deles me deixava mais perto de outro lugar que eu estava curiosa para conhecer: a residência dos Clarence. Eu não tinha interesse algum em aceitar a vaga oferecida por Lady Clarence, mas minha curiosidade tinha sido despertada pelo local desconhecido onde o Lorde Clarence tinha encontrado o seu fim. Andei na direção da cúpula estonteante da igreja de St. Paul e virei na Carter Lane, onde Lady Clarence disse que morava.

Diante de mim havia meia dúzia de casas geminadas, idênticas em aparência, e em qualquer outro dia eu não teria a menor ideia de qual delas pertencia à família Clarence. Mas não era o caso hoje; a residência no fim da rua parecia um pote de mel cheio de abelhas, lotada de gente, e o burburinho das conversas estava por toda parte. Eu soube, instintivamente, que aquela era a propriedade dos Clarence e que havia algo errado. Fiquei paralisada, com medo de chegar mais perto.

Atrás de uma fila de plantas, observei a cena. De fato, devia ter mais de vinte pessoas correndo para lá e para cá, a metade delas era formada por policiais usando sobretudo azul-marinho. Não vi Lady Clarence em lugar algum. Balancei a cabeça, sem entender o motivo para tanta agitação. Na noite anterior, eu tinha visto o frasco que Lady Clarence levara de volta para Nella. Ela não tinha dado nenhum motivo para desconfianças, e sua grande preocupação do momento era que a empregada tinha ido embora de forma repentina. Se fosse suspeita de algum crime, teria mencionado na noite anterior. Será que mais alguma coisa tinha acontecido na casa?

Tomei coragem, e uma ideia surgiu: eu iria até lá, fingiria interesse na vaga de emprego da Lady Clarence, e quem sabe descobriria o motivo de tantos visitantes, de tantos policiais. Eu me afastei do arbusto e caminhei casualmente em direção à residência, como se não soubesse do fato de que um homem tinha morrido ali, vítima de um veneno que preparei com minhas próprias mãos.

Vários homens estavam parados na entrada da casa. Ao me aproximar dos degraus da frente, comecei a ouvir fragmentos da conversa sussurrada e apressada.

— Ele está na sala de estar. Venha logo...

— ...a imagem do frasco corresponde à cópia em cera da empregada, uma equivalência perfeita...

De repente, minha pele ficou úmida de suor e um dos frascos escorregou mais para dentro do meu vestido. Subi lentamente os degraus, lembrando-me do meu falso propósito para estar na residência dos Clarence. Não importa o que eu visse ou ouvisse, eu não poderia esquecer. Alcancei a porta. Ninguém reparou que eu estava ali, e continuaram conversando.

— ...houve relatos de outras mortes, de natureza similar...

— ...talvez o mesmo assassino...

Eu me desequilibrei, um dos pés tropeçou no outro e comecei a cair para a frente. Dois braços me seguraram no ar, e um policial com uma cicatriz na bochecha direita me colocou de pé.

— Lady Clarence — gaguejei. — Eu vim falar com ela.

Ele franziu a testa.

— Com que propósito?

Fiz uma pausa, minha mente estava uma confusão de ervas e nomes e datas, como uma página do livro de registros de Nella. *O mesmo assassino.* As palavras ecoaram na minha cabeça como se alguém as tivesse sussurrado atrás de mim. Uma luz forte surgiu por trás dos meus olhos e temi cair no chão, mas o homem continuou me segurando.

— Empregada — respondi. — Estou aqui para falar sobre a vaga de empregada.

O homem inclinou a cabeça para mim, ainda parecendo confuso.

— A empregada da casa foi embora ontem. Lady Clarence já divulgou uma vaga? — E então, ele olhou para trás de mim, como se estivesse esperando para perguntar diretamente para ela. — Venha comigo — disse ele. — Ela está na sala.

Entramos juntos, o policial me conduziu por um corredor cheio demais, com cheiro de suor e hálito ácido. Vários outros policiais estavam parados em círculo, debatendo sobre o que parecia ser um desenho em um jornal, mas não consegui ver a imagem. Acima de uma mesa de canto laqueada de preto e dourado, havia um espelho enorme que refletia o horror nos meus olhos. Virei para o outro lado, querendo desesperadamente fugir daquele lugar repleto de homens raivosos de rostos vermelhos. Eu não deveria ter entrado na casa.

Lady Clarence estava sentada na sala com dois policiais. No instante em que me reconheceu, levantou-se e deixou escapar um grande suspiro de alívio.

— Ó, céus — disse ela. — Você veio para falar da vaga? Venha, vamos conversar e...

Um dos policiais levantou a mão.

— Lady Clarence, ainda não terminamos.

— Minha conversa com a menina não vai levar mais que alguns minutos, senhor. — Ela não disse mais nada a ele, passou os braços ao meu redor e me levou embora da sala. Sua pele estava úmida e grudenta; suor escorria de sua testa. Rapidamente, ela me puxou pelas escadas, para o segundo andar e para dentro de um dos quartos. O cômodo estava metodicamente arrumado, a cama de dossel intacta, como se nunca tivesse sido usada. Um armário, polido recentemente, refletia a luz amarelada da janela.

— Está tudo indo muito mal, Eliza — sussurrou ela depois de fechar a porta. — Você vai voltar à loja de Nella imediatamente e dizer a ela para ir embora. Vocês duas devem partir, o quanto antes, ou ela será presa e enforcada. E você também, possivelmente. Eles não vão lhe poupar por causa da sua idade. Ah, como tudo isso é inacreditável.

— Eu não estou entendendo — falei, com os lábios tremendo, as palavras saindo atropeladas da minha boca. — Você devolveu o frasco e disse que estava tudo bem...

— Ah, mas tudo deu errado ontem à noite! Veja só, quando minha empregada partiu ontem, eu não sabia que ela havia divulgado várias informações para os policiais. Ela disse a eles que eu a havia instruído a colocar o conteúdo do frasco dentro da taça, e entregou a eles uma imagem em cera do frasco, que contém o pequeno urso e o endereço. O endereço, graças a deus, ainda não foi decifrado, embora eu tema que seja apenas uma questão de tempo. De pouco adiantou devolver o frasco para Nella se a empregada já tinha feito uma cópia dele, não é mesmo? Que terrível é aquela mulher, e que covarde! Se fosse um pouquinho inteligente, teria roubado o frasco e entregado à polícia, mas acho que ela ficou com medo de que alguém chegasse e a visse escondendo o recipiente no vestido.

Lady Clarence sentou-se na cama e alisou sua saia.

— A imagem foi impressa durante a noite no jornal e revelada hoje de manhã e, logo depois, um senhor de St. James's Square foi direto às autoridades. Várias semanas atrás, tentando desvendar a morte inesperada do filho, que acreditavam, a princípio, ter ocorrido devido à febre tifoide, ele encontrou um frasco debaixo da cama onde o rapaz havia morrido. Não achou que fosse algo significativo na época, até ver a imagem no jornal. Exatamente a mesma imagem de urso que estava no frasco encontrado por ele!

Lady Clarence fez uma pausa, olhando em desalento pela janela.

— Não havia nenhum endereço no frasco do homem, ainda bem. Isso é tudo o que sei, Eliza, mas estou ouvindo sussurros entre os policiais de que há outra pessoa, talvez duas, que se pronunciaram com recipientes semelhantes, com o mesmo desenho do pequeno urso, e cada um deles sabe de uma morte repentina em seu círculo próximo. Vai saber quantos estão por aí! Mas agora estão falando sobre um assassino reincidente e há uma certa pressa para identificar o endereço ilegível. Eles decifraram algumas letras, então será apenas uma questão de tempo até reunirem cartógrafos e vasculharem cada rua.

Lady Clarence passou a mão sobre a penteadeira ao nosso lado, que estava impecável, exceto pelas marcas de dedo oleosas deixadas por ela.

— Isso tem grande relevância para mim, claro — disse ela, abaixando ainda mais o tom de voz. — Ontem à noite, o policial me confrontou sobre a alegação da empregada de que eu havia matado o meu marido. E o que eu podia fazer senão negar? Então, agora, o endereço ilegível é ainda mais importante para as autoridades, pois eles querem falar com a dona do frasco para determinar quem o comprou. Estou muito feliz que tenha vindo, pois que outra maneira eu teria de escapar desses olhares predadores e avisar isso a Nella? Ela entregaria meu nome para eles? Ah, agora vá, e a convença a não fazer isso! Diga que ela precisa partir neste instante, ou eles irão encontrá-la e farão todo tipo de artimanha até que ela revele seus segredos.

Lady Clarence teve um calafrio e envolveu-se no próprio abraço.

— E pensar que eu ameacei entregá-la à polícia depois que ela jogou o pó no fogo! Meu Deus, tudo se virou contra mim. Agora vá, ou todas nós estaremos com a corda no pescoço até o fim do dia.

Eu não tinha mais nenhuma pergunta a fazer. Eu não me importava em descobrir mais nada sobre o homem na sala de estar com o frasco igual, ou para onde a empregada traidora da Lady Clarence havia fugido, ou se o pobre Lorde Clarence já havia sido enterrado. Eu já sabia tudo o que precisava saber: não era somente o espírito do sr. Amwell que me assombrava agora. A sombra do meu erro, que acreditei estar resolvido horas antes, tinha voltado em forma de vingança. Eu tinha que correr até a loja de Nella. Só que...

— Que horas são? — perguntei. A tintura para reverter má sorte era, mais do que nunca, de extrema importância. Nenhuma outra coisa poderia salvar Nella, e eu, daquele destino.

Lady Clarence olhou para mim, surpresa.

— Há um relógio no corredor — respondeu ela. Mas ao sairmos do quarto, dei um suspiro de frustração. O relógio dizia que não eram sequer uma e meia; somente vinte e oito minutos tinham se passado desde que eu fechara o frasco.

Saí da casa correndo, passando pelo meio dos homens uniformizados que se aglomeravam na entrada. Muitos deles olharam para mim enquanto eu deixava a residência, e ouvi Lady Clarence dizer a eles que tinha me dispensado para a vaga de empregada. Não me atrevi a olhar para trás até chegar a Dean's Court, e fiquei extremamente aliviada em ver que ninguém tinha me seguido. Para ter certeza, fiz um trajeto sinuoso e complicado de volta à loja. Quando cheguei ao Beco dos Fundos, nº 3, escancarei a porta do depósito e sequer fui educada o suficiente com Nella para bater na parede secreta de prateleiras. Em vez disso, segurei na alavanca escondida e deslizei a porta.

Nella estava na mesa, o livro de registros na sua frente. Ela tinha virado o livro até as páginas do meio. Seu corpo estava debruçado sobre a mesa, como se quisesse ler uma das entradas escritas havia muito tempo. Com a minha entrada brusca, ela olhou para cima.

— Nella, nós temos que ir embora — falei alto. — Algo terrível aconteceu. A empregada da Lady Clarence, ela contou às autoridades que...

— Você viu o jornal — Nella me interrompeu, sua voz tão densa que me perguntei se ela tinha tomado uma dose alta de láudano. — A empregada entregou a eles uma cópia de cera. Eu sei de tudo.

Eu a encarei, em choque. Ela já sabia? Por que não tinha ido embora ainda?

Desviei o olhar para o relógio perto da porta. Trinta e sete minutos haviam se passado. Corri até a prateleira em cima da mesa, cujo conteúdo eu já havia me familiarizado, e peguei o frasco com pílulas em formato de gota, resina de olíbano. Eu já vira Nella tomá-lo antes, depois de esfregar os dedos inchados.

— Tem mais — falei. — Tome algumas gotas enquanto eu lhe conto. — Expliquei a ela que eu tinha passado na residência dos Clarence e escutado tudo da própria Lady Clarence. Depois da distribuição do jornal, outra pessoa, talvez duas, três ou mais, apresentaram-se com frascos gravados com o mesmo urso. Todos os frascos foram encontrados nos dias ou semanas após uma morte repentina, e agora as autoridades acreditam que os recipientes estejam associados a um assassino reincidente.

— Eu não tinha ouvido essa parte — afirmou Nella, com o semblante calmo. Será que ela tinha enlouquecido? Minutos antes era ela quem dizia para *eu* me apressar; por que ela mesma não havia feito isso?

— Nella, escute — supliquei. — Não pode ficar aqui. Lembra da noite em que me ajudou com os escaravelhos? De alguma forma, aquilo recobrou suas forças. Faça isso agora, por favor! — E então, tive uma ideia. — Podemos ficar na casa dos Amwell até resolvermos o que fazer. É o local perfeito. Ninguém irá nos incomodar lá. — Contanto que Nella estivesse comigo, eu sentia que podia permanecer naquela casa enquanto esperava o tempo de cura da tintura. O espírito do sr. Amwell não iria me machucar com ela tão perto de mim, não é verdade?

— Calma, menina — respondeu Nella, colocando um punhado de pílulas de resina na boca. — Não pretendo ficar aqui. — Ela empurrou o frasco de olíbano para o lado. — Eu sei para onde vou, e estava prestes a partir. Mas não poderá vir comigo. Irei sozinha.

Se ela precisava que eu concordasse, assim seria. Sorri e a ajudei com o casaco. Enquanto fazia isso, lembrei-me da minha primeira visita à loja, somente uma semana antes. Quanta coisa tinha acontecido nos últimos dias, e nenhuma delas era boa. Lembrava de me sentar na cadeira de frente para ela, hesitante em beber o chá de valeriana, enquanto o sr. Amwell e o Lorde Clarence ainda estavam vivos e sem saber dos planos que os aguardava. Lembrei-me também da minha segunda visita, grata pelo sucesso dos ovos envenenados, mas tomada por um novo pânico e encurvada com a dor que sentia na barriga que sangrava.

De repente, uma memória veio à minha cabeça.

— Nella, depois que caçamos os escaravelhos e me contou sobre Frederick, você disse que se *sangrasse de novo* poderia ter impedido isso há muito tempo.

Nella olhou firme para mim, como se minha pergunta tivesse atingido a lateral do seu rosto.

— Sim — respondeu ela com os dentes trincados. — Talvez isso pudesse ter acontecido. Mas você é jovem demais para entender o que significa, portanto esqueça isso de uma vez por todas.

— Quando eu terei idade suficiente para entender?

— Não há uma idade determinada — afirmou ela, checando os botões do casaco. — Quando seu ventre estiver pronto para carregar um bebê, você vai começar a sangrar, uma vez por mês, quando a lua fizer a rota dela pelo céu. É uma passagem, menina. Uma passagem para a maturidade.

Franzi a testa. *Quando a lua fizer a rota dela pelo céu.* A sra. Amwell não havia dito algo parecido na noite em que eu tinha começado a sangrar, na noite em que matamos o marido dela?

— Quanto tempo dura o sangramento? — perguntei.

Nella olhou para mim de um jeito estranho, apertando os olhos, como se estivesse me avaliando.

— Três ou quatro dias, às vezes mais. — Ela abaixou o tom de voz. — Sua mãe, ou a sra. Amwell, nunca lhe disseram nada sobre isso?

Balancei a cabeça em negação.

— Você está sangrando agora, Eliza? — perguntou ela.

Totalmente constrangida, respondi:

— Não, mas sangrei uns dias atrás. Doeu muito. Minha barriga parecia inchada e com cólicas.

— E foi a primeira vez?

Assenti.

— Aconteceu logo após a morte do sr. Amwell. Fiquei com medo de que ele tivesse feito isso comigo...

Nella levantou a mão e sorriu para mim.

— Uma mera coincidência, menina. Você é abençoada, e mais do que eu. Eu só preferia que tivesse me contado antes. Eu poderia ter feito algo para aliviar as dores.

Também desejei que tivesse contado antes. Pela primeira vez desde a morte do sr. Amwell, eu me permiti pensar na possibilidade de que o sangramento pudesse não ter sido o espírito perverso dele tomando meu corpo. Poderia ser simplesmente o sangramento mensal do qual Nella estava falando? Uma passagem para a maturidade? Eu nunca tinha pensado em mim mesma como uma mulher, só como uma criança, uma menina.

Queria pensar mais um pouco sobre aquilo, mas não era o momento. Deveríamos já ter saído há bastante tempo.

O livro de registros de Nella ainda estava aberto sobre a mesa, e olhei para ele. Ela tinha aberto em uma data de 1770, mais de vinte anos antes. A página estava bastante danificada; uma mancha vermelha escura, como vinho, espalhava-se sobre a mesa.

Por que Nella estava olhando aquele registro antigo? Talvez quisesse voltar as páginas da sua vida — para se lembrar dos tempos da sua juventude, antes de tudo começar. Quando aquela página foi escrita, o coração de Nella ainda não tinha sido machucado. Suas juntas ainda não estavam inchadas e endurecidas. A maternidade, e sua própria mãe, ainda não lhe tinham sido tomadas. Talvez ela tivesse revisitado a página porque queria se lembrar de tudo isso: do trabalho honroso que havia feito um dia, do tipo de boticária que poderia ter sido, da mulher virtuosa que sua mãe queria que ela fosse.

Tudo que fora lançado pelos ares com a traição amarga de Frederick.

Nella viu que eu olhava, e então fechou o livro com um estrondo alto e nos conduziu até a porta para seguirmos caminhos separados.

26

CAROLINE
Dias atuais, quarta-feira

Em uma sala suja e sem janela, no terceiro andar do hospital Bartholomew, me sentei diante de dois policiais, meu caderno entre nós. Um odor nauseante permeava o local sem circulação — antisséptico e desinfetante —, enquanto uma luz fluorescente brilhava e piscava acima de nós.

O agente que parecia liderar a situação virou meu caderno de frente para ele, tamborilando o dedo nas palavras incriminadoras: *Quantidade de ingredientes não venenosos para matar.* Passei os braços ao redor do corpo, temendo o que mais ele poderia ver na página das minhas anotações apressadas. A palavra *arsênico* tinha um asterisco do lado, pelo amor de Deus.

Eu queria desesperadamente procurar por James, que havia sido carregado às pressas pelo corredor até a UTI. Mas meu instinto me dizia que não seria uma atitude sábia; o policial de barba por fazer sentado na minha frente me algemaria antes mesmo que eu chegasse no corredor. Sair não era uma opção.

De repente, eu tinha muitas explicações para dar.

Prendi minha respiração, rezando para que o policial não olhasse mais para baixo na página. Se ele o fizesse, como eu poderia começar a contar a verdade para ele? Onde começar? Pelo meu marido infiel chegando a Londres sem avisar, ou pela minha invasão à loja da boticária serial killer, ou pelo motivo de ter óleo de eucalipto na minha nécessaire? Todos os cenários iam contra mim; todas as explicações pareciam implausíveis demais ou coincidentes demais.

Fiquei com medo de que minha versão dos acontecimentos pioraria ainda mais as coisas; eu estava emocionalmente fragilizada e incapaz de pensar direito, muito menos de formar uma frase coerente. Mas, devido à condição de James, o tempo valia ouro. Eu precisava encontrar uma maneira de me desvencilhar disso, e logo.

Enquanto o segundo policial saiu da sala para atender uma ligação, o primeiro pigarreou e disse:

— Sra. Parcewell, a senhora poderia explicar o que é isso no seu caderno?

Eu me forcei a focar na pergunta.

— Essas anotações são relacionadas a um projeto de pesquisa histórica — insisti. — Nada além disso.

— Um projeto de pesquisa? — Ele não escondeu a expressão duvidosa no rosto ao se recostar na cadeira e abrir as pernas. Reprimi a vontade repentina de vomitar.

— Sobre um mistério não resolvido, sim. — Pelo menos essa parte era verdade. Ocorreu-me que talvez toda a verdade não fosse necessária, talvez parte dela fosse suficiente para me livrar daquela situação. — Eu sou formada em História. Estive duas vezes na Biblioteca Britânica, investigando sobre uma boticária que cometeu alguns assassinatos duzentos anos atrás. O caderno contém minhas anotações de pesquisa sobre os venenos dela, é só isso.

— Hum — ele murmurou alto, cruzando uma perna sobre a outra. — Parece uma história conveniente.

A minha preocupação era exatamente aquela. Olhei para ele, estarrecida, resistindo à vontade desesperada de erguer as mãos no ar e dizer, *Tá bem, seu merda, me acompanhe que vou te mostrar umas coisas*. Ele pegou um bloco e um lápis do bolso e começou a escrever umas palavras, algumas delas sublinhadas com um traço firme.

— E quando você começou essa pesquisa? — perguntou ele, sem olhar para mim.

— Alguns dias atrás.
— E você vem de onde?
— De Ohio, nos Estados Unidos.
— Há alguma acusação criminal contra você?
Estendi as mãos, sem acreditar.
— Não, nenhuma. Nunca. — Senti uma coceira na nuca. *Ainda não, pelo menos.*

Logo em seguida, o segundo policial retornou à sala. Ele encostou contra a parede e bateu a bota no chão.

— Ficamos sabendo que você e seu marido estão passando por uma... fase difícil.

Fiquei boquiaberta.

— Quem... — Mas abaixei a voz; quanto mais defensiva eu parecesse para esses homens, pior seria. — Quem lhe contou isso? — perguntei, fingindo calma.

— A consciência do seu marido vai e volta; e a enfermeira responsável...

— Ele está bem? — Eu me controlei para não me levantar da cadeira e sair pela porta.

— A *enfermeira responsável* — começou o policial novamente — fez algumas perguntas enquanto o botavam no soro.

Um calor se espalhou pelo meu rosto. James tinha contado à enfermeira que estávamos enfrentando dificuldades no casamento? Será que ele estava tentando fazer com que eu fosse presa?

Mas então me lembrei: até onde eu sabia, James não estava ciente da situação complicada na qual eu me encontrava agora. A não ser que a polícia tenha contado a ele que eu estava sendo interrogada, ele não sabia da reviravolta terrível de acontecimentos que havia me colocado diante desses policiais.

O policial diante de mim bateu o lápis na mesa, esperando a minha resposta sobre o que James havia dito. Para tentar melhorar minha situação, pensei em negar e insistir que James tinha mentido sobre nossos conflitos. Mas será que não pareceria ainda pior se eu acusasse meu marido de mentiroso? Os policiais estavam tendenciosos a acreditar na pessoa em estado crítico na UTI, não na esposa saudável com um caderno suspeito. Portanto, se James tinha dito a eles que estávamos enfrentando problemas matrimoniais, eu não podia negar. A realidade da situação crescia ao meu redor como barras de ferro em uma cela de prisão. Talvez fosse o momento de começar a pensar em chamar um advogado.

— Sim — cedi, pronta para confessar minha única linha de defesa: a infidelidade de James. Era triste porque, justo quando eu tinha começado a processar a realidade do que havia acontecido, eu me encontrava em uma situação em que precisava usar aquilo contra meu marido. — Eu descobri na semana passada que ele... — Mas interrompi minha fala. Não havia utilidade alguma em revelar aos dois homens que James havia me traído. Isso não os colocaria contra ele, eu tinha certeza disso; só serviria para parecer que eu era vingativa e, talvez, emocionalmente instável. — James e eu descobrimos, na semana passada, que precisamos melhorar algumas coisas. Eu vim para Londres para espairecer por alguns dias. Vim para ficar sozinha. Liguem para o hotel e perguntem na recepção. Eu cheguei sozinha. — Eu me ajeitei na cadeira, olhando nos olhos do segundo policial. — Na verdade, James apareceu em Londres de repente, praticamente sem avisar. Pergunte à enfermeira. Ele não pode negar isso.

Os dois policiais se entreolharam, desconfiados.

— Vamos terminar essa conversa na delegacia — disse o policial na minha frente, olhando para a porta. — Eu sinto que há algo que a senhora não está nos dizendo. Talvez o delegado tenha mais sucesso.

Meu estômago se revirou; um sabor amargo se espalhou pela minha boca.

— Eu estou... — fiz uma pausa, chocada. — Eu estou sendo presa? — Olhei ao redor procurando uma lixeira, caso eu precisasse vomitar.

O segundo policial colocou a mão na cintura, perto das algemas penduradas.

— Seu marido, com quem você está tendo problemas conjugais, está no fim do corredor, lutando pela vida depois de ingerir uma substância nociva que você deu a ele. E suas "anotações de pesquisa", como você chama, mencionam substâncias usadas "para matar". — Ele enfatizou as últimas duas palavras enquanto soltava as algemas da cintura. — Essas palavras são suas, sra. Parcewell, não minhas.

27

NELLA

11 de fevereiro de 1791

Se eu tivesse planejado partir apenas temporariamente da loja, teria vasculhado os armários — a começar pelo da minha mãe, que tomava toda a parede lateral — para recuperar alguns itens sentimentais que gostaria de guardar.

Mas a morte era permanente. Sendo assim, de que objetos terrenos eu precisaria?

Eu não podia dizer isso a Eliza, é claro. Depois que ela me ajudou a vestir o casaco — minha força, felizmente, tinha voltado por um momento por conta do óleo de olíbano —, ficamos paradas debaixo da soleira da porta, prontas para partir, e fui obrigada a fingir que voltaria ali depois que a confusão passasse.

Meus olhos focaram a linha que Eliza tinha desenhado na fuligem na sua primeira visita e na pedra limpa e clara que se escondia por trás da sujeira. Respirei fundo. Desde o momento em que tinha chegado, aquela menina tinha, sem perceber, começado a me desvendar e a expor algo dentro de mim.

— Não há nada que você queira levar? Seu livro? — Ela apontou para o livro de registros, que eu tinha acabado de fechar, no centro da mesa. Dentro dele havia milhares de remédios que eu havia preparado ao longo dos anos, frascos inofensivos de lavanda ao lado de tinturas mortais de arsênico. Porém, mais importante do que isso eram os nomes das mulheres registrados ali dentro. Eu podia abrir o livro em qualquer página e facilmente recuperar a memória daquelas mulheres, não importa qual tenha sido o mal, a traição ou a doença.

O livro era evidência do trabalho de toda minha vida: as pessoas que eu havia ajudado e as pessoas que eu havia machucado, e com qual tintura ou pomada ou fórmula, e quanto e quando e aos cuidados de quem. Seria prudente da minha parte levá-lo, para que os segredos pudessem ir comigo para o fundo do Tâmisa; as palavras manchadas, as páginas dissolvidas, a verdade da loja destruída. Dessa forma, eu poderia proteger as mulheres que constavam nos registros.

Contudo, protegê-las era apagá-las da história.

Essas mulheres não eram rainhas nem grandes herdeiras. Pelo contrário, eram pessoas comuns, cujos nomes não seriam encontrados em quadros dourados de linhagem de família. O legado da minha mãe simbolizava a mistura de poções para curar enfermidades, mas também a preservação da memória dessas mulheres nesses registros — dando a elas uma marca única e inapagável no mundo.

Não, eu não faria isso. Eu não apagaria aquelas mulheres, não as ocultaria tão facilmente como havia feito com a primeira leva de pó de cantáridas. A história podia até esquecê-las, mas eu não o faria.

— Não — eu disse por fim. — O livro vai ficar seguro aqui. Eles não encontrarão este lugar, menina. Ninguém encontrará este lugar.

Alguns minutos depois, estávamos no depósito. A porta escondida da minha loja estava fechada e a alavanca, trancada. Coloquei minha mão sobre a cabeça de Eliza, seu cabelo macio e quente nos meus dedos. Fiquei feliz pelo óleo de olíbano ter relaxado não só meus ossos, mas também o caos interno que havia se formado. Eu não estava ofegante nem desesperada, nem aguardava pelas águas agitadas com qualquer vestígio de medo.

Considerei adequado que, nos momentos finais da minha vida, eu estivesse medicada por um dos tantos frascos das minhas prateleiras. Na vida e na morte, eu confiava na natureza paliativa do que havia dentro daquelas garrafas de vidro, e lembrei-me, então, de mais memórias boas do que ruins: mais nascimentos do que assassinatos, mais sangue em vida do que em morte.

Mas não era só o óleo de olíbano que me confortava naquele momento decisivo; era também a companhia da pequena Eliza. Apesar de o erro dela ter gerado toda aquela confusão, escolhi não sentir rancor, e, em vez disso, lamentei somente o dia em que Lady Clarence deixou uma carta para mim. De fato, se não fosse por seu renome e pela sua empregada ardilosa, eu não estaria na situação difícil em que me encontrava agora.

No entanto, não adiantava olhar para trás. Diante da difícil despedida, e, em breve, da minha própria partida da vida, o espírito curioso e a energia jovial de Eliza eram bálsamos para o meu coração. Nunca cheguei a conhecer a minha própria filha, mas suspeitava que ela teria sido bastante parecida com a menina diante de mim. Passei meu braço ao redor do ombro dela e a puxei para perto.

Com um último olhar para trás, conduzi Eliza para fora do depósito. Paramos ali no beco, o ar gelado ao redor, e seguimos.

— Aqui — apontei para onde o Beco do Urso encontrava a avenida principal — você continua até a casa dos Amwell, ou seja lá para onde queira ir, e eu vou seguir meu caminho.

Com o canto dos olhos vi Eliza assentir. Aproximei-me dela, como uma despedida final e invisível.

Andamos menos de vinte passos até que eu os avistei: três policiais vestindo casacos azul-marinho, caminhando em nossa direção, com um sorriso no rosto. Um deles carregava um bastão na mão, como se as sombras do beco o assustassem, e percebi uma cicatriz em sua bochecha esquerda.

Eliza deve ter visto o homem ao mesmo tempo — pois, sem dizer uma palavra nem trocar um único olhar, começamos a correr. Juntas, instintivamente seguimos na direção sul, para o rio, para longe deles, nossas respirações em sincronia.

28

CAROLINE
Dias atuais, quarta-feira

Enquanto o policial soltava as algemas do cinto, um celular tocou em algum lugar da pequena sala. Permaneci congelada, esperando que um deles atendesse, e de repente a confusão nebulosa clareou-se em minha mente; o telefone que tocava era o meu.

— Pode ser sobre James — falei, pegando minha bolsa, sem me importar se os policiais tentariam prender as algemas nos meus punhos antes que eu conseguisse atender. — Por favor, me deixem atender o telefone. — Coloquei o celular na orelha, esperando pelo pior. — Alô?

Do outro lado da linha, uma voz animada e levemente preocupada.

— Caroline, oi, aqui é a Gaynor. Só estou ligando para saber se o seu marido está bem.

Caramba, como ela era gentil. Se ao menos o momento não fosse tão terrível. Um policial me olhou fixamente, sacudindo o pé apoiado sobre o joelho.

— Oi, Gaynor — respondi com a voz firme. — Está tudo bem. Eu... — Parei de falar, ciente de que todas as minhas palavras estavam sendo monitoradas, quem sabe até gravadas. — Estou no meio de uma situação agora, mas prometo que vou ligar de volta para você assim que possível.

Olhei para o policial que estava mais próximo de mim, aquele com as algemas preparadas. Meus olhos recaíram sobre o distintivo dele preso do lado esquerdo da cintura: um sinal de sua posição, de sua autoridade. De repente, como uma lufada de ar fresco na sala, pensei que o cargo de Gaynor na biblioteca poderia ser um ponto a meu favor.

— Na verdade, Gaynor... — coloquei o telefone mais perto da orelha —, talvez você possa me ajudar com uma coisa.

— Sim, claro — respondeu ela. — Qualquer coisa.

— Estou no St. Bartholomew — contei a ela, o que despertou um olhar estranho nos policiais.

— O hospital? Você está bem?

— Sim, estou bem. Estou no terceiro andar, perto da UTI. Por acaso você poderia vir até aqui? É uma longa história, mas explico assim que puder.

— Está bem — falou ela. — Logo mais estarei aí.

Meus ombros relaxaram de alívio.

— A mulher no telefone está colaborando com a minha pesquisa e é uma amiga — expliquei para os policiais depois que desliguei. — Ela trabalha na Biblioteca Britânica e está me ajudando com documentos. Me prendendo ou não, espero que ouçam o que ela tem a dizer primeiro.

Os homens se entreolharam, e aquele que estava sentado na minha frente fez mais uma anotação em seu bloco. Após alguns minutos, ele checou o relógio de pulso e tamborilou três dedos na mesa.

Era uma última tentativa. Gaynor não fazia ideia de que eu tinha invadido a loja da boticária e tirado fotos do livro de registros, e em nenhum momento na nossa pesquisa juntas tínhamos feito anotações sobre ópio, tabaco ou arsênico. Rezei para que os policiais não mostrassem o caderno para ela, mas precisava aceitar o risco. Preferia confessar tudo para Gaynor do que ser presa por algo que não tinha feito.

Em certo momento, um dos policiais encontrou Gaynor na recepção do hospital; ela entrou na pequena sala com um olhar apavorado no rosto, provavelmente pensando que a presença dos policiais significava que algo trágico tinha acontecido com James.

Eu não pretendia assustá-la daquele jeito, mas agora seria impossível conversar a sós.

— Oi — disse ela para mim. — O que está acontecendo? Você está bem? Seu marido está bem?

— Por que você não se senta conosco? — sugeriu o policial líder.

Ele apontou para uma cadeira vazia e Gaynor sentou-se, colocando a bolsa colada ao corpo. Os olhos dela pousaram no meu caderno, mas ele estava do outro lado da mesa, e achei improvável que ela conseguisse ler qualquer coisa naquelas páginas.

— Estávamos prestes a levar a sra. Parcewell para a delegacia, para mais algumas perguntas — explicou o policial — sobre a substância nociva que o marido dela ingeriu hoje mais cedo e algumas anotações incomuns encontradas em seu caderno, possivelmente relacionadas ao incidente.

Balancei a cabeça, minha coragem recuperada agora que Gaynor estava sentada ao meu lado.

— Não, como eu disse, *não* são relacionadas.

Gaynor moveu a mão na minha direção, em busca da minha — não tenho certeza se para confortar a mim ou a si mesma.

O policial inclinou-se na direção de Gaynor, sua respiração quente e cheirando a tabaco alcançando o outro lado da mesa.

— A sra. Parcewell disse que talvez você pudesse nos explicar algumas coisas. — Nesse instante, a expressão de Gaynor mudou completamente; enquanto logo antes ela parecia estar com pena de mim, agora seus ombros se enrijeceram, na defensiva. — Ficamos sabendo que você trabalha na Biblioteca Britânica, certo?

Os olhos de Gaynor me fuzilaram.

— O que isso tem a ver com o meu trabalho?

De repente, o remorso queimou minha garganta. Eu tinha pedido que Gaynor fosse ao hospital porque precisava de ajuda, precisava de um resgate. E agora eu percebia a tolice que havia cometido; eu tinha arrastado outra pessoa para a minha confusão. Esperava que Gaynor não achasse que eu a havia enganado. Ela não tinha feito nada de errado, e agora estava sentada ao meu lado enquanto eu era interrogada por dois policiais.

Respirei fundo.

— Eles não acreditam que eu estava pesquisando sobre a boticária. É por isso que contei a eles que você trabalha na biblioteca. — Eu me virei para o policial líder. — Eu fui à biblioteca duas vezes. Olhei mapas, pesquisei na internet... — Falei *eu*, e não *nós*, de propósito, pois queria tirar Gaynor da história e colocá-la o mais distante possível da minha confusão.

Suspirei enquanto o relógio na parede marcava as horas, mais um minuto se passando. Mais um minuto presa ali, tentando me explicar, enquanto James lutava pela vida.

— Esses policiais — falei para Gaynor — parecem achar que, de alguma maneira, estou envolvida no que aconteceu com meu marido. Ele chegou hoje com um resfriado e eu sugeri que usasse um pouco de óleo de eucalipto. Era para ele esfregar o óleo no peito, na pele, mas ele ingeriu. Infelizmente, o óleo é altamente tóxico. — Olhei preocupada para o meu caderno, desejando que ele se desintegrasse no ar; desejando, de diversas maneiras, que eu não tivesse encontrado aquele frasco nem pesquisado nada sobre a boticária.

Coloquei minha mão sobre a mesa na minha frente, pronta para pedir a Gaynor o que eu precisava dela.

— Os médicos encontraram minhas anotações de pesquisa e chamaram a polícia. Você poderia, por favor, dizer para esses homens que você trabalha na biblioteca e que eu estive lá duas vezes para pesquisar sobre a boticária? Que isso não é uma mentira que estou inventando agora?

Por um instante, a reação de Gaynor me acalmou. Eu a vi compreender o que eu falava, seu entendimento lento da coincidência, do *timing* terrível de tudo. A luz fluorescente sobre todos nós continuava piscando enquanto esperávamos que Gaynor falasse algo. Talvez ela saísse em minha defesa sem perguntar nada sobre as anotações de pesquisa, sem sequer ler o caderno. E então, eu não teria que explicar a minha omissão para ela.

Gaynor respirou fundo, mas, antes que dissesse qualquer coisa, o policial que estava na minha frente colocou a mão sobre o caderno e, para o meu horror, girou-o na direção dela.

Eu queria voar sobre a mesa, lançar o caderno pelos ares e estrangulá-lo. Ele sabia que Gaynor ainda não tinha saído em minha defesa; ele podia ver isso tão bem quanto eu, e tinha deixado sua cartada final para os quarenta e cinco do segundo tempo.

Não havia nada que eu pudesse fazer agora, a não ser aceitar o inevitável. Observei lentamente enquanto os olhos de Gaynor corriam da esquerda para a direita na página. E era isso: a verdade, finalmente, vindo à tona. Os nomes dos venenos obscuros, copiados do livro de registro da boticária; datas e nomes aleatórios escritos nas margens da página, nenhum dos quais Gaynor e eu havíamos pesquisado juntas na biblioteca; e, é claro, a frase mais incriminadora de todas: *Quantidade de ingredientes não venenosos para matar.*

Eu sabia que ali seria o início do fim da nossa amizade. Gaynor negaria ter me ajudado naquele nível de pesquisa; qualquer pessoa sã faria isso. A confusão dela só levantaria mais dúvidas sobre a minha história aos olhos da polícia, e então seria o meu fim. Fiquei sentada, imóvel, esperando o metal frio e duro que logo envolveria meus punhos.

Gaynor respirou fundo, um pouco trêmula, e olhou para mim, como se quisesse comunicar algo com o olhar. Mas os próprios olhos se enchiam rapidamente de lágrimas, e meu remorso era tanto que eu quase queria, de fato, que me algemassem. Queria sair daquela maldita sala, ficar longe dos rostos decepcionados daqueles dois policiais e da minha nova amiga.

Gaynor pegou a bolsa.

— Sim, eu posso validar toda essa pesquisa. — Ela pegou a carteira e puxou um cartão de visita. Entregou-o para um dos policiais e falou: — Aqui está meu cartão. Posso confirmar que Caroline esteve na biblioteca duas vezes nos últimos dias pesquisando sobre a boticária, e posso solicitar as imagens das câmeras, se for necessário para a investigação.

Eu mal podia acreditar. Gaynor tinha saído em minha defesa, mesmo depois de claramente entender que havia algo que eu não tinha contado a ela. A atitude dela me deixou chocada, meu corpo cada vez mais dormente na cadeira. Mas ainda não podia dar a ela uma explicação, nem dizer *obrigada*. Isso, sim, pareceria suspeito.

O policial sentado à mesa passou o polegar sobre o cartão de visita de Gaynor, como se estivesse conferindo a data de validade. Satisfeito, ele jogou-o sobre a mesa, onde deslizou uns centímetros adiante. Algo vibrou dentro do bolso, e ele puxou seu celular.

— Sim? — disse ele, conciso. Eu podia ouvir a voz fraca de uma mulher do outro lado da linha, e a expressão no rosto do policial ficou firme. Eu me preparei para receber as notícias assim que ele desligou o telefone. — O sr. Parcewell quer ver a senhora — disse para mim, levantando-se da cadeira. — Vamos acompanhá-la até o quarto dele.

— E-então ele está bem? — gaguejei.

Gaynor segurou minha mão de novo, dando um pequeno aperto.

— Eu ainda não diria isso — respondeu o policial —, mas ele já está consciente, pelo menos.

Gaynor permaneceu na sala e os policiais me conduziram, um deles com a mão próximo à minha cintura. Ajeitei as costas e disse:

— Posso achar o quarto de James sozinha, obrigada.

Ele sorriu.

— Sem chance. Ainda não terminamos.

Hesitei. Aquela resposta não ajudava em nada a amenizar minha preocupação com uma possível prisão. O que a enfermeira tinha dito para o policial ao telefone? Seja lá o que tenha sido, ele achou que precisava me acompanhar.

Enquanto caminhávamos pelo corredor do hospital, com o silêncio interrompido somente pelos passos das botas dos policiais, mantive minha expectativa baixa. O quarto de James ficava logo adiante, e sentia apenas medo enquanto aguardava que ele me dissesse o que queria dizer — cercada pelos dois policiais.

29

ELIZA
11 de fevereiro de 1791

Minhas pernas começaram a arder assim que saímos do beco, e senti bolhas se formando no meu pé esquerdo, a pele inchada roçando contra meu sapato velho a cada passo. Respirei fundo, e uma dor aguda, como uma pontada, fez com que eu colocasse a mão no peito. Tudo no meu corpo implorava: *pare, pare*.

Os policiais estavam vinte passos atrás de nós agora, talvez menos. Como eles tinham nos encontrado? Será que me seguiram desde a casa da Lady Clarence, mesmo eu tendo feito um caminho sinuoso e complicado? Só havia dois policiais; o terceiro devia estar mais atrás, ou talvez não tenha conseguido nos acompanhar. Eles nos perseguiam, um par de lobos, como se fôssemos coelhos — o jantar deles.

Onde estava o acônito agora?

Mas nos mantivemos à frente deles. Não carregávamos algemas de ferro no uniforme nem tínhamos os estômagos cheios de cerveja. E mesmo em seu estado de fraqueza, Nella era mais rápida do que os policiais. Enquanto eles nos perseguiam, a distância aumentava mais três, cinco, seis passos.

Com um instinto de presa, gesticulei para que Nella me seguisse quando peguei uma entrada brusca à esquerda em um beco estreito. Corremos até os fundos — os policiais ainda não tinham sequer virado a esquina para ver para onde tínhamos ido — e nos deparamos com um caminho de pedra que levava a outro beco. Segurei a mão de Nella e a puxei adiante. Ela reclamou de dor, mas eu a ignorei. Não havia espaço para piedade no meu coração repleto de medo.

Eu queria desesperadamente olhar para trás, para ver se os policiais tinham virado no beco e estavam nos seguindo, mas resisti. *Avante, avante.* Uma sensação dolorosa subiu pelo meu pescoço. Sem desacelerar os passos, olhei para baixo, esperando ver uma abelha ou algum inseto pequeno. Em vez disso, era um dos frascos pressionando contra minha pele de um jeito desconfortável enquanto eu corria, como se precisasse de um lembrete de que os minutos estavam passando devagar demais, e ainda não era hora da tintura.

Adiante, bem atrás de uma cocheira, vi um estábulo: escuro, coberto, com diversas pilhas de feno que formavam uma montanha duas vezes mais alta que eu. Fui na direção dele, ainda carregando Nella comigo, mas o semblante dela me dizia que a dor que sentia estava bem forte. Seu rosto, que, momentos antes, estava vermelho de raiva, agora tinha ficado pálido.

Nella e eu passamos pela cocheira e deslizamos por um portão de madeira que levava ao estábulo. Havia um cavalo na baia do meio e ele suspirou, nervoso com a nossa aproximação, como se sentisse o perigo. Atravessamos o estábulo e fomos até a ponta esquerda, parcialmente escondida pela cocheira.

Ali, finalmente, Nella e eu nos agachamos no chão, quase todo coberto por restos de feno. Parecia que eu estava de volta em Swindon, dentro dos estábulos onde costumava pegar no sono em vez de fazer minhas tarefas. Evitei sentar em um lugar no centro com uma pilha de cocô de cavalo, mas Nella não parecia se importar.

— Você está bem? — perguntei entre minhas respirações ofegantes.

Ela assentiu, com a cabeça fraca.

Rastejei no chão em busca de um buraco na parede onde eu pudesse espiar do lado de fora, e encontrei um espaço do tamanho de uma moeda de um centavo, tão perto do chão que precisei afastar uma pilha de feno endurecido e deitar-me de barriga para baixo. Ao espiar pelo buraco, fiquei aliviada ao não ver nenhuma movimentação estranha. Nenhum policial estava vasculhando a área, nenhum cachorro farejava atrás de um invasor, não havia sequer um funcionário trabalhando no estábulo.

Mas eu não era ingênua a ponto de achar que estávamos fora de perigo, então fiquei firme na minha posição no chão sujo. Durante os minutos seguintes, alternei entre respirar fundo para recuperar o fôlego, checar o buraco para ver se havia algum movimento do lado de fora, e olhar para Nella, que permanecia imóvel e não dizia uma palavra desde que tínhamos deixado a loja.

Enquanto eu estava lá e observava sua respiração se acalmando, e o jeito como ela tirava um cacho rebelde do rosto, lembrei-me do momento que tinha nos trazido até ali, naquela noite em que dormimos em outro estábulo após a colheita dos escaravelhos. Foi naquela noite que Nella havia revelado tanto sobre sua vida para mim: seu amor por Frederick, a traição dele e tudo o que a tinha conduzido a uma vida envenenando irmãos, maridos, patrões, filhos.

Espiei novamente do lado de fora e avistei um movimento. Pelo pequeno buraco por onde eu estava olhando, tentei mover meu olho ao redor do campo de visão estreito, sem muito sucesso. Esperei, meu coração acelerado dentro do peito.

— Talvez eles nos encontrem, Eliza — disse um sussurro rouco atrás de mim. Estremeci ao ouvir a tensão na voz de Nella. — Se isso acontecer, você tem que negar que me conhece. Tem que negar que um dia já pisou na minha loja. Está entendendo? Esse destino não é para você. Diga que eu lhe ameacei, que eu lhe forcei a entrar nesse estábulo, e que...

— Shhh — eu a calei. Meu Deus, ela parecia tão fraca. O efeito das gotas de resina estava se esvaindo rápido. Logo adiante, perto da cocheira, um pequeno grupo havia se formado. Eu não conseguia enxergar todos que estavam ali, mas vários homens conversavam animados e balançavam as mãos, apontando para os cantos do estábulo onde estávamos, agora com a respiração suspensa. Devido à minha posição de barriga para baixo, meus braços seguravam a maior parte do meu peso e comecei a tremer, mas não podia soltar o corpo sem tirar os olhos do buraco.

Se os homens fizessem uma busca no estábulo, eles nos encontrariam em poucos segundos. Olhei para os fundos; as paredes tinham menos de um metro e meio de altura, e me senti confiante de que conseguiria escalar e fugir por lá, se necessário. Embora um pouco de cor tenha voltado ao rosto de Nella, eu não tinha certeza se ela conseguiria. Eu podia fugir agora se quisesse, e abandoná-la, sozinha. Mas tinha sido eu a responsável por tudo aquilo, e agora precisava consertar meu erro.

— Nella — eu disse a ela, a voz um mero sussurro. — Precisamos fugir ali pelos fundos. Você tem forças? — Sem responder, ela começou a se levantar do chão. — Espere — falei —, fique agachada. Há pessoas perto da cocheira.

Ela não deve ter me ouvido, pois começou a escalar a parede. Antes que eu pudesse impedi-la, ela se ergueu, passou por cima e caiu do outro lado, e então começou a correr o mais rápido que conseguia.

Ouvi um homem gritar atrás de nós, e por um instante fiquei furiosa com a imprudência de Nella, que tinha chamado atenção em nossa direção. Sem olhar para trás, escalei a parede com facilidade, caí de pé do outro lado e corri atrás dela, que já estava muitos passos na minha frente. Ela correu em direção ao sul por um caminho entre duas casas, mancando durante o percurso, e na nossa frente vi o gélido, reluzente e escuro rio Tâmisa. Ela estava indo na direção dele.

Diferente de poucos minutos antes, quando a puxei junto comigo, parecia haver uma força renovada em Nella, um medo primitivo, e agora era eu que a seguia. O rio se aproximava cada vez mais, e quando ela virou na Water Street, eu a vi traçando o caminho para a ponte Blackfriars.

— Não! — gritei enquanto ela dobrava a esquina sombreada de um prédio. — Vamos ficar totalmente expostas! — Eu não tinha fôlego para explicar a minha lógica, mas com os homens a uma curta distância de nós, eu sabia que tínhamos mais chances de escapar se permanecêssemos escondidas entre as sombras e becos.

Talvez encontrássemos uma porta destrancada; Londres era grande o suficiente para socorrer até um criminoso em fuga, como Nella bem sabia, por passar uma vida inteira em segredo. — Nella — falei, uma cólica surgindo de repente —, é aberto demais, será como estar em um palco.

Ela me ignorou e aproximou-se da ponte Blackfriars, lotada de crianças, famílias e casais andando de mãos dadas. Será que Nella tinha enlouquecido de vez? Certamente algum homem corajoso veria os policiais nos perseguindo, tomaria a tarefa para si e nos pararia, exercendo sua força sobre nós. Nella não tinha pensado em nada disso? Ela continuava correndo, correndo, sem olhar para trás.

Para onde ela pretendia ir? O que pretendia fazer?

Perto do meio da ponte, uma torre de relógio chamou minha atenção. Forcei a vista, olhando para a ponta do ponteiro menor; eram duas e dez. *Setenta minutos!* Já tinha passado tempo suficiente; a tintura estava pronta.

Virei minha cabeça para trás e vi que, de fato, os policiais estavam nos seguindo na ponte. Enfiei a mão por dentro do meu vestido, meus dedos ao redor de dois frascos perto do peito. Eu tinha preparado dois frascos, caso um escorregasse da minha roupa, mas percebi que a decisão havia sido inteligente por outro motivo: tanto Nella quanto eu estávamos em uma situação de desespero.

Na minha tentativa de retirar com cuidado o primeiro frasco do vestido, não reparei que Nella tinha parado completamente no meio da ponte, com o peito ofegante, as mãos no corrimão. Dezenas de pessoas vestidas de preto e cinza se moviam por todos os lados ao nosso redor, alheias ao que estava acontecendo.

Nossa captura era iminente. Os policiais demorariam quinze, talvez vinte segundos para nos alcançarem.

Destampei o frasco azul-claro.

— Beba isso — ordenei, entregando-o para Nella. — Isso vai consertar tudo. — Desejei que o feitiço desse a ela palavras sábias para dizer aos policiais ou para criar mentiras em sua língua; qualquer tipo de magia poderosa, como a que trouxera ar de volta aos pulmões de Tom Pepper quando ele era um bebê.

Nella olhou para ver o que eu tinha nas mãos. Ao ver o frasco, não demonstrou surpresa alguma. Talvez suspeitasse que eu não estivesse de fato fazendo chás quando ela foi ao mercado; talvez ela soubesse, o tempo todo, que aquilo não passava de um disfarce.

Seus ombros tremeram bruscamente.

— Precisamos nos separar agora — disse ela. — Misture-se à multidão, pequena Eliza, e desapareça como se fosse uma dessas pessoas. *Corra* — ela respirou fundo — e deixe que os homens me sigam para dentro do rio.

Dentro do rio?

O tempo todo, eu me perguntei por que ela tinha vindo direto para o Tâmisa. Mas como não vi aquilo? Agora eu entendia exatamente o que ela planejava fazer.

Os policiais se aproximavam, lutando contra a multidão de pessoas ao nosso redor, empurrando-as para os lados. Um dos homens estava perto, a segundos de nós; eu podia ver a pele rachada dos seus lábios e a cicatriz forte em sua bochecha esquerda, que reconheci instantaneamente. Ele era um dos policiais que eu tinha visto na casa da Lady Clarence.

Ele seguiu na nossa direção, me encarando, e o olhar de vingança em seus olhos dizia: *isso termina aqui.*

30

CAROLINE
Dias atuais, quarta-feira

Ao nos aproximarmos, eu e os dois policiais, da porta fechada do quarto de James no hospital, a enfermeira responsável — vasculhando uma papelada, parada do lado de fora da porta — nos informou de que o estado de saúde do meu marido era estável. Eles estavam resolvendo a transferência dele da UTI, mas James insistiu em me ver antes.

Abri a porta lentamente, incerta do que me esperava do outro lado, e os policiais me seguiram. Suspirei aliviada ao ver James, que parecia exausto, mas estava com o rosto corado, deitado em meio a vários travesseiros na cama do hospital. Mas, se eu parecia surpresa com a sua melhora, não deve ter sido nada comparado ao olhar dele impressionado ao perceber os homens uniformizados atrás de mim, me seguindo.

— Algum problema? — Ele olhou para o policial mais próximo.

— Eles acham que eu envenenei você — falei, antes que o policial pudesse responder. Andei até a ponta da cama e apoiei meu quadril nela. — Principalmente depois que você disse aos médicos que estávamos enfrentando problemas conjugais. — Olhei para o soro no braço dele, o esparadrapo mantendo as agulhas no lugar. — Você não viu a etiqueta de aviso na lateral do frasco? Por que você bebeu aquilo?

Ele suspirou profundamente.

— Eu não vi. Acho que me serviu de lição. — E então, ele se virou para os policiais. — Caroline não teve culpa de nada. Foi apenas um acidente.

Meus joelhos ficaram fracos; certamente eles não podiam mais me prender agora. Um dos policiais ergueu a sobrancelha e um olhar de tédio se estampou em seu rosto, como se sua pista quente tivesse ficado morna.

— Terminamos por aqui, ou eu preciso assinar uma declaração? — perguntou James. Frustração e cansaço estavam óbvios em seu rosto.

O policial que liderava colocou a mão no bolso da camisa e retirou um pequeno cartão de visita. Ele fez uma cena ao bater com o cartão na mesa na frente do quarto, e então caminhou para a porta.

— Se algo mudar, sr. Parcewell, ou se o senhor quiser falar em particular conosco, ligue para o número que está nesse cartão.

— Certo — respondeu James, revirando os olhos.

E então, sem sequer um olhar de desculpas na minha direção, os policiais deixaram o quarto.

Com a agonia daquele dilema chegando ao fim, eu me sentei aliviada na ponta da cama de James.

— Obrigada — murmurei. — Inclusive pelo *timing*. Se você esperasse um pouco mais, talvez eu estivesse atrás das grades. — Olhei para os monitores ao lado dele, uma tela piscante de linhas e números desordenados que eu não sabia decifrar. Mas o batimento cardíaco parecia constante e não piscava nenhum aviso. Hesitei em admitir, mas deixei o orgulho de lado e disse: — Eu achei que fosse perder você. Digo, perder *de verdade*.

A boca de James transformou-se em um leve sorriso.

— A gente não foi feito para ficar separado, Caroline. — Ele apertou minha mão, com um olhar esperançoso.

Fizemos uma longa pausa enquanto prendíamos a respiração, nossos olhos vidrados um no outro. Parecia que todo nosso futuro dependia da minha resposta, da minha concordância com a declaração dele.

— Preciso de um pouco de ar fresco — falei enfim, desviando o olhar. — Volto em um instante. — E então, soltando delicadamente a mão dele, saí do quarto.

Ao deixar o quarto de James, desci pelos corredores do hospital até uma sala de espera vazia e me sentei em um sofá no lado oposto. Havia um vaso de flores em cima de uma mesa, ao lado de uma caixa de lenços. Eles seriam necessários; lágrimas começaram a pinicar meus olhos como se fossem agulhas.

Recostei-me em uma almofada e me permiti chorar um pouco, usando um lenço para secar não só as lágrimas, mas todas as outras coisas que estavam saindo de mim: o alívio pela melhora de James somado a uma sensação constante de traição pela infidelidade dele; a injustiça do interrogatório dos policiais e a consciência de que eu não tinha dito a eles toda a... verdade.

A verdade.

Eu não era exatamente inocente.

Tinha realmente sido na noite passada que eu havia me embrenhado pelas profundezas do Beco dos Fundos? Parecia que tinha sido mil anos atrás. Como James fez para esconder sua infidelidade por meses? Eu tinha escondido meu segredo de James, de Gaynor e de dois policiais por apenas algumas horas, mas aquilo já tinha se provado ser fisicamente impossível para mim.

Por que sofremos para guardar segredos? Simplesmente para nos proteger ou para proteger os outros? A boticária tinha desaparecido havia muito tempo, estava morta havia mais de dois séculos. Não tinha motivos para que eu guardasse segredo sobre o local.

Como duas crianças culpadas em um parquinho, lá estavam eles, lado a lado: o segredo de James ao lado do meu.

Enquanto lágrimas continuavam encharcando o lenço, eu me dei conta de que meu luto era maior e mais intenso do que aparentava. O choro era maior do que o fardo da boticária, maior do que a infidelidade de James. Entrelaçado a essa confusão havia um outro segredo sutil que James e eu havíamos escondido um do outro durante anos: éramos felizes, porém incompletos.

Agora eu entendia que era possível ser as duas coisas ao mesmo tempo. Eu era feliz com a estabilidade de trabalhar para minha família, porém insatisfeita com meu trabalho e pesarosa pelas coisas que não tinha alcançado. Eu era feliz com o nosso desejo de algum dia ter filhos, mas incompleta com o que eu tinha conquistado além da minha família. Como é que de repente fui capaz de entender que *felicidade* e *satisfação* eram coisas completamente distintas?

Senti um leve aperto no ombro. Levei um susto, abaixei meu lenço ensopado e olhei para cima. *Gaynor*. Eu quase tinha esquecido que eu a tinha deixado sozinha naquela pequena sala de interrogatório. Eu me recompus o suficiente para forçar um sorriso e respirei fundo algumas vezes.

Ela me passou um saquinho de papel marrom.

— Precisa comer alguma coisa — sussurrou ela, sentando-se ao meu lado. — Pelo menos dê uma mordida no cookie. Eles são bem gostosos. — Espiei dentro do saco e vi um sanduíche de peru em uma embalagem impecável, uma pequena salada Caesar e um cookie de chocolate do tamanho de um prato grande.

Agradeci com a cabeça, lágrimas ameaçando cair de novo. Em um mar de rostos desconhecidos, ela tinha se provado uma verdadeira amiga.

Quando terminei, não sobrou nenhuma migalha. Bebi a metade de uma garrafa d'água e assoei meu nariz com outro lenço, ajeitando-me na cadeira. Essa não era a forma nem o local que eu tinha imagino contar tudo a Gaynor, mas era o único jeito.

— Perdão — comecei. — Não queria ter arrastado você para essa confusão. Mas eu estava com os policiais quando você ligou, achei que talvez você fosse a única pessoa capaz de me ajudar.

Ela entrelaçou as mãos no colo.

— Não precisa se desculpar. Eu teria feito a mesma coisa. — Ela respirou fundo, escolhendo cuidadosamente as palavras. — Onde seu marido esteve nos últimos dias? Você não o mencionou nenhuma vez.

Olhei para o chão, a preocupação com a saúde de James agora substituída pela vergonha de tudo o que eu havia escondido de Gaynor.

— James e eu estamos casados há dez anos. Essa viagem a Londres era para ser nossa comemoração de aniversário de casamento, mas na semana passada eu descobri que ele estava tendo um caso. Então, vim sozinha. — Fechei os olhos, vermelhos do cansaço emocional. — Eu estava fugindo da realidade dessa situação, mas James apareceu ontem. — Gaynor olhou, surpresa, e eu assenti. — E como você sabe, hoje, inesperadamente, ele ficou doente.

— Não foi à toa que a polícia levantou suspeitas. — Ela hesitou, e então continuou: — Acho que não era a comemoração de aniversário de casamento que você imaginava. Se tiver algo que eu possa fazer... — Ela não completou a frase, tão perdida com as palavras quanto eu. Afinal de contas, a situação não estava resolvida. James podia ter melhorado, mas a *relação* não tinha. Vislumbrei nós dois de volta a Cincinnati, tentando desfazer o nó que James havia trazido para nossas vidas, mas a visão era turva e insuficiente, como um final esquisito para um filme bom.

Gaynor colocou a mão dentro da bolsa e puxou meu caderno. Quando saí da sala de interrogatório com a polícia, sequer notei que ele tinha ficado no centro da mesa, bem na frente de Gaynor.

— Eu não fiquei bisbilhotando — disse ela. — Pensei em lhe dar a chance de... explicar. — A expressão no seu rosto mudou, como se ela não quisesse saber toda a verdade, como se a ignorância dela nos mantivesse em segurança.

Aquela era minha última chance de escapar ilesa: minha última chance de salvar o que havia restado da nossa amizade. Se eu inventasse uma história sobre a minha pesquisa, poderia evitar admitir que eu tinha invadido um local histórico precioso, o pior erro de todos. Se eu contasse a verdade a Gaynor, o que será que ela faria? Podia ir atrás dos dois policiais e reportar meu delito; podia se dar bem com a descoberta incrível e midiática; ou podia me rejeitar completamente e me pedir para que nunca mais entrasse em contato com ela.

Mas o que Gaynor faria ou deixaria de fazer com a informação não era o mais importante. Aquele fardo era meu, e se eu tinha aprendido alguma coisa nos últimos dias era que os segredos causam estragos. Eu precisava contar a verdade sobre a minha invasão — que agora parecia algo pequeno em comparação à acusação de assassinato que eu quase tinha enfrentado — e também sobre a descoberta inimaginável que tinha feito.

— Tem uma coisa que eu preciso lhe mostrar — eu disse, finalmente, verificando a sala de espera para garantir que permanecia vazia. Peguei meu celular e mostrei as fotos do livro de registros da boticária. E então, com Gaynor olhando atentamente por cima do meu ombro, comecei a revelar a verdade.

Quando voltei para o quarto de James, já era meio da tarde. Pouca coisa tinha mudado, só que agora ele dormia profundamente. Quando acordasse, um tempo depois, havia algumas coisas que precisavam ser ditas.

Antes de me acomodar na poltrona perto da janela, andei na direção do banheiro. De repente, fiquei paralisada e olhei para baixo com os olhos arregalados: eu tinha sentido aquela sensação de vazamento inconfundível entre as minhas coxas. Juntei as pernas, corri para o banheiro gelado do quarto de James e me sentei no vaso sanitário.

Graças a Deus, finalmente obtive minha resposta: eu não estava grávida. Eu definitivamente não estava grávida.

O banheiro tinha absorventes de todos os tipos, então peguei um interno. Quando terminei de colocá-lo, após lavar as mãos na pia, eu me olhei no espelho. Pressionei meus dedos no vidro, tocando no meu reflexo, e sorri. Não importava o que acontecesse com meu casamento, não havia bebê algum para complicar a situação. Nenhuma criança inocente enquanto James e eu redefiníamos nossas vidas, tanto como indivíduos quanto como casal.

Voltei para a poltrona ao lado de James e recostei a cabeça contra a parede, imaginando se conseguiria tirar uma soneca em uma posição tão desconfortável. Naquele momento de descanso, aquecida e saciada, uma lembrança veio em minha mente: naquela manhã, no café, com Gaynor. Ela tinha me dado duas reportagens sobre a boticária, mas eu ainda não tinha lido a segunda.

Franzi a testa, peguei minha bolsa transpassada e retirei os artigos. Por que será que eu não tinha mostrado *aquilo* para os policiais mais cedo, quando eles duvidaram da minha pesquisa? Na verdade, eu tinha me esquecido completamente deles, dadas as preocupações mais imediatas.

Desdobrei as duas páginas; a primeira reportagem, datada de 10 de fevereiro de 1791, estava por cima. Era sobre a morte do Lorde Clarence e a cópia em cera da logo do urso. Como eu já tinha lido, peguei a outra folha, e meu olhos se fixaram na segunda reportagem, datada 12 de fevereiro de 1791.

Engasguei ao ler a manchete. Depois de ler a reportagem consegui entender o que Gaynor quis dizer na cafeteria, quando ela se referiu à morte do Lorde Clarence como o *início do fim* da boticária.

A manchete dizia: "Boticária assassina pula da ponte e comete suicídio".

O papel começou a tremer nas minhas mãos, como se eu tivesse acabado de ler a notícia da morte de alguém que eu conhecia intimamente.

31

NELLA

11 de fevereiro de 1791

Eliza e eu ficamos paradas ali na ponte, o policial não mais de três passos atrás de nós. A morte estava próxima, tão próxima que eu podia sentir a frieza dos seus braços estendidos.

Os segundos que precedem o fim da vida não eram como eu imaginava. De dentro de mim não surgiram memórias da minha mãe, da filha que perdi ou mesmo de Frederick. Só havia uma memória, recém-formada: a pequena Eliza e a primeira vez que ela aparecera na porta da minha loja, com sua capa esfarrapada, seu chapéu velho, suas bochechas ainda tão jovens e macias, como as de um bebê. No sentido mais verdadeiro da palavra, ela era um *disfarce*. A assassina perfeita. Muitas empregadas haviam matado seus patrões na cidade de Londres, mas quem iria acreditar que uma menina de doze anos tinha servido um ovo envenenado à mesa do café da manhã?

Ninguém acreditaria. Nem eu mesma.

E me impressionei de novo. Ali, paradas na ponte, enquanto eu me preparava para pular e a palavra *corra* tinha acabado de sair da minha boca, a menina passou suas pernas finas por cima do corrimão da ponte Blackfriars. Olhou de volta para mim com um olhar gentil, as barras da saia esvoaçando com a brisa que subia do rio Tâmisa por baixo dela.

Era um truque? Ou os meus olhos estavam me enganando, talvez sendo atacados pelo demônio dentro de mim, devastando-me daquele precioso sentido no meu momento final? Eu me debrucei para agarrá-la, mas ela escorregou das minhas mãos pelo corrimão, meus esforços não eram compatíveis com seus movimentos ágeis. Aquilo me deixou furiosa, como se o joguinho dela tivesse tomado minutos valiosos de mim. De alguma forma, eu precisava encontrar forças para erguer meus próprios ossos sobre o corrimão de metal antes que o policial me alcançasse.

Com uma mão no corrimão, a outra mão de Eliza agarrava o pequeno frasco azul que ela acabara de me oferecer. Ela o levantou até os lábios, engoliu o líquido como uma criança faminta e o lançou na água lá embaixo.

— Isso vai me salvar — sussurrou ela. E, então, seus dedos, um por um, escorregaram do corrimão, como laços de fita.

Tudo que é ingerido pelo corpo remove algo, desperta algo ou reprime algo dele.

Minha mãe me ensinou essa simples lição, o poder dos remédios da natureza, quando eu era pequena. Eram as palavras do grande filósofo Aulo, de quem pouco se sabia a respeito. Alguns, de fato, duvidavam da existência dele, e mais ainda da veracidade dessa afirmação.

Aquelas palavras me inundaram enquanto eu vislumbrava o corpo de Eliza caindo. Eu nunca tinha vivenciado a estranheza daquela situação, ver alguém caindo diretamente embaixo de mim. Seu cabelo para cima, como se eu tivesse um elástico invisível para controlá-lo. Os braços cruzados sobre o peito, como se ela pretendesse proteger algo ali dentro. Ela olhou diretamente para a frente, seu olhar no rio que se estendia diante dela.

Agarrei-me à promessa das palavras de Aulo. Eu sabia que, uma vez dentro do corpo, óleos e tinturas e poções podiam remover — de fato, dissolver e destruir — a criação do ventre de alguém. Eles podiam remover o que a maioria das pessoas desejava.

Eu também sabia que eles podiam despertar dor, ódio e vingança. Podiam despertar o mal dentro de uma pessoa, apodrecer os ossos, rachar as juntas.

E, ainda assim, uma vez dentro do corpo, essas coisas podiam reprimir... o quê? A morte?

No instante em que meu coração receoso e acelerado entendeu o que tinha acontecido, Eliza desapareceu nas águas, a morte que eu havia sonhado para mim. Mas o instinto animal me arrastou para a crise mais urgente que eu enfrentava: o policial a míseros centímetros de distância, seus braços me alcançando, como se ele também quisesse segurar a menina que caía — pois, ao jogar-se da ponte, ela tinha se incriminado, e o policial certamente deve ter acreditado que apenas ela conseguiria solucionar o mistério de quem havia colocado o veneno dentro do licor que matou Lorde Clarence.

Ao nosso redor, uma confusão: uma mulher que parecia distraída carregando uma cesta de ostras; um homem conduzindo um pequeno rebanho de ovelhas para o sul; diversas crianças correndo para todos os lados como pequenos ratos. Todos se aproximaram, com uma morbidez obscura e curiosa.

O policial virou seu olhar para mim.

— Vocês estavam nisso juntas? — Ele gesticulou para a água.

Eu não conseguia responder, de tão despedaçado que meu coração estava. Embaixo de mim, o rio se agitava, como se estivesse com raiva da sua mais nova vítima. Não deveria ter sido ela. Deveria ter sido eu. Foi o meu desejo de morrer que nos trouxera até a beira daquela ponte.

O policial cuspiu no chão, ao lado dos meus pés.

— É muda, idiota?

Apoiei-me no corrimão, meus joelhos perdendo a firmeza, e segurei no metal.

O segundo policial, mais musculoso que o primeiro, surgiu atrás de mim, as bochechas vermelhas e o peito arfante.

— Ela pulou? — Ele olhou para os lados, sem acreditar, antes de finalmente me analisar. — Essa não pode ser a segunda, Putnam —

gritou ele. — Ela mal consegue ficar em pé. As duas mulheres que vimos correndo estavam vestidas como todas essas pessoas. — Ele olhou para a multidão, procurando outra figura de capa com mais vigor no rosto do que eu.

— Que besteira, Craw! É ela, sim — gritou Putnam de volta, como se o pescador estivesse prestes a perder sua pesca valiosa. — Ela consegue andar perfeitamente, só está em choque com a perda da amiga.

Eu estava, de fato. E senti como se ele quisesse enfiar o anzol o mais fundo possível na minha pele.

Craw se aproximou, inclinando-se no parceiro, a voz baixa.

— Tem certeza de que ela não é uma dessas curiosas da multidão? — Ele fez um gesto para as pessoas em volta. A aglomeração de corpos, todos vestidos com casacos pretos parecidos, assim como o meu, tinha aumentado. Por mera aparência, eu me misturava a eles. — Tem certeza absoluta de que vamos levá-la? A assassina está morta, senhor. — Ele olhou por cima do corrimão da ponte. — Enterrada na lama, a essa altura.

Um lampejo de dúvida estampou o rosto de Putnam, e Craw se aproveitou dele, como uma moeda da sorte lançada.

— Tiramos a rata do buraco, e nós dois a vimos saltando. A história acaba aqui. É suficiente para satisfazer os jornais.

— E a morte do Lorde Clarence? — gritou Putnam, com o rosto vermelho. E então virou-se para mim. — Você sabe alguma coisa sobre ele? Quem comprou o veneno que o matou?

Sacudi a cabeça e despejei as palavras como um vômito:

— Não sei quem ele é, nem de nenhum veneno que o matou.

Uma comoção repentina calou os homens quando um outro agente de segurança chegou à ponte. Eu o reconheci como o terceiro policial do beco.

— Não há nada lá, senhores — disse ele.

— O que quer dizer com isso? — perguntou Putnam.

— Eu arrombei a porta de onde as mulheres saíram. Não há nada lá dentro. É um depósito vazio com um barril cheio de grãos podres.

Em meio à angústia do momento, senti uma sensação singular de orgulho. O livro de registros e os inúmeros nomes dentro dele estavam salvos. Todas aquelas mulheres estavam seguras.

Putnam sacudiu a mão em minha direção.

— Essa mulher lhe parece familiar? Ela era uma das duas que vimos?

O terceiro policial hesitou.

— É difícil dizer, senhor. Estávamos bem distantes.

Putnam assentiu, como se ele também odiasse ter que admitir o mesmo. Craw deu um tapa firme nas costas dele.

— Seu caso contra essa mulher está indo pelo ralo, senhor.

Putnam cuspiu novamente em meus pés.

— Suma da minha frente, sua vaca — disse ele. Os três homens deram uma última olhada por cima do corrimão, assentiram um para o outro e caminharam de volta para a saída da ponte.

Depois que foram embora, espiei por cima do corrimão da ponte, meus olhos procurando desesperadamente o redemoinho de tecido de um vestido encharcado ou a palidez de uma pele. Mas não vi nada. Somente a agitação inquieta e lamacenta do rio.

Ela não precisava ter feito aquilo. Seu jovem coração deve ter pensado que, ao trazer a devastação sobre nós com seu equívoco, deveria ser ela a pular no rio. Ou talvez tivesse algo a mais, como seu medo de espíritos. Talvez ela temesse o *meu* espírito, assombrando-a após minha morte, amaldiçoando-a por fazer isso conosco. Ah, como eu queria ter sido mais gentil com ela quando me contou sobre o fantasma do sr. Amwell! Como queria ter sido mais amorosa, ganhado a confiança dela, convencendo-a do que era real e do que não era. Eu queria, mais do que qualquer coisa, voltar no tempo e colocá-la no meu colo. Dei um passo para trás, meus joelhos enfraquecidos e a sensação sufocante de arrependimento.

Arrependimento, mas também descontentamento.

Era para ser eu lá embaixo. Era para eu ter morrido. Será que conseguiria viver mais um único dia carregando aquela nova aflição?

A multidão quase toda tinha se dispersado; as pessoas não estavam mais se empurrando, curiosas. E, se eu tentasse esquecer a memória da queda de Eliza, era quase possível me convencer de que nada havia mudado. Era só eu, sozinha, com o fim que sempre imaginara.

Fechei bem os olhos e pensei em tudo o que havia perdido, e então dei um passo na direção do corrimão e me debrucei sobre as ondas escuras ferozes.

32

CAROLINE
Dias atuais, quarta-feira

James estava deitado ao meu lado, sua respiração lenta e constante, enquanto eu estava sentada em uma cadeira na cabeceira da cama de hospital dele. A reportagem no meu colo. Depois de lê-la um momento antes, consegui apenas me inclinar para a frente e colocar a cabeça entre as mãos. Apesar de não saber o nome dela — só conhecia a mulher como a *boticária* —, seu suicídio me incomodou, desconfortável como uma dor de cabeça se iniciando no fundo dos olhos.

É claro, ela tinha vivido duzentos anos antes; eu sabia, desde o primeiro instante em que tomei conhecimento da sua existência, que ela não estava mais viva. O choque era *como* tinha morrido.

Talvez tenha sido porque eu estivera no rio Tâmisa, onde a mulher havia pulado, e pude imaginar a situação toda. Ou talvez tenha sido porque eu estivera dentro da loja escondida da boticária, o local secreto e escuro onde ela dedicava sua vida a misturar seus venenos, por mais ameaçadores que fossem, e tive uma conexão solitária com ela.

Com os olhos fechados, imaginei os acontecimentos descritos na segunda reportagem: os familiares e amigos das vítimas — os homens que tinham morrido antes do Lorde Clarence — pronunciando-se após lerem a primeira reportagem, trazendo com eles os próprios frascos e garrafas, todos com a mesma imagem do pequeno urso.

O que a polícia achou, evidentemente, era que estava em busca de uma serial killer.

Os cartógrafos se voluntariaram tarde da noite; todas as ocorrências que continham *Be u s* na cidade foram analisadas, inspecionadas e consideradas.

Três policiais entraram no Beco do Urso no dia 11 de fevereiro, a chegada deles tão repentina que a mulher começou a *correr* e não parou até se pôr de pé no alto da ponte Blackfriars.

A reportagem mencionava o Beco dos Fundos também, embora brevemente. Depois que a boticária começou a correr, o terceiro policial, de menor patente, permaneceu na área para inspecionar a porta de onde ele achava que a mulher havia saído. Era a porta do Beco dos Fundos, nº 3. Mas, ao entrar no local, encontrou apenas um antigo depósito: um barril de madeira com grãos apodrecidos e prateleiras vazias no fundo do cômodo, e nada mais.

Esse local, eu sabia, era exatamente o mesmo em que eu tinha estado na noite anterior — o cômodo com as prateleiras despencadas nos fundos. Funcionava como o disfarce da boticária, sua fachada, semelhante às máscaras que as pessoas vestem nos bailes. Enquanto isso, atrás daquele cômodo estava a verdade: a pequena loja de venenos. E embora a reportagem de duzentos anos antes garantisse ao público que a polícia continuaria procurando até descobrir o nome e o local de trabalho dela, o lugar intocado que encontrei na noite anterior me dizia que isso nunca havia acontecido. O disfarce da boticária tinha sido certeiro.

Mas havia algo estranho. Apesar de o artigo ocupar bastante espaço na página, o autor omitiu a parte mais importante de toda a história: a mulher que havia pulado. Sua descrição e suas características não foram informadas, nem mesmo a cor do cabelo; só dizia que ela vestia roupas escuras e pesadas. A reportagem não revelava se algum diálogo tinha ocorrido com a mulher e apontava que o caso tinha sido bastante desordenado. Muitos espectadores tinham se aproximado, fazendo tanta confusão e caos que os policiais rapidamente perderam a mulher de vista antes que ela pulasse do corrimão da ponte.

Segundo a matéria, não havia dúvidas de que a mulher era cúmplice da morte do Lorde Clarence, e os policiais tinham certeza de que a sequência de assassinatos associados à mulher que apelidaram de *boticária assassina* tinha chegado ao fim. O rio Tâmisa estava agitado naquele dia, com as águas correndo rápidas e frias, repleto de gelo. Depois que a mulher pulou, a polícia monitorou a área durante um bom tempo. Mas ela não emergiu. Não reapareceu na superfície.

Sua identidade, de acordo com a reportagem, permanecia desconhecida.

Com o cair da tarde em Londres e a noite se aproximando, James começou a acordar. Ele se virou na cama do hospital, de frente para mim, e lentamente abriu os olhos.

— Oi — sussurrou ele, um sorriso se abrindo no rosto.

Chorar na sala de espera tinha sido mais catártico do que eu imaginara, e depois do medo que senti de perder James naquela manhã, algo dentro de mim havia amolecido. Ainda estava com muita raiva dele. Mas ali, naquele instante, eu conseguia suportar ficar perto dele. Segurei sua mão na minha, imaginando se aquela seria a última vez por um bom tempo que daríamos as mãos — ou talvez para sempre.

— Oi — sussurrei de volta.

Coloquei alguns travesseiros debaixo das costas de James para que ele pudesse se sentar em uma posição mais confortável, e entreguei a ele o cardápio da lanchonete do hospital. Insisti que não era um problema que eu saísse para comprar comida de verdade para ele, mas o cardápio do hospital não era nada mal.

Depois que ele fez seu pedido, rezei para que perguntasse mais sobre a polícia, ou *por que* eles acharam que eu o tinha envenenado. Se James perguntasse o que tinha motivado o interrogatório, ele ia querer ver o caderno. Mas, por enquanto, eu planejava deixar o assunto somente entre mim e Gaynor.

Depois que mostrei as fotos a ela, Gaynor concordou em não divulgar nada do que eu havia contado. Ela percebeu que minha vida estava caótica o suficiente, dadas as circunstâncias com James, e como ela não estava diretamente envolvida na descoberta da loja da boticária, não achou que cabia a ela ditar meus próximos passos. Então, ela pediu a mim que pensasse cuidadosamente no que faria com aquela informação, por conta da importância da descoberta histórica que eu tinha feito. Eu não podia culpá-la; afinal de contas, ela trabalhava na Biblioteca Britânica.

Agora, a realidade era que somente nós duas sabíamos de toda a verdade; somente Gaynor e eu sabíamos sobre o local de trabalho da boticária assassina que tinha vivido duzentos anos antes e a fonte inacreditável de informação que ela havia deixado escondida nas profundezas de um porão antigo. Quando aquela crise momentânea passasse, eu teria que tomar algumas decisões difíceis sobre o que revelaria, e como, e para quem — e que papel isso teria na minha paixão por História recentemente recuperada.

Para o meu alívio, James não pareceu interessado em reviver o que tinha acontecido algumas horas antes.

— Estou pronto para voltar para casa — disse ele, tomando um gole de água enquanto eu me apoiava na lateral da cama dele.

Ergui a sobrancelha.

— Você chegou aqui ontem à noite. O voo de volta é só daqui a oito dias.

— Seguro-viagem — explicou ele. — Uma internação no hospital é motivo mais do que suficiente para solicitar um pedido de custeio de volta para casa. Assim que eu sair daqui, vou reagendar meu voo. — Ele brincou com a ponta do lençol e olhou para mim. — Devo reservar um assento para você também?

Respirei fundo.

— Não — respondi gentilmente. — Vou pegar o voo original de volta para casa.

A decepção refletiu em seus olhos, mas ele logo se recuperou.

— É justo. Entendo que você precise de espaço. Eu nem deveria ter vindo para cá. Agora entendi isso. — Alguns momentos depois, um funcionário do hospital apareceu com uma bandeja e posicionou a comida na frente de James. — São só oito dias, pelo menos — acrescentou ele, devorando ferozmente a refeição.

Minha respiração acelerou. *Lá vamos nós*, pensei. Sentada de pernas cruzadas na ponta da cama dele, parte do lençol em cima do meu colo, quase me senti como se estivéssemos de volta a Ohio, de volta à nossa rotina normal. Mas nunca mais veríamos o nosso antigo normal de novo.

— Eu vou deixar meu emprego na fazenda — falei.

James hesitou, uma garfada de batata suspensa diante da boca. E então baixou o garfo.

— Caroline, tem muita coisa acontecendo. Você tem certeza de que não quer...

Levantei da cama e fiquei parada ali. Eu não podia ser vítima desse discurso racional. De novo, não.

— Deixe eu terminar — falei, com calma. Olhei pela janela, fitando a linha do céu de Londres. Um panorama do novo *versus* o velho: vitrines de lojas modernas refletiam a cúpula cinza-perolada da catedral de St. Paul, e ônibus vermelhos passavam pelos antigos pontos turísticos. Se eu tinha aprendido algo naqueles últimos dias havia sido a importância do brilho de uma nova luz sobre antigas verdades escondidas em locais escuros. Aquela viagem a Londres — e a descoberta do frasco azul-claro, da boticária — tinha exposto tudo.

Eu me virei da janela para encarar James.

— Eu preciso me escolher. Eu preciso me *priorizar*. — Fiz uma pausa, juntando as mãos. — E não a sua carreira, o nosso bebê, a estabilidade ou qualquer coisa que as pessoas queiram de mim.

James ficou tenso.

— Não estou entendendo.

Olhei para minha bolsa, dentro da qual estavam as duas reportagens sobre a boticária.

— Em algum momento ao longo da vida, eu perdi uma parte de quem sou. Dez anos atrás, vislumbrei algo muito diferente para mim e estou com medo de ter abandonado essa visão completamente.

— Mas as pessoas mudam, Caroline. Você cresceu nos últimos dez anos. Você priorizou as coisas certas. Tudo bem mudar, e você...

— Tudo bem mudar — eu o interrompi —, mas não está tudo bem quando nos escondemos, quando enterramos partes de nós. — Não achei que precisava lembrá-lo de que ele tinha escondido algumas coisas sobre si mesmo também, mas me recusei a tocar no nome da outra mulher naquele momento. A conversa era sobre os meus sonhos, não sobre os erros de James.

— Tudo bem, então você quer largar o seu emprego e esperar para ter um bebê. — James respirou fundo, meio trêmulo. — E o que pretende fazer? — Senti que ele perguntava não apenas sobre o lado profissional, mas também sobre o nosso casamento. Embora o tom de James não fosse condescendente, ele estava repleto de ceticismo, assim como dez anos antes, quando me perguntou pela primeira vez como eu planejava conseguir um emprego com o meu diploma de História.

Eu estava em uma encruzilhada e não ousava olhar para a estrada atrás de mim — repleta de monotonia, complacência e expectativa de outras pessoas.

— Eu vou parar de me esconder da verdade, e a verdade é que a minha vida não é o que eu gostaria que fosse. E para fazer isso... — hesitei, ciente de que, ao dizer minhas próximas palavras, seria um caminho sem volta. — Para fazer isso, eu preciso ficar sozinha. E não apenas mais oito dias em Londres. Quero dizer *sozinha*, por tempo indeterminado. Eu quero o divórcio.

O rosto de James ficou branco e ele empurrou lentamente a bandeja para longe.

Sentei-me ao seu lado de novo e repousei minha mão no lençol branco de algodão, ainda quente do corpo dele.

— Nosso casamento mascarou coisas demais — sussurrei. — Você claramente tem muito a entender, e eu também. Não podemos fazer isso juntos. A gente terminaria no mesmo lugar, cometendo os mesmos erros que nos trouxeram até aqui.

Ele cobriu o rosto com as mãos e começou a sacudir a cabeça para a frente e para trás.

— Não acredito nisso — disse ele por entre os dedos, um tubo de acesso transparente pendurado no dorso de uma das mãos.

Apontei para o quarto escurecido e estéril.

— No hospital ou não, eu não esqueci que você teve um *caso*, James.

Com o rosto enfiado entre as mãos, eu mal consegui entender a resposta dele.

— No meu leito de morte — murmurou ele, e um instante depois, continuou: — Não importa o que eu faça... — Ele desabou em lágrimas, e o resto da sua frase ficou ininteligível.

Franzi a testa.

— O que você quer dizer com "não importa o que eu faça"?

Ele finalmente tirou o rosto do meio das mãos e olhou para a janela.

— Nada. Eu só preciso de... tempo. É muita coisa para digerir. — Mas ele pareceu relutante em olhar para mim, e uma voz interior me disse para ir mais além. Senti que ele não estava sendo totalmente sincero, como se tivesse feito algo que não havia atingido o resultado esperado.

Pensei no frasco de óleo de eucalipto, no aviso de perigo tóxico na embalagem. Como uma onda de ar gelado no quarto, uma pergunta surgiu. E por mais injusta que a acusação pudesse ser se eu estivesse errada, me obriguei a fazê-la:

— James, você ingeriu o óleo de propósito?

A ideia jamais tinha passado pela minha cabeça, mas agora me deixava horrorizada. Seria possível que eu tivesse passado por uma investigação policial e pelo medo da morte iminente do meu marido, tudo porque James tinha engolido uma toxina de propósito?

Ele virou a cabeça na minha direção, seu olhar tomado por culpa e decepção. Eu já tinha visto aquele olhar havia pouco tempo; no dia em que eu tinha encontrado o celular dele com as mensagens incriminadoras.

— Você não sabe o que está jogando fora — disse ele. — Nós temos solução, tudo isso tem solução, mas não se você me afastar. Me deixe chegar perto de você de novo, Caroline.

— Você não respondeu à minha pergunta.

Ele jogou as mãos para o alto e me deu um susto.

— E que importância isso tem agora? Tudo que eu faço irrita você. Que diferença faz uma coisa a mais? Acrescente à lista. — Com um dedo no ar, ele fez um sinal de tarefa cumprida. Uma confissão, adicionada à sua infidelidade e à sua chegada inesperada em Londres.

— Como pôde? — sussurrei, meu tom de voz ocultando a raiva que se alastrava dentro de mim. E, então, fiz a mesma pergunta que estava me fazendo havia dias: — *Por quê?*

Mas eu já sabia a resposta. Era mais um truque, mais uma estratégia. James era uma pessoa calculista, com aversão a riscos. Se ele tinha ingerido o óleo mesmo sabendo dos efeitos perigosos, deve ter sido a última alternativa para me ganhar. Por que outro motivo um marido infiel se colocaria em perigo daquele jeito? Talvez ele tenha pensado que a minha preocupação com a saúde dele seria maior do que meu coração partido; que eu teria pena e aceleraria o meu perdão.

Quase tinha funcionado. Porque agora, depois de ter me distanciado física e emocionalmente daquele homem, eu conseguia enxergar a sua real essência, que era repleta de mentira e injustiça.

— Você queria que eu sentisse pena de você — falei baixo, ficando de pé novamente.

— A última coisa que quero é a sua pena — retrucou ele, com a voz fria. — Só quero que você enxergue as coisas direito, que entenda que vai se arrepender um dia.

— Não vou, não. — Minhas mãos tremiam enquanto eu falava, mas continuei sem medir as palavras: — Você conseguiu colocar tanta culpa em mim. Culpa pela nossa infelicidade, pela sua amante, agora por essa "doença". — Ele foi ficando pálido conforme eu aumentava o meu tom de voz. — Alguns dias atrás, eu achava que essa viagem de aniversário de casamento não poderia resultar em nada bom. Mas eu estava muito enganada. Agora, mais do que nunca, eu sei que não sou a causa dos seus caminhos equivocados, da sua infelicidade. Aprendi mais sobre o nosso casamento enquanto estava longe de você do que durante todo o tempo em que vivemos debaixo do mesmo teto.

Uma leve batida na porta interrompeu nossa conversa. E foi na hora certa, senão, se eu continuasse falando, acho que teria caído naquele chão grudento de ladrilhos.

Uma jovem enfermeira entrou no quarto e sorriu para nós com simpatia.

— Estamos quase prontos para transferir você para o seu novo quarto — disse ela para James. — Está pronto?

James assentiu com firmeza; de repente, ele pareceu incrivelmente cansado. E conforme minha adrenalina começou a diminuir, senti o mesmo. Assim como na noite em que eu havia chegado, me vi desejando o meu pijama, uma comida de delivery e meu quarto de hotel vazio com a luz baixa.

Enquanto a enfermeira desconectava os monitores de James, ele e eu nos despedimos de um jeito esquisito. A enfermeira confirmou a previsão de alta para o dia seguinte, e prometi que voltaria de manhã cedo. E, então, sem mencionar nada sobre a boticária nem sua loja, fui embora, fechando a porta pesada atrás de mim.

De volta ao meu quarto do hotel, aninhada no meio da cama com uma embalagem de *pad thai* de frango no colo, dava vontade de chorar lágrimas de alívio. Não havia ninguém, nenhum policial e nenhum equipamento barulhento de hospital... e nada de James. Eu sequer liguei a TV. Entre as garfadas de macarrão, só fechei os olhos, apoiei minha cabeça para trás e saboreei a comida em silêncio.

O carboidrato me energizou um pouco, mas não eram nem oito da noite. Depois que terminei de comer, arrastei minha bolsa do chão e peguei meu celular, puxei meu caderno e as duas reportagens que Gaynor tinha me dado. Espalhei tudo à minha volta, acendi o outro abajur da mesa de cabeceira para ver melhor, reler as reportagens sobre a boticária e olhar com calma as fotos no meu telefone.

Voltei às primeiras imagens da sequência, as fotos de dentro da loja. Elas estavam terrivelmente granuladas e estouradas, e mesmo após editar a exposição e o brilho das imagens, eu não conseguia ver nada além do fundo. Parecia que o flash da câmera tinha colocado em foco os flocos de poeira que voavam no cômodo; entendi que aquela era a desvantagem de usar um celular para capturar imagens de um evento único. Estava inconformada. Por que não tinha levado uma lanterna de verdade?

Passei para as fotos seguintes, as que mostravam o livro da boticária — o livro de registros. Havia oito fotos dele, que eu tinha tirado de forma aleatória: duas da capa, algumas do meio e o resto da parte de trás do livro. Eram as fotos que tinham complicado a minha vida; eram nítidas o suficiente para que eu tivesse conseguido fazer algumas anotações, e foram aquelas anotações que quase me levaram à prisão.

A última foto da sequência era da contracapa de outro livro que estava na prateleira. Só conseguia entender uma palavra: *farmacopeia*. Digitei na barra de busca do navegador e os resultados revelaram que o segundo livro era um catálogo de drogas medicinais. Ou seja, um guia de referência. Interessante, mas não tanto quanto o livro de registros escrito à mão pela boticária.

Voltei à última imagem do livro de registros. Dei um zoom na foto e percebi o formato familiar das entradas, que incluíam a data e a pessoa para quem o remédio estava sendo feito. Li atentamente cada uma delas, e me dei conta de que, como aquela era a última página do livro, aquelas entradas teriam sido escritas nos dias ou semanas que precederam imediatamente a morte da boticária.

De repente, meus olhos se fixaram no nome *Lorde Clarence*. Fiquei sem ar e li a entrada inteira em voz alta:

Srta. Berkwell. Amante e prima do Lorde Clarence.
Cantáridas. 9 de fevereiro de 1791. Aos cuidados da esposa do Lorde, Lady Clarence.

Debrucei-me na cama para alcançar a primeira reportagem que Gaynor tinha imprimido para mim — a que datava do dia 10 de fevereiro de 1791. Com o coração acelerado, conferi os nomes e as datas entre a entrada do livro de registros e a reportagem relativa ao mesmo incidente, a morte do Lorde Clarence. E, embora eu tivesse acreditado aquele tempo todo que a loja pertencia a uma boticária assassina, aquilo era uma prova. A foto do livro de registros de dentro da loja era prova de que ela tinha feito o veneno que o havia matado.

Mas, quando li com mais atenção, estranhei algo. O primeiro nome da entrada, a pessoa destinada a ingerir o veneno, era a srta. Berkwell. Lorde Clarence, quem havia de fato ingerido, era mencionado somente em referência à srta. Berkwell; ela era prima dele. E o último nome listado, o comprador do veneno, era a Lady Clarence. A mulher dele.

Reli o final da primeira reportagem e o texto nem sequer mencionava a srta. Berkwell. A matéria dizia muito claramente que o Lorde Clarence estava morto, e a dúvida era a existência de uma outra pessoa ou se havia sido sua mulher que tinha colocado o veneno na bebida dele. Mas o registro da boticária insinuava que a morte dele não era a intenção. A intenção era que a vítima fosse a srta. Berkwell.

Segundo o que estava diante de mim, a pessoa errada havia morrido. Será que alguém, além da Lady Clarence e da boticária — e agora eu —, sequer soube disso? Posso até não ter conseguido um diploma de pós-graduação em História, mas o orgulho diante da descoberta monumental que eu havia feito se espalhou dentro de mim.

E a motivação? Bem, a entrada deixava claro também; ela identificava a srta. Berkwell não só como prima do Lorde Clarence, mas também como amante dele. É de se imaginar o porquê de a Lady Clarence ter planejado a morte da srta. Berkwell, a jovem era a outra. Eu me lembrei de quando descobri a infidelidade de James e o desejo instantâneo que senti de vingança da outra mulher. Então, eu não podia culpar a Lady Clarence, embora tenha imaginado como ela se sentiu quando o plano deu errado e seu marido morreu no lugar da mulher. As coisas certamente não aconteceram como ela planejara.

Não aconteceu como ela planejara...

O bilhete do hospital. Não dizia algo parecido? Com as mãos trêmulas, abri novamente a imagem digitalizada do bilhete do hospital St. Thomas, datado de 22 de outubro de 1816. Reli a frase da qual me lembrava:

Só que não aconteceu como eu planejara.

Será que a autora do bilhete do hospital era a Lady Clarence? Cobri minha boca com as mãos.
— Impossível! — sussurrei para mim mesma.
Mas a última frase do bilhete encaixava-se perfeitamente também: *Foi culpa do meu marido, e da sua sede do que não era para ele*. Será que aquela dica era tanto literal quanto figurativa, referindo-se à sede do Lorde Clarence pela bebida venenosa que era para a srta. Berkwell *e* pela sua sede por uma mulher que não era sua esposa?

Sem pensar duas vezes, enviei uma mensagem para Gaynor. No café, ela havia mencionado a confirmação da data da morte do Lorde Clarence nos registros paroquiais. Talvez ela pudesse fazer o mesmo com a morte da Lady Clarence, validar se a mulher tinha de fato escrito o bilhete do hospital. Oi de novo!, enviei para ela. Você consegue checar os registros de morte mais uma vez? Mesmo sobrenome Clarence, mas uma mulher. Algum registro por volta de outubro de 1816?

Até que Gaynor respondesse, seria inútil desperdiçar mais tempo com aquela ideia. Bebi um gole d'água, sentei-me com as pernas dobradas e dei um zoom na tela para ler melhor a última entrada do livro de registros — a entrada *final*.

Antes mesmo que eu conseguisse enxergar, fiquei toda arrepiada. Era o último registro que a boticária havia feito antes de fugir da polícia e saltar para a morte.

Li a entrada uma vez, mas estranhei; a caligrafia do último registro era menos firme, como se a pessoa estivesse tremendo. Talvez ela estivesse doente ou com frio ou mesmo correndo. Ou talvez — fiquei arrepiada novamente só de pensar — outra pessoa tenha escrito a entrada.

As cortinas pesadas da minha janela estavam abertas, e do outro lado da rua, em outro prédio, alguém acendeu uma luz. De repente, me senti exposta, então me levantei da cama para fechar as cortinas.

Lá embaixo, as ruas de Londres estavam lotadas: amigos a caminho do bar, homens de terno saindo tarde do trabalho, e um casal jovem empurrado um carrinho de bebê, caminhando lentamente na direção do rio Tâmisa.

Sentei-me de novo na cama. Algo parecia errado, mas não conseguia saber exatamente o quê. Reli o último registro, estalando a língua nos dentes enquanto refletia sobre cada palavra, e então eu vi.

A entrada datava de 12 de fevereiro de 1791.

Peguei a segunda reportagem — aquela que descrevia a boticária saltando para a morte —, e dizia que a mulher havia pulado da ponte no dia 11 de fevereiro.

O telefone caiu da minha mão. Sentei-me mais uma vez na cama com uma sensação de inquietude pairando sobre mim, como se um fantasma tivesse acabado de entrar no quarto, observando, esperando, tão entusiasmado quanto eu pela verdade revelada: não importava quem tinha saltado da ponte no dia 11 de fevereiro, alguém tinha retornado à loja, completamente vivo.

33

NELLA

11 de fevereiro de 1791

Antes de passar a perna por cima do corrimão, hesitei.
Tudo o que eu havia perdido. Aquilo pesava em mim agora, uma vida inteira de tristeza, como a pressão da terra sobre um túmulo aberto. E mesmo assim — naquela exata respiração, a brisa leve na minha nuca, um chamado distante de alguma ave aquática faminta no rio, o gosto de sal na minha língua —, eram todas as coisas que eu não havia perdido ainda.

Eu me afastei do corrimão e abri os olhos.

Tudo o que eu havia perdido, ou tudo o que eu não havia perdido?

Eliza tinha pulado no meu lugar. Um último presente para mim, sua última respiração fora uma tentativa de enganar as autoridades e assumir a culpa da mulher que fazia os venenos. Como eu poderia jogar seu presente fora e afundar ao seu lado?

Enquanto estava ali, parada na ponte, olhando ao leste do rio Tâmisa, outra pessoa me veio à mente: a sra. Amwell, a querida patroa de Eliza. Ela voltaria para Londres em alguns dias e descobriria que Eliza tinha... ido embora. Desaparecido. Não importava a dor falsa e fingida que a sra. Amwell demonstrava com a perda do marido, quando descobrisse sobre o desaparecimento da menina, a tristeza não mais seria uma farsa. A ideia de que aquela criança a tinha abandonado talvez a assombrasse pelo resto da vida.

Precisava contar a verdade à sra. Amwell. Precisava contar que Eliza tinha morrido. Era meu dever confortar aquela mulher do único jeito que sabia: com uma tintura de *scutellaria*, ou trevo-roxo, que apaziguaria a dor no coração dela quando soubesse que a pequena Eliza não mais escreveria suas cartas.

E, assim, me afastei do corrimão da ponte, prendendo o choro na minha garganta até que estivesse sozinha — até que retornasse à minha loja de venenos, para onde eu havia planejado nunca mais voltar.

Vinte e duas horas haviam se passado desde o momento em que Eliza havia pulado da ponte — uma noite e um dia inteiros, durante os quais preparei e engarrafei o trevo-roxo que pretendia levar à casa dos Amwell. E minhas mãos ainda sentiam a frieza do vazio no ar ao tentar segurá-la. Eu ainda ouvia o impulso do seu corpo, o barulho da água ao sugá-la para baixo.

Quando saí da ponte e voltei para o Beco dos Fundos, nº 3, pude farejar os vestígios do policial no depósito — o cheiro suado e sujo de um homem vasculhando o cômodo, procurando algo que não encontraria. Tampouco havia achado a carta nova dentro do barril de cevada. Deve ter sido deixada ali recentemente, talvez quando fui ao mercado e Eliza estava ocupada fazendo suas tinturas.

Segurei o envelope nas mãos. Nenhuma essência de lavanda ou de rosas borrifada no papel. A caligrafia não era especialmente fina nem caprichosa. A mulher dava poucos detalhes, identificando-se somente como uma dona de casa traída pelo marido.

Um último pedido não muito diferente do primeiro.

A preparação não seria complicada. De fato, uma garrafa de vidro de ácido prússico estava ao alcance das minhas mãos; eu poderia prepará-lo sem esforço algum em menos de um minuto. E talvez aquele último veneno, o *derradeiro*, finalmente me traria a paz que eu buscava desde que meu bebê saiu da minha barriga por culpa do Frederick.

A cura por meio da vingança.

Mas isso não existia; nunca existiu. Ferir os outros só havia me machucado ainda mais. Peguei a carta, li as palavras acompanhadas do meu dedo e me levantei da cadeira. Debruçando-me, estiquei uma perna fraca na frente da outra, minha respiração rouca, e cheguei ao fogo. Uma chama baixa flamejava em um único pedaço de lenha. Delicadamente, posicionei a carta na chama de luz dançante e observei o papel pegar fogo no mesmo instante.

Não, eu não daria àquela mulher o que ela queria.

Nenhuma morte a mais sairia daquele cômodo.

E com isso, minha pequena loja de venenos não mais existia. A chama única no fogão se apagou, a última carta virou cinza. Nenhum bálsamo para ferver, nenhum tônico para misturar, nenhuma tintura para agitar, nenhuma planta para desarraigar.

Inclinei-me para a frente e comecei a tossir, um coágulo de sangue traçando seu caminho para fora dos meus pulmões direto na minha língua. Eu estava tossindo sangue desde a tarde anterior — desde que fugi dos policiais, pulei o muro dos fundos do estábulo e vi minha jovem amiga cair para a morte. Eu havia gastado os esforços de um ano inteiro em poucos minutos; os policiais, ao me perseguirem, levaram-me para mais perto da morte do que eu havia percebido.

Cuspi o coágulo de sangue nas cinzas, sem sequer desejar beber algo ou lavar o resíduo grudento da minha língua. Eu não sentia sede, nem fome, e não urinava havia praticamente um dia. Sabia que aquilo não era um bom sinal; quando a garganta para de suplicar, quando a bexiga para de encher, está quase no fim. Eu sabia disso porque já tinha presenciado a situação — tinha visto acontecer — uma vez antes.

No dia em que minha mãe morreu.

Eu sabia que precisava ir à casa dos Amwell o quanto antes. Deixaria a carta e a tintura com a empregada, pois Eliza tinha dito que sua senhora estaria fora por mais algumas semanas, e eu não esperava que ela já tivesse chegado. E então iria até o rio, sentaria em suas margens silenciosas e esperaria a morte certeira. Eu não achava que a espera seria muito longa.

Mas antes de deixar minha loja para sempre, faltava executar uma última tarefa.

Levantei minha pena, abri o livro de registros na minha frente e cuidadosamente comecei a escrever a última entrada. Embora eu não tivesse feito a poção e não soubesse quais ingredientes ela continha, eu não podia ir embora sem confessar a vida dela, a perda dela.

Elíza Fanning, Londres. Ingr. desconhecidos. 12 fev 1791.

Conforme a pena arranhava o papel, minha mão tremia muito, e as palavras estavam tão manchadas que a letra sequer parecia a minha.

De fato, era como se um espírito desconhecido se recusasse a me deixar escrever as palavras — se recusasse a me deixar registrar a morte da pequena Eliza.

34

CAROLINE
Dias atuais, quarta-feira

Eu li a última entrada novamente, a mão sobre os lábios.

Eliza Fanning. Londres. Ingr. desconhecidos. 12 fev 1791.

Doze de fevereiro? Isso não fazia sentido. A boticária havia pulado da ponte no dia 11 de fevereiro, e a reportagem dizia que o rio estava "repleto de gelo". Mesmo se uma pessoa sobrevivesse à queda, parecia improvável que durasse mais de um ou dois minutos naquela água gélida.

Também era curioso que somente um nome estivesse escrito: *Eliza Fanning*. A entrada não dizia "aos cuidados" de ninguém. Ela deve ter ido à loja sozinha, então. Será que fazia ideia de que seria a última cliente? E será que tivera alguma participação na morte da boticária?

Puxei um cobertor para cima das pernas. Sinceramente, a última entrada tinha me deixado um pouco assustada. Considerei a possibilidade de que a discrepância não passasse de um erro; talvez a boticária simplesmente tivesse confundido as datas. Será que aquilo podia realmente não ser nada de mais?

Além disso, era estranho que a entrada indicasse *Ingr. desconhecidos* — ingredientes desconhecidos. Parecia impossível. Como a boticária teria feito algo sem saber os ingredientes que havia usado?

Talvez não tenha sido a boticária. Talvez outra pessoa tenha escrito essa entrada. Mas a loja era bem escondida, e parecia ilógico que alguém tivesse entrado na loja no dia seguinte à morte da boticária só para escrever essa última mensagem enigmática. Só fazia sentido ter sido feita por ela mesma.

Mas, se ela tinha feito aquele registro, quem tinha pulado, então?

Mais perguntas do que respostas surgiram nos últimos minutos, e minha curiosidade foi se transformando em frustração. Nada mais fazia sentido: a vítima da primeira reportagem não correspondia à vítima do registro do Lorde Clarence; a última entrada era enigmática, com uma letra diferente e uma referência a ingredientes *desconhecidos*; e o mais significativo, a data da última entrada era um dia depois de a boticária supostamente ter morrido.

Levantei as mãos, totalmente perdida. Quantos segredos a boticária tinha levado para o túmulo?

Fui até o frigobar e peguei uma garrafa de champagne que o hotel tinha deixado no quarto. Não quis servir o espumante gelado em uma taça; depois que abri a rolha, levei o gargalo até a boca e dei um gole grande direto da garrafa.

Em vez de me deixar mais pilhada, o champagne me deixou cansada, quase tonta. Minha curiosidade sobre a boticária tinha se encerrado naquele dia e a ideia de uma pesquisa mais aprofundada não era muito atraente.

Amanhã, quem sabe.

Resolvi escrever as perguntas sobre o que eu tinha descoberto, e as leria novamente na manhã seguinte, ou quando James fosse embora. Peguei uma caneta e abri meu caderno em uma página em branco. Eu tinha cerca de uma dúzia de perguntas sobre o que tinha lido. Eu me preparei para listá-las, uma por uma.

Mas, enquanto segurava a caneta na mão e pensava no que escrever primeiro, percebi que havia uma pergunta que me intrigava mais do que todas. Era a pergunta mais invasiva, a mais insistente. Tive a impressão de que a resposta para ela poderia desvendar outros mistérios, como por que aquele registro havia sido escrito no dia 12 de fevereiro.

Pressionei a ponta da caneta na folha e escrevi:
Quem é Eliza Fanning?

Na manhã seguinte, depois que James recebeu alta do hospital, nós nos sentamos na mesa pequena perto da porta no quarto do hotel. Minhas mãos firmes envolviam uma xícara de chá enquanto ele segurava o celular perto do rosto, procurando as opções de voos para casa no site da companhia aérea. A camareira ainda não tinha arrumado o quarto, portanto uma garrafa de champagne pela metade estava perto da cafeteira, e a minha dor de cabeça era consequência dela.

Ele enfiou a mão no bolso e pegou a carteira.

— Encontrei um voo que sai de Gatwick às quatro da tarde — disse. — É tempo suficiente para eu arrumar minha mala e pegar um trem até lá. Preciso sair à uma da tarde.

O vaso de hortênsias azuis estava entre nós; a maioria das flores havia murchado e agora pendia sobre a borda do vidro. Deslizei o vaso para o lado e olhei no fundo dos olhos dele.

— Você acha que vai ficar bem? Não está sentindo nenhuma tontura nem nada?

Ele colocou a carteira na mesa.

— Não, nadinha. Só estou pronto para ir para casa.

Pouco depois, James estava parado perto da janela com sua mala fechada ao lado — como se tivéssemos rebobinado a viagem e ele tivesse acabado de chegar. Permaneci na mesa, onde estava distraidamente vendo as fotos do livro da boticária, completamente atenta aos minutos que se passavam. Se eu planejava contar a James a verdade sobre minhas atividades nos últimos dias, era melhor que fosse rápida.

— Acho que estou bem — falou James, apalpando a calça jeans para se certificar de que seu passaporte estava ali. Entre nós dois havia a cama desarrumada onde eu havia dormido, sozinha, nas últimas noites. Era um campo energético entre nós agora, um lembrete claro e evidente de que tudo o que havíamos planejado compartilhar na viagem tinha ido por água abaixo. Alguns dias antes, eu esperava desesperadamente que nosso bebê fosse concebido naquela cama. Mas agora eu não conseguia imaginar fazer amor com o homem do outro lado do quarto nunca mais.

O que eu havia imaginado para a viagem de "aniversário" não estava nem perto da realidade, mas eu sentia que a história de terror havia sido uma lição necessária. Afinal de contas, e se eu não tivesse descoberto a infidelidade de James, e tivéssemos engravidado, e a verdade só viesse à tona depois do nascimento do bebê? Ou se nós dois desenvolvêssemos um ressentimento lento — por nossos empregos, pela nossa rotina ou um pelo outro —, e o resultado fosse um final catastrófico do nosso casamento e a ruína da nossa quem-sabe-família-de-três? Porque não se tratava apenas de James. Eu andava tão insatisfeita com a vida quanto ele, e tinha escondido esses sentimentos tão profundamente dentro de mim. E se *eu* tivesse sido a pessoa a trair? E se tivesse sido eu a cometer um erro irreversível?

Olhei a hora; faltavam cinco minutos para as treze.

— Espere — falei, baixando o telefone e levantando da cadeira. James franziu a testa, seus dedos agarrados à alça da mala. Debrucei-me sobre minha própria mala, empurrando o tênis que tinha usado no dia da caça às relíquias, e peguei algo que estava escondido lá no fundo. Era tão pequeno, encaixava-se facilmente na palma da minha mão enquanto eu segurava.

Envolvi meus dedos ao redor do objeto frio e duro: a caixa vintage para os cartões de visita de James. Era o meu presente de aniversário de dez anos de casamento para ele, que eu havia escondido no fundo da mala naquela tarde fatídica dentro do closet do nosso quarto.

Atravessei o quarto.

— Isso não é um perdão — falei com delicadeza —, nem uma nova chance. Mas pertence a você, e faz mais sentido agora do que quando pensei em comprá-lo. — Entreguei a caixa para ele, que aceitou com as mãos trêmulas. — É feita de latão — expliquei. — É o presente tradicional do aniversário de dez anos, pois representa força e... — Respirei fundo, desejando que pudesse prever o futuro. Em cinco ou dez anos, como seriam as nossas vidas? — Força e a capacidade de aguentar uma boa quantidade de desafios. Comprei para simbolizar a durabilidade da nossa relação, mas isso não importa mais. O que importa é a força em si. Nós dois temos muito trabalho pela frente.

James me envolveu em um abraço apertado; ficamos daquele jeito por tanto tempo que tive certeza de que tinha passado de uma hora. Quando ele finalmente me soltou, sua voz tremeu:

— Até breve — sussurrou, seus dedos segurando firme meu presente.

— Até breve — falei de volta, e um arrepio inesperado acompanhou minhas palavras. Acompanhei James até a saída do quarto e nos olhamos uma última vez, e então ele foi embora e fechou a porta.

Sozinha novamente. E a liberdade era tão intensa e real que fiquei imóvel, quase atordoada, por um instante. Olhei para o chão, esperando assustada pela onda inevitável de solidão que me derrubaria. Esperei que James voltasse correndo, pedindo uma outra chance. Esperei que meu celular tocasse, que o hospital ou a polícia ligasse com alguma notícia, uma notícia ruim, *mais* uma notícia ruim.

Esperei também pela pontada de arrependimento; não contei a James sobre a boticária; não contei a ele que invadi um porão escondido. Não contei sobre Gaynor nem sobre Alf Solteiro nem sobre a serial killer cujos segredos eu ainda mantinha guardados.

Não contei nada disso para ele.

Fiquei na frente da porta durante um bom tempo, esperando que a culpa ou o arrependimento me tomassem. Mas nada disso me atingiu. Nada doeu, nenhuma ponta solta foi deixada.

Quando me afastei da porta, meu celular vibrou — uma mensagem de Gaynor. Desculpe a demora!, escreveu ela. Os registros paroquiais mostram que uma Lady Bea Clarence morreu de edema no hospital St. Thomas no dia 23 de outubro de 1816. Ela não tinha filhos.

Olhei para o meu telefone, pasma, e me deitei na cama. O bilhete do hospital era, de fato, uma confissão no leito de morte, escrita — talvez por consciência pesada — pela viúva do Lorde Clarence vinte e cinco anos após a morte dele.

Peguei o telefone para ligar para Gaynor e contar a ela o que eu havia descoberto.

Depois que expliquei sobre a existência da srta. Berkwell, a amante — que eu sabia, não pelas reportagens da época, mas pela entrada no livro de registros da boticária —, Gaynor ficou em silêncio por um tempo.

Só havia uma coisa que eu não tinha contado a ela, e era sobre o registro feito no dia seguinte à suposta morte da boticária, que continha o nome Eliza Fanning.

Guardei essa informação para mim.

— Isso é impressionante — disse Gaynor, finalmente. Enquanto eu ponderava sobre como toda aquela história era inacreditável, o quão completamente espetacular era tudo aquilo, eu podia imaginar Gaynor balançando a cabeça, admirada com todas as minhas descobertas. — E tudo isso graças a um pequeno frasco no rio. Não acredito que você desvendou tudo isso. Um excelente trabalho de detetive, Caroline. Eu realmente acredito que você seria uma adição espetacular para qualquer equipe de investigação policial.

Agradeci, e então lembrei a ela de que eu estivera próxima demais da polícia nos últimos dias.

— Bem, se não for em uma equipe de investigação policial — retrucou ela —, talvez você possa se juntar à equipe de pesquisa da biblioteca. — Eu tive certeza de que Gaynor estava de brincadeira, mas ela foi além. — Eu vi algo de especial em você — acrescentou.

Se ao menos eu não tivesse que voltar para Ohio em alguns dias...

— Eu bem que queria — falei —, mas tenho uma bela confusão para resolver em casa... começando pelo meu marido.

Gaynor respirou fundo.

— Olha, nós somos amigas há pouco tempo, e não vou oferecer conselhos sobre o seu casamento. É claro que se a gente sair para tomar uns drinques vou entrar nesse assunto com certeza. — Ela riu. — Mas se tem uma coisa que eu sei é da importância de irmos em busca dos nossos sonhos. Acredite, se você quer algo diferente, a única pessoa que está impedindo isso é você mesma. O que você ama fazer?

Eu falei, sem hesitar nem por um instante:

— Vasculhar o passado, pesquisar sobre a vida de pessoas *reais*. Seus segredos, suas experiências. Na verdade, eu quase me candidatei para Cambridge depois de me formar em História...

— Cambridge? — perguntou, impressionada. — Tipo, a universidade que fica a uma hora de distância daqui?

— A própria.

— E você quase se candidatou? Por que quase? — Seu tom de voz era delicado, curioso.

Cerrei os dentes e me obriguei a responder:

— Porque eu me casei e meu marido tinha um emprego em Ohio.

Gaynor estalou a língua nos dentes.

— Você pode até não conseguir enxergar, mas eu consigo. Você é talentosa, é inteligente, é capaz. E também tem uma amiga em Londres. — Ela fez uma pausa, e eu a imaginei cruzando os braços, com um olhar determinado no rosto. — Você pode muito mais. E acho que sabe disso.

35

NELLA

12 de fevereiro de 1791

Ao me aproximar da residência dos Amwell, minha visão começou a ficar retorcida e confusa, cores brilhantes como um brinquedo de criança, a cidade de Londres instável ao meu redor. Guardei um lenço ensanguentado no bolso da minha saia e olhei para o rosto das pessoas que passavam — alguns demonstrando preocupação com o sangue seco na minha boca, outros nebulosos, obscuros e distraídos, como se eu não existisse. Eu me perguntei se já tinha adentrado o reino dos fantasmas. Será que existia mesmo um mundo paralelo, um lugar intermediário, onde os mortos e os vivos se misturavam?

No outro bolso da minha saia estava o pacote: a tintura de trevo-roxo e uma breve carta, na qual eu explicava à sra. Amwell que Eliza não mais retornaria — e não por falta de afeto, mas porque, em um ato heroico, havia sido altruísta e corajosa. Eu também aconselhava a senhora que tomasse a dosagem sugerida de trevo-roxo, assim como o fiz quando ela foi à minha loja tempos antes, em busca de um remédio para suas mãos trêmulas. Eu teria escrito um pouco mais — ah, como eu teria! Mas o tempo não permitia, conforme evidenciado por uma mancha de sangue no canto da carta. Eu sequer tive tempo de registrar o trevo-roxo no livro, meu último remédio receitado.

A casa se agigantava diante de mim: três andares de tijolos mosqueados e avermelhados. Janelas de guilhotina, doze vidraças cada, ou talvez dezesseis; eu não conseguia ter certeza de nada, não naqueles minutos finais. Tudo estava tão opaco. Impulsionei meus pés para a frente. Só precisava chegar aos degraus da entrada, à porta preta, e deixar o pacote.

Olhei para o telhado de duas águas que se inclinava e se curvava sob as nuvens. Nenhuma fumaça saía da chaminé. Como suspeitei, a senhora não estava em casa. Aquilo foi um grande alívio; eu não tinha forças para falar com ela. Apenas deixaria o pacote na porta e iria embora. Eu me arrastaria para longe, para o sul, para o mais perto do leito do rio. Se conseguisse chegar tão longe.

Uma criança passou correndo e rindo, quase se enrolando na minha saia. Ela girou ao meu redor uma, duas vezes, brincando com os meus sentidos, lembrando-me do bebê que tinha ido embora da minha barriga. E então sumiu tão rápido quanto havia surgido. Conforme minha visão ficava turva de lágrimas, o rosto dela parecia desaparecer, obscuro e indistinto, um fantasma. Comecei a me sentir uma tola por duvidar da afirmação de Eliza de que os fantasmas viviam ao redor dela. Talvez eu estivesse errada quando disse a ela que esses espíritos eram apenas resquícios de memórias, criações de uma imaginação fértil. Eles pareciam tão vibrantes, tão corpóreos.

O pacote. Preciso deixar o pacote.

Lancei uma última olhada para cima, para as trapeiras, onde os empregados estariam. Esperei que um deles me visse deixar o pacote embrulhado em papel na porta da frente, alguns passos adiante, e pegasse-o só por garantia até que a sra. Amwell retornasse.

De fato, sim, uma empregada me viu! Eu a vi também, claramente, atrás da janela, com seu cabelo preto grosso, e seu queixo erguido...

Parei logo na entrada da casa, meus dedos se afrouxando ao redor do pacote; com uma leve *queda*, ele pousou no chão. Não havia empregada alguma atrás da janela. Era uma aparição. *Minha pequena Eliza.*

Eu não conseguia me mexer. Não conseguia respirar.

E então, um flash, um movimento, conforme a sombra se afastava da janela. Caí de joelhos no chão, a vontade de tossir crescendo dentro de mim novamente, as cores de Londres ficando pretas, tudo ficando preto. Meu último respiro a poucos segundos de distância...

E então, no meu último momento de consciência, as cores ao meu redor voltaram: a pequena Eliza, com seus olhos brilhantes e joviais que eu tanto conhecia, vagando da casa na minha direção. *Um clarão rosa de vidro.* Franzi a testa, tentando focar minha visão. Na sua mão havia um pequeno frasco, tão semelhante em tamanho e forma ao que ela tinha me oferecido na ponte. Só que aquele era azul, e este era rosa-claro. Ela o destampou enquanto corria na minha direção.

Tentei alcançar sua sombra reluzente, achando tudo aquilo tão estranho e inesperado: sua bochecha rosada, seu sorriso curioso, como se ela não fosse um fantasma.

Tudo nela era tão vivo.

Tudo nela era exatamente como eu me lembrava momentos antes de sua morte.

36

CAROLINE
Dias atuais, sexta-feira

Na manhã seguinte, entrei na Biblioteca Britânica pela terceira vez. Fiz um caminho que já me era familiar, passando pela mesa da recepção, subi a escada e fui até o terceiro andar.

A Sala de Mapas agora me parecia tão recorrente e confortável quanto as estações de metrô subterrâneas. Avistei Gaynor perto de uma das estantes no centro da sala, reorganizando uma pilha de livros aos seus pés.

— Psiu — sussurrei, chegando na surdina por trás dela.

Ela deu um pulo e se virou para mim.

— Oi! Você não consegue ficar longe de mim, não é verdade?

Eu sorri.

— Como você pode ver, tenho uma novidade.

— Mais uma? — Ela baixou a voz e falou: — Por favor, não me diga que você invadiu outra propriedade privada! — Ao ver o sorriso no meu rosto, ela respirou fundo de alívio. — Ah, graças a Deus. O que é, então? Novas informações sobre a boticária? — Ela pegou um livro do chão e o encaixou no lugar em uma das prateleiras.

— A novidade é sobre mim, na verdade.

Ela fez uma pausa, erguendo mais um livro no ar enquanto olhava para mim.

— Fale!

Respirei fundo, ainda desacreditada do que tinha feito. *Eu tinha conseguido*. Depois de todas as coisas escandalosas que eu havia feito em Londres naquela semana, aquela era a que mais me surpreendia.

— Eu me inscrevi na pós-graduação em Cambridge ontem à noite.

Em um instante, os olhos de Gaynor se encheram de lágrimas, refletindo as luzes do teto. Ela colocou o livro no chão e pôs uma mão em cada ombro meu.

— Caroline, eu estou muito orgulhosa de você.

Tossi, com um nó na garganta. Tinha ligado para Rose momentos antes para contar a novidade para ela também. Ela tinha chorado de alegria e me disse que eu era a mulher mais corajosa que ela conhecia.

Corajosa. Essa não era uma característica que eu atribuiria a mim mesma em Ohio, mas percebi agora que ela estava certa. O que eu tinha feito *era* corajoso — e até um pouco insano —, mas era autêntico e verdadeiro à minha essência. E mesmo que a minha vida parecesse muito diferente da vida da Rose agora, o apoio dela me lembrou de que tudo bem os amigos se aventurarem por caminhos diferentes.

Olhei para Gaynor, agradecida pela nossa amizade improvável também. Pensei na primeira vez em que estive naquela sala; ensopada de chuva, triste e sem destino, eu tinha abordado Gaynor — uma estranha — apenas com um frasco de vidro no bolso. Um frasco de vidro e uma pergunta. Agora, eu estava diante dela de novo, quase nenhuma semelhança com aquela outra pessoa que esteve ali. Eu ainda estava triste, sim, mas tinha descoberto tanto sobre mim mesma, o suficiente para me lançar com tudo em uma nova direção. Uma direção que eu sentia que deveria seguir havia tempos.

— Não é um diploma em história, mas um programa de mestrado em Estudos da Língua Inglesa — expliquei. — Estudos do Século XVIII e Romantismo. O curso inclui vários textos antigos e trabalhos de literatura, assim como métodos de pesquisa. — Eu achei que uma formação em Estudos da Língua Inglesa seria uma boa ponte com meu interesse por história, literatura e pesquisa. — Vou apresentar minha dissertação no final do programa — acres-

centei, embora minha voz tenha ficado trêmula ao dizer a palavra *dissertação*. Gaynor ergueu a sobrancelha enquanto eu explicava.
— A pequena loja de venenos: a boticária, seu livro de registros, os ingredientes obscuros que ela usava. Espero tornar isso tudo meu objeto de pesquisa. Uma abordagem acadêmica e preservacionista para compartilhar o que descobri.
— Meu Deus, você já está falando como uma acadêmica. — Ela riu e acrescentou: — Eu acho absolutamente brilhante. E você vai ficar pertinho daqui! Podemos planejar algumas viagens de finais de semana. Talvez um bate-volta em Paris de trem?
Meu estômago se revirou só de pensar.
— Claro. O programa só começa depois do dia primeiro de janeiro do ano que vem, portanto temos muito tempo para planejar algumas ideias.
Embora eu mal pudesse esperar para começar, a verdade é que provavelmente seria vantajoso que o programa não começasse pelos próximos seis meses. Eu tinha algumas conversas difíceis pela frente — meus pais e James, para começar — e teria que treinar a pessoa que iria me substituir nos negócios da família; organizar minha moradia em Cambridge; e resolver a papelada do divórcio, que eu já tinha dado entrada no pedido pela internet na noite anterior...
Como se estivesse lendo meus pensamentos, Gaynor juntou as mãos e perguntou com uma voz hesitante:
— Isso não é da minha conta, mas seu marido já sabe?
— Ele sabe que vamos ficar longe por um tempo, mas não sabe que eu planejo voltar para o Reino Unido enquanto resolvemos nossas vidas. Vou ligar para ele hoje à noite para contar que me inscrevi no programa.
Eu também pretendia ligar para os meus pais e contar para eles, enfim, a verdade sobre o que James tinha feito. Alguns dias antes eu queria protegê-los da notícia, mas agora percebia como aquilo era absurdo. Gaynor e Rose tinham me lembrado da importância de me cercar de pessoas que me apoiavam e encorajavam os meus sonhos. Esse apoio tinha faltado por tempo demais, e eu estava pronta para recuperá-lo.

Gaynor terminou de arrumar os livros na prateleira e olhou para mim.

— E o programa, é de quanto tempo? — perguntou ela.

— Nove meses.

Nove meses, o mesmo tempo que eu havia desejado tão desesperadamente carregar um bebê na barriga. Sorri, reconhecendo a ironia. Um filho talvez não estivesse no meu futuro imediato, mas outra coisa — um sonho de muito tempo — tinha tomado seu lugar.

Depois de me despedir de Gaynor, fui até o segundo andar. Rezei para que ela não me visse entrando na Sala de Leitura de Humanidades. Sinceramente, naquele momento, eu queria evitá-la; para aquela tarefa, eu queria ficar sozinha e longe de quaisquer olhares, ainda que bem-intencionados.

Fui até um dos computadores da biblioteca nos fundos da sala. Fazia somente alguns dias desde que Gaynor e eu tínhamos sentado juntas em computadores idênticos no andar de cima, e eu ainda não tinha esquecido os comandos básicos das ferramentas de pesquisa da biblioteca. Abri a página principal da Biblioteca Britânica e cliquei em Procurar no Catálogo Principal. E, então, naveguei pelos registros dos jornais digitalizados, onde Gaynor e eu tínhamos tentado fazer nossa pesquisa infrutífera sobre a boticária assassina.

Eu tinha o dia inteiro livre pela frente e esperava ficar ali por um bom tempo. Eu me ajeitei na cadeira, sentei-me em cima de uma perna e abri meu caderno. *Quem é Eliza Fanning?*

Essa era a pergunta, a única pergunta, que eu tinha escrito duas noites antes.

Na barra de pesquisa do Arquivo de Jornais Britânicos, digitei duas palavras: Eliza Fanning. E apertei Enter.

Imediatamente, os resultados da busca apareceram com diversas entradas. Olhei tudo rapidamente, mas um único registro — logo o do topo da página — parecia ser correspondente. Abri a reportagem e, como já estava digitalizada, o texto completo apareceu em um instante.

A matéria foi publicada no verão de 1802, por um jornal chamado *The Brighton Press*. Abri outra aba no navegador para pesquisar Brighton, e descobri que era uma cidade litorânea da costa sul da Inglaterra, a duas horas de Londres.

A manchete dizia: "Eliza Pepper, nome de solteira Fanning, única herdeira da Livraria de Livros de Magia do marido".

A reportagem dizia que a jovem Eliza Pepper, de vinte e dois anos, nascida em Swindon, mas residente dos arredores de Brighton desde 1791, tinha herdado todos os bens do seu marido Tom Pepper, incluindo a livraria de grande sucesso no lado norte da cidade. A loja continha uma enorme variedade de livros de magia e ocultismo, e os clientes vinham com regularidade de todas as partes do continente em busca de remédios e curas para as doenças mais incomuns.

Segundo a reportagem, infelizmente o próprio Tom Pepper não conseguiu fazer um antídoto para os seus problemas de saúde; ele havia ficado doente recentemente, acredita-se que de pleurisia. Eliza, esposa dele, foi sua única cuidadora até o fim. Mas em homenagem à vida e ao sucesso do sr. Pepper, uma comemoração foi feita na loja; centenas de pessoas apareceram para prestar os pêsames.

Após o evento, um pequeno grupo de repórteres entrevistou a sra. Pepper, perguntando sobre sua intenção de continuidade com a loja. Ela garantiu a todos que a livraria permaneceria aberta.

"Tanto Tom quanto eu devemos nossas vidas às artes da magia", disse ela aos repórteres, antes de explicar que, anos antes, em Londres, sua própria poção mágica tinha salvado sua vida. "Eu era apenas uma criança. Era a minha primeira poção, mas arrisquei minha vida por uma amiga especial, que me incentiva e me aconselha até hoje." A sra. Pepper acrescentou: "Talvez eu possa culpar a minha pouca idade na época, mas não tive um segundo de medo quando o momento da morte se apresentou. De fato, achei que o pequeno frasco azul de magia estava um pouco quente em contato com a minha pele, e depois de engolir a tintura, o calor foi tão potente que as profundezas congeladas foram um alívio bem-vindo".

A reportagem afirmava que os repórteres a questionaram um pouco mais sobre isso.

"As profundezas congeladas? Explique melhor, sra. Pepper", pediu um dos homens. Mas Eliza só agradeceu a todos pelo tempo e insistiu que precisava voltar para dentro.

Ela, então, esticou os braços para os lados, segurando a mão de duas crianças — um menino e uma menina, gêmeos, de quatro anos — e desapareceu com eles pelos fundos da loja do seu falecido marido, a Loja Blackfriars de Livros de Magia & Brinquedos.

Saí da Biblioteca Britânica menos de uma hora após ter chegado. O sol da tarde estava quente e brilhava sobre mim. Comprei uma garrafa d'água de um vendedor de rua e me sentei em um banco à sombra de um ulmeiro, pensando na melhor maneira de passar o resto do meu dia. Eu tinha a intenção de ficar a tarde inteira na biblioteca, mas encontrei o que eu procurava em pouquíssimo tempo.

Agora eu entendia que a boticária não era a pessoa que tinha pulado da ponte. Era sua jovem amiga, Eliza Fanning. Isso explicava como a boticária tinha escrito aquela entrada no livro de registros no dia 12 de fevereiro. Isso porque, ao contrário do que a polícia acreditava, a boticária não estava morta. Mas Eliza também não; fosse por conta da sua tintura ou de pura sorte, a menina sobreviveu à queda.

Mas a reportagem não explicava tudo. Não explicava por que os ingredientes da sua tintura eram desconhecidos à boticária, nem se a polícia sequer soube da existência de Eliza. A reportagem não dizia se a boticária tinha as mesmas crenças que Eliza sobre a eficácia da magia, nem a natureza da relação entre elas.

Mas, ainda assim, eu não sabia o nome da boticária.

Havia também algo comovente quanto ao envolvimento da jovem Eliza. O papel que havia ocupado na vida e na morte da boticária era repleto de mistério; ela só havia revelado aos jornais que tinha *arriscado sua vida por uma amiga especial*, que ainda a *aconselhava* até aqueles dias. Isso significava que a boticária havia sobrevivido por mais uma década e tinha deixado Londres para ficar com Eliza em Brighton? Ou será que Eliza estava se referindo a outra coisa, ao fantasma da boticária, quem sabe?

Eu jamais saberia.

Talvez eu coletasse mais informações sobre os detalhes daquele desaparecimento algum dia, quando começasse meu trabalho de pesquisa e voltasse à pequena loja com a iluminação adequada e uma equipe de historiadores ou outros acadêmicos. Sem dúvida, uma gama de possibilidades inexploradas existia dentro daquele pequeno cômodo. Mas esse tipo de pergunta — principalmente sobre as interações sutis e misteriosas entre duas mulheres — provavelmente não seria respondido em reportagens de jornais e documentos antigos. A história não registra as minúcias das relações entre as mulheres; não é para serem reveladas.

Sentada sob o ulmeiro, o doce som das cotovias em algum lugar acima de mim, divaguei sobre o fato de que, após descobrir a verdade sobre Eliza, eu não tinha voltado ao andar de cima para contar a Gaynor. Eu não tinha contado a ela o nome da pessoa que *realmente* tinha pulado da ponte no dia 11 de fevereiro de 1791, e sobrevivido. Até onde Gaynor sabia, tinha sido a boticária que havia pulado da ponte e cometido suicídio.

Não que eu sentisse necessidade de esconder o fato da minha nova amiga, mas eu me sentia protetora da história de Eliza. E, embora eu planejasse explorar mais a fundo a loja da boticária e seu trabalho durante a vida toda, pretendia guardar Eliza para mim — meu segredo particular.

Contar a verdade — que Eliza, e não a boticária, tinha pulado da ponte — provavelmente poderia catapultar minha dissertação para a capa de jornais acadêmicos, mas eu não queria reconhecimento. Eliza era apenas uma criança, mas, assim como eu, ela tinha se encontrado em um momento de reviravolta. E, assim como eu, agarrou o frasco azul entre os dedos, pairou sobre as profundezas gélidas e revoltas... e então saltou.

Enquanto estava sentada no banco na frente da biblioteca, peguei meu caderno na bolsa e o abri ao contrário, depois das anotações sobre a boticária, e então o folheei até a primeira página. Reli o itinerário original planejado com James. Minha letra de semanas antes era arredondada e caprichada, intercalada por corações em miniatura.

Poucos dias antes, aquele itinerário havia me deixado enjoada, e não tive vontade alguma de ver os pontos turísticos que James e eu planejamos visitar juntos. Agora, eu me via curiosa sobre todos os lugares que havia esperado tanto tempo para conhecer: a Torre de Londres, o Museu V&A, a Abadia de Westminster. A ideia de visitar aqueles locais sozinha não era tão desagradável quanto parecia antes, e me vi ansiosa para explorar a cidade. Além disso, tinha certeza de que Gaynor ficaria feliz em se juntar a mim em alguns passeios.

Mas visitar um museu poderia esperar até o dia seguinte. Havia outra coisa que eu precisava fazer hoje.

Peguei o metrô até a estação Blackfriars. Ao sair do trem, segui para o leste, na direção da ponte Millennium, caminhando ao longo da pista estreita de pedestres. O rio, à minha direita, corria calmo pelo seu caminho típico.

Segui ao lado do muro de pedras na altura do joelho por um tempo, e então vi os degraus de concreto que davam no rio. Eram os mesmos degraus por onde eu tinha descido alguns dias antes, logo no começo do passeio de caça a relíquias. Desci a escada e pisei cuidadosamente sobre as pedras redondas e lisas do rio. O silêncio me arrebatou, assim como na minha primeira vez. Fiquei feliz de ver que não havia ninguém caminhando sobre as pedras — nenhum turista, nenhuma criança, nenhum grupo de passeio.

Abri minha bolsa e peguei o frasco azul-claro; aquele que, agora eu sabia, continha a tintura mágica de Eliza. Ele a havia resgatado, e de um jeito estranho, tinha feito o mesmo por mim. Segundo o registro da boticária, o conteúdo daquele frasco de duzentos anos tinha sido *ingredientes desconhecidos*. Um dia, o desconhecido havia sido um conceito desagradável para mim, mas agora eu percebia a oportunidade que ele carregava. O entusiasmo contido nele. Claramente, o mesmo ocorrera com Eliza.

Para nós duas, o frasco marcou o fim de uma jornada e o início de outra; ele representava uma encruzilhada, o abandono de segredos e da dor em prol de abraçar a verdade — de abraçar a *magia*. Magia, com seu encanto atraente e irresistível, assim como um conto de fadas.

O frasco estava exatamente como eu o havia encontrado, apesar de um pouco mais limpo e marcado pelas minhas digitais. Passei o polegar por cima do urso, pensando em tudo o que aquele frasco havia me ensinado: que as verdades mais duras nunca pairam na superfície. Elas precisam ser resgatadas, colocadas sob a luz e bem lavadas.

Um movimento na minha visão periférica chamou minha atenção: duas mulheres, bem distantes acima do rio, caminhavam na minha direção. Elas deviam ter descido por outra escada. Não reparei nelas enquanto me preparava para minha última tarefa.

Segurei o frasco junto ao peito. Eliza deve ter feito o mesmo ao parar sobre a ponte Blackfriars, não muito longe dali. Ergui o frasco acima da cabeça e o lancei na água com toda a força dos meus braços. Vi a garrafinha fazer um arco para cima sobre as águas e então afundar delicadamente nas profundezas do rio Tâmisa. Uma pequena ondulação recuou as águas, e uma onda lenta o encobriu.

O frasco de Eliza. O meu frasco. O *nosso* frasco. A verdade dele permaneceria sendo o único segredo que eu não dividiria com ninguém.

Lembrei-me das palavras do Alf Solteiro durante a caça a relíquias, sobre como encontrar algo no rio era certamente uma questão do destino. Naquele momento eu não havia acreditado nas palavras dele, mas agora sabia que me deparar com um pequeno frasco azul *era* destino — uma reviravolta crucial nos rumos da minha vida.

Ao subir os degraus de concreto e sair do leito do rio, olhei mais uma vez para trás, na direção das duas mulheres. Aquele trecho do rio era longo e reto; elas deviam estar mais perto de mim agora. Mas estranhei ao observar a área, e então sorri da minha própria imaginação fértil.

Meus olhos devem ter pregado uma peça em mim, pois as duas mulheres não estavam mais em lugar algum.

A PEQUENA LOJA DE VENENOS DE NELLA CLAVINGER

Trecho da dissertação apresentada por Caroline Parcewell, candidata MPhil em Estudos do Século XVIII e Romantismo, Universidade de Cambridge

Anotações & remédios variados conforme descobertos nos registros encontrados no Beco do Urso, Farringdon, Londres, EC4A 4HH, Reino Unido

JULEP DE CICUTA

Para um cavalheiro de inteligência excepcional e domínio da linguagem. Essas qualidades permanecerão até o fim, o que pode ser útil quando for necessário extrair uma confissão ou um relato de acontecimentos.

Dose fatal: seis folhas grandes, embora um cavalheiro especialmente alto talvez precise de oito. Os sintomas iniciais são vertigem e calafrios. A preparação recomendada é uma decocção, semelhante a um chá de flor de trombeta. Extraia o suco das folhas frescas, amassadas e escorridas.

AURIPIGMENTO [AMARELO] DE ARSÊNICO

*Por esse remédio possuir a consistência de farinha ou açúcar refinado,
é ideal para homens especialmente gulosos,
que apreciam um pudim de limão ou de banana.*

Um mineral muito curioso. Nota: altamente solúvel em água quente. O vapor tem cheiro de alho; portanto, não sirva quente. Usado para matar vetores de doenças de todos os tipos, humanas ou animais. A dose letal é de três grãos.

ESCARAVELHO CANTÁRIDAS

*Quando a excitação antes da incapacidade é desejada, é eficaz nos
prostíbulos ou no leito da cama.*

Esses insetos podem ser encontrados em campos de vegetação baixa em temperaturas frias, perto de raízes comestíveis; a melhor colheita é em dia de lua nova ou crescente. Portanto, para não confundir com os escaravelhos inofensivos de semelhante aparência, esprema um macho (ele irá excretar um fluido leitoso) para testar se queima sobre a pele, antes de iniciar a colheita. Para preparar, torre-os e então moa-os em um recipiente largo até virar um pó fino. Misture em líquido escuro e viscoso — vinho, mel ou calda.

MAGNÓLIA-PRETA

Para o cavalheiro propenso a crises de loucura ou alucinação, possivelmente devido ao consumo em excesso de bebida ou gotas de láudano. Ele irá acreditar que os sintomas de envenenamento são resultado dos seus próprios demônios.

Sementes, seiva, raízes — tudo é venenoso. Procure pelas flores e raízes pretas, que evitam a confusão com outras espécies de magnólias. Os sintomas iniciais são tontura, estupor, sede e sensação de sufocamento.

ACÔNITO, OU CAPUZ-DE-MONGE

Para os mais devotos, que podem simular a ira de Deus em seus momentos finais por meio de uma explosão física. O acônito age sobre os nervos dos membros, acalmando-os; tais reações teatrais serão impossíveis.

Notas de cultivo: plantas com flor são muito fáceis de cultivar, o solo deve ser bem drenado. Colha quando a raiz tiver pouco mais de um centímetro de espessura na base da planta. Utilize luvas para o manuseio. Deixe a raiz arrancada secando por três dias. Desfie as fibras da raiz com duas facas afiadas; misture em molho de raiz de mostarda ou rábano. Excelente quando os pratos da ceia são servidos individualmente (evite buffets).

NUX VOMICA, FAVA-DE-SANTO-INÁCIO

O mais confiável dos remédios, de ação tão rápida quanto irreversível. Ideal para ser administrado para todos os homens, independente de idade, tamanho ou intelecto.

Para a extração do agente, moa finamente a fava marrom, também conhecida como o figo do corvo. Em doses bem pequenas, pode ser usado para tratar febre, praga e histeria. Atenção, é muito amargo! Produz uma cor amarelada quando cozido. A vítima sentirá sede intensa como primeiro sintoma. A gema de ovo é a melhor preparação.

FIGUEIRA-DO-DIABO, OU TROMBETA

Devido ao delírio imediato, até o conspirador mais esperto será pego desprevenido. Ideal para advogados e executivos.

Nota: sementes em formato de ovo não se tornam benignas por secagem ou aquecimento. A trombeta produz um delírio maior do que outras solanáceas. Os animais, mais inteligentes que os homens, evitarão a erva devido ao sabor e odor desagradáveis. Procure a planta em áreas tranquilas.

TEIXO DE CEMITÉRIO

Dizem que os teixos cobiçam cadáveres; remédio ideal para acelerar a morte de um cavalheiro doente ou mais velho.

O agente venenoso reside nas sementes, nas folhas e na casca (folhas menos fibrosas, de preferência). Geralmente encontrado em cemitérios de vilarejos medievais — são árvores de quatrocentos a seiscentos anos. Procure árvores mais jovens para melhores sementes. Preparação: bolus ou supositório. Precaução ao fazer a preparação para agentes funerários ou jardineiros de cemitérios: eles são familiarizados com o cheiro da erva e podem impedir a tentativa de envenenamento.

FUNGO PHALLUS

A morte pode demorar cinco dias ou mais. Melhor administrado quando um testamento final deve ser alterado na presença de uma testemunha ou membro da família que precise de tempo para chegar no leito de morte da vítima.

O mais mortal dos cogumelos, ele aparece na base de certas árvores, no segundo semestre do ano. Cozinhar não torna o fungo benigno. Uma toxina confiável, embora muito difícil de encontrar. Um remédio evasivo, pois a vítima acreditará que está quase se recuperando. Isso indica morte iminente.

Nota Histórica

A morte por envenenamento é, por natureza, um assunto íntimo: geralmente existe um vínculo de confiança entre a vítima e o vilão. Tal proximidade é passível de abuso, como demonstrado pelo fato de que, em toda a Inglaterra nos séculos XVIII e XIX, a maior população de acusados de envenenamento consistia de mães, esposas e empregadas, com idades entre vinte e vinte e nove anos. Os motivos variavam muito: ressentimentos contra empregadores, eliminação de cônjuges ou amantes inconvenientes, benefícios por morte ou incapacidade de sustentar financeiramente uma criança.

Somente após os meados do século XIX que os primeiros toxicologistas foram capazes de detectar de forma confiável o veneno no tecido humano. Assim, ambientei *A pequena loja de venenos* na cidade de Londres do final do século XVIII; mesmo cinquenta anos depois, os remédios disfarçados de Nella poderiam ter sido facilmente detectados durante uma autópsia.

O número de indivíduos (em todas as classes sociais) que morreram por envenenamento na Londres georgiana não pode ser determinado. A toxicologia forense ainda não existia e, acidentais ou propositais, as mortes por envenenamento tendiam a ser pouco mais do que uma nota de rodapé nas listas de mortalidade do século XVIII. Certamente, a falta de métodos de detecção contribuiu para isso. Dada a facilidade com que esses agentes podem ser disfarçados e administrados, arrisco dizer que o número de mortes por envenenamento é significativamente maior do que o relatado nesses registros.

Em dados coletados de 1750 a 1914, os venenos mais citados em processos criminais foram arsênico, ópio e *nux vomica*. Mortes por alcaloides vegetais como a aconitina — encontrada na planta *Aconitum*, também conhecida como acônito — e venenos orgânicos de origem animal, como a cantaridina afrodisíaca de certas espécies de escaravelhos, não eram incomuns.

Algumas dessas substâncias, como veneno de rato doméstico, eram facilmente acessíveis. Outros nem tanto, e suas origens — as lojas em que tais toxinas podem ter sido compradas — não foram bem determinadas.

Receitas

CHÁ QUENTE DE TOM PEPPER

Para acalmar a garganta ou aliviar o corpo após um longo dia.

1,4 dracmas (1 colher de chá) de mel selvagem
16 dracmas (28ml) de whisky ou bourbon
250ml (1 xícara de chá) de água quente
3 ramos de tomilho fresco

Misture o mel e o bourbon no fundo de uma caneca. Adicione a água quente e os ramos de tomilho. Deixe descansar por 5 minutos. Beba ainda quente.

BÁLSAMO BLACKFRIARS PARA MORDIDAS DE INSETO E FURÚNCULOS

Para aliviar a pele irritada e com coceira causada por mordidas de inseto.

1 dracma (3/4 de colher de chá) de óleo de rícino
1 dracma (3/4 de colher de chá) de óleo de amêndoa

10 gotas de óleo de melaleuca
5 gotas de óleo de lavanda

Em um frasco de vidro redondo de 2,7 dracmas (10 ml), adicione os quatro óleos. Encha até o topo com água e feche o recipiente. Chacoalhe bem antes de usar. Aplique na pele irritada e com desconforto.

COOKIES AMANTEIGADOS DE ALECRIM

Um biscoitinho tradicional. Salgado e doce e, de alguma forma, sinistro.

1 ramo de alecrim fresco
1 e 1/2 de xícara (chá) de manteiga com sal
2/3 de xícara (chá) de açúcar refinado
2 e 3/4 de xícara (chá) de farinha de trigo

Retire as folhinhas do ramo do alecrim e pique-as finamente (aproximadamente 1 colher de sopa ou a gosto).

Amoleça um pouco a manteiga; depois, misture-a bem com o açúcar. Adicione o alecrim e a farinha de trigo; misture bem até que a massa fique homogênea. Forre 2 assadeiras com papel-manteiga. Faça bolinhas de massa de 2,5cm; pressione-as delicadamente para formar discos de 1cm de espessura. Leve à geladeira por, no mínimo, 1 hora.

Preaqueça o forno a 190ºC. Asse por 10 a 12 minutos, somente até as bordas ficarem douradas. Não asse-os demais. Deixe esfriar por, no mínimo, 10 minutos. A massa rende 45 cookies.

Agradecimentos

Este livro não estaria em suas mãos se não fosse pela minha agente e defensora feroz, Stefanie Lieberman. Ela não mede palavras, não faz promessas e ainda faz mágica nos bastidores. Obrigada também à sua fabulosa equipe, Adam Hobbins e Molly Steinblatt.

À minha editora da Park Row Books, Natalie Hallak. Em uma indústria tão poderosa, ela me lembra de que, em sua essência, ser editor é sobre boas pessoas que gostam de bons livros. Sou muito grata ao seu carinho, otimismo e sua visão. À equipe fenomenal da Park Row Books e Harlequin/HarperCollins: Erika Imranyi, Emer Flounders, Randy Chan, Heather Connor, Heather Foy, Rachel Haller, Amy Jones, Linette Kim, Margaret O'Neill Marbury, Lindsey Reeder, Reka Rubin, Justine Sha e Christine Tsai, vocês são estrelas do rock! Obrigada a todos, assim como a Kathleen Carter, por trabalharem incansavelmente para vender e promover livros neste momento tão sombrio em que vivemos.

A Fiona Davis e Heather Webb, que me proporcionaram orientação inestimável e imparcial em momentos importantes da minha carreira de escritora: meus mais sinceros agradecimentos. Honestamente, os escritores são o grupo mais legal de pessoas. Vocês duas me inspiram a seguir adiante.

A Anna Bennett, Lauren Conrad, Susan Stokes-Chapman e Kristin Durfee, pelos comentários sobre os primeiros rascunhos. E a Brook Allen, pela amizade e por sempre me ouvir.

À minha irmã, Kellie, e minha sogra, Jackie, pelo apoio e amor infinitos. A Pat e Melissa Teakell, pela ajuda com o "bloqueio criativo" e incentivo sem fim.

A Catherine Smith e Lauren Zopatti, cujo apoio me permitiu conciliar meu trabalho diário com meu devaneio.

Para minha companheira de longa data, a única mulher que não estranhou por um segundo ao ver meu histórico de pesquisa na internet: Aimee Westerhaus, obrigada por tropeçar pela vida comigo. E para quatro lindas mulheres, minhas amigas da Flórida e primeiras leitoras: Rachel LaFreniere, Roxy Miller, Shannon Santana e Laurel Uballez.

Para aqueles interessados em escrever ficção histórica: você sabe que está no caminho certo quando não consegue parar de ler o material de pesquisa. A Katherine Watson, autora de *Poisoned Lives*, e Linda Stratmann, autora de *The Secret Poisoner*, obrigada por me manterem fascinada enquanto eu pesquisava e escrevia este romance.

Aos vários caçadores de relíquias que leram meu primeiro capítulo há muito tempo e me encorajaram a continuar, incluindo Marnie Devereux, Camilla Szymanowska, Christine Webb, Wendy Lewis, Alison Beckham e Amanda Callaghan. E para Gaynor Hackworth, cujo entusiasmo era tão zeloso que renomeei um personagem em sua homenagem! E para "Florrie" Evans, que conheci enquanto caçava relíquias na lama no rio Tâmisa no verão de 2019... Obrigada por me ensinar a identificar uma verdadeira relíquia. Sigam-na no Instagram: @flo_finds.

Aos livreiros, bibliotecários, revisores e leitores: vocês são o que mantém os livros vivos, e precisamos de vocês mais do que nunca. Em nome dos autores de todos os lugares, obrigada.

Ao meu marido, Marc. Penso nas muitas horas que esperou pacientemente na outra sala enquanto eu digitava um sonho. Conhece a jornada melhor do que ninguém. Obrigada por sempre acreditar em mim; nada disso seria divertido sem você.

Por fim... este livro começa e agora termina com uma dedicatória aos meus pais.

À minha mãe: há uma certa alegria e entusiasmo que só uma mãe pode oferecer, e sou eternamente grata por tê-la ao meu lado nesta grande aventura. Admiro nossa proximidade agora mais do que nunca. E para meu pai, que faleceu em 2015: inúmeras coisas que fazem parte do meu trabalho — a tenacidade, a teimosia, o gosto pela linguagem — são presentes que você me deixou. Eu os abraçarei para sempre. Obrigada a vocês dois.

Este livro foi impresso pela Cruzado, em 2024,
para a HarperCollins Brasil. A fonte do miolo
é Minion Pro. O papel do miolo é pólen
natural 80g/m² e o da capa é cartão 250g/m².